# 归去来兮

桑凯 著

团结出版社

图书在版编目（CIP）数据

归去来兮 / 桑凯著 . -- 北京 : 团结出版社 ,2022.5

ISBN 978-7-5126-9436-1

Ⅰ . ①归… Ⅱ . ①桑… Ⅲ . ①长篇小说 – 中国 – 当代

Ⅳ . ① I247.5

中国版本图书馆 CIP 数据核字 (2022) 第 096273 号

出　　版：团结出版社

　　　　　（北京市东城区东皇城根南街 84 号　邮 编：100006）

电　　话：（010）65228880　65244790

网　　址：www.tjpress.com

E-mail：65244790@163.com

经　　销：全国新华书店

印　　装：长沙印通印刷有限公司

开　　本：170mm×240mm　　16 开

印　　张：19

字　　数：200 千字

版　　次：2022 年 5 月第 1 版

印　　次：2022 年 5 月第 1 次印刷

书　　号：978-7-5126-9436-1

定　　价：89.00 元

# 序

梁瑞郴

一个好故事，一群好人物，一派好语言。好的长篇小说至少不能缺失这三要素。

好故事，这也许是中国的长篇小说不可或缺的元素，中国人的阅读习惯和阅读经验，要求长篇小说要讲好一个故事。《红楼梦》讲了，一个完整的四大家族由兴而衰，由锦衣玉食而风雨飘摇的故事。《水浒》讲了，一个官逼民反，一百单八将走向梁山，聚义水泊的故事。《儒林外史》即使没有贯穿始终的人物事件，但它也由科举中的一个个小故事，构成完整的儒林图景大故事，从而完成对封建科举的鞭笞。

桑凯的《归去来兮》，应该说讲好了一个故事。作品所选取的是二十一世纪初，锅县税务局改革的命运与图景。众所周知，这一时期，是中国税制改革大分大合期，各种矛盾错综复杂，各种利益撕扯裂变，各种人物粉墨登场，各派势力纷争绞斗。改革说到底是利益的重新调整，支持和反对的对立势所必然，而作为国家税务部门，牵涉面非常广泛，它要面对社会众生世相，同时，它本身也构成一个自我社会。宦海沉浮，义理相搏，人格道德，世侩庸常，庙堂与江湖，欲望与人性，都在利益面前，暴露无遗。锅县地税局兴利除弊，改革整顿中的各种势力的较量，未免不是各级税务单位状况的浓缩。在整个故事的过程中，作品聚合众多的人物，他们盘根错节，相互依存，廉洁与腐贪，奉公与徇私，改革与保守，刚正与迎逢的众生世相，将故事一步步推向纵深。这个故事的起始于人物的命运，从主人公最初闯入社会生活的舞台，到其最终走向田园与自然，呼应了归去来兮的题旨，从启幕到谢幕，听完这个故事，你会觉得生活又给你一段丰富阅历。

好人物，是长篇小说题中应有之义。优秀长篇小说，无疑会给我们奉献许多呼之欲出，过目不忘，血肉丰满，真实可信的人物。所谓文学即人学，这便是从人出发，把人物的性格，遭遇，命运展现给读者，让人从这些人物的身上获得切实感受。

《归去来兮》塑造了许多血肉可见的人物。其主要的人物易凡夫，他是一位农村青年，通过考试而跃出龙门，非常有幸地成为了税务人员。这对于一个毫无背景的人来说，非常不易，机遇难得。他极为珍视这份工作，在工作中，他积极勤奋，锐意进取，但现实生活远不是他所想象的那样，他目睹了铁月皓，黄金求，马千里等人勾心斗角，尔虞我诈，道貌岸然，贪婪无度的作派，也欣逢了象欧阳天明，刘拥军等许多立志兴利除弊，勇于担当的好领导。现实生活是残酷的，易凡夫善良，厚道的性格，与某些职场的现实是格格不入的。他一方面要坚守自己的人格，另一方面又不得不虚入委出，这种进退维谷的痛苦，让易凡夫倍觉焦灼，人物便是在这种夹缝中生存，从而彰显其良心不泯，信念不失，人格不坠，斗志不衰的可贵品质。

作品在塑造人物的过程中，尽管对官场的丑恶，虚伪，骄淫不乏暴露，这种暴露，不是悲观，不是本质，而是为了更突出人物沧海横流中，不屈服恶势力，不与此同流合污的性格。我们从作品中也可看到，易凡夫在局长刘拥军等的支持下，不屈不挠，在税务的改革中勇向直前，使全局出现了许多新气象。这种崭新的局面，得到全局干部职工的一致赞赏，既说明邪不压正，也说明易凡夫是一位开拓进取的好干部。暴露，也有两种截然相反的态度，一种是悲天悯人，给人以悲观无望的感觉。一种是揭露鞭挞，引起疗救的注意。易凡夫是本书中塑造得较为成功的人物，他在诱惑面前所表现的八风不动的品格，比如"易凡夫觉得这话和这动作很熟悉，几年以前，提拔呼声很高的易凡夫从另外的科室调出来时，铁月皓也这样说这样拍，顶替易凡夫的是铁月皓的小舅子，马上就被任命为副科长，易凡夫在税政科继续当着办事员。但那小舅子偏不为铁月皓争气，工作拿不下，关系处理不好，还到分局吃吃喝喝，群众反映不好，不过因为裙带关系，副科长的位子坐得挺稳的。所以小王说铁月皓力挺自己，易凡夫始终不相信，天上真的不可能掉下馅饼的，现在又在卖人情，易凡夫心里一阵厌恶。"他在打击挫折面前表现的宁折不屈的意志，比如"本来易凡夫没准备上台演讲的，被马千里羞辱一番后，他决定好好组织一篇稿子，在演讲台上发泄一通，管它东西南北风。他喜欢竹子，竹子有宁折不弯的特性，其实竹子用火烤一烤还是能弯的，但是烤过头了就会熊熊燃烧。"他是当代青年中优秀代表人物。由此我想起世界名著《红与黑》，书中的主人公于连，也是起于底层，当他来到大都市后，各种引诱，光怪陆离的上层社会的骄奢淫逸，将于连围捕的良心一点点泯灭，品性一天天变丑，道德一天天堕落，最终成为龌龊的阴谋家。虽然两者时代迥然不同，但有一条相通，在诱惑面前，坚守与改变，抗争与堕落，是这些人物的分野。

好语言是一切语言表达艺术的不二法门。如果缺乏语言表现力的支撑，再好的故事也是枉然。长篇小说语言的表达方式，与其他文体的表达方式有共同特点，又有所不同。贾平凹说，文学作品就是好好说话。这种好好说话当然包括长篇小说。虽然贾氏说得貌似轻描淡写，漫不经心，实则内涵深沉。认真想想，好好说话还真不容易。现在有一种倾向，尤其是小说中，每个人说的话几乎都一样，都是作者的口吻，特别是一口学生腔，网络语，一看就知道闭门造车，实为"书斋文学"。此风愈演愈烈，尤其是论家推波助澜，以创新的面貌出现，颇能迷惑人，令人堪忧。我们知道，中国小说，由说书而来，虽说较程式化，但有一个优良的传统，便是由人物的语气，可见出人物的性格，破除了千人一面，千人一腔。这种好传统一直延续下来，许多优秀的作家，自觉形成了向生活要语言，向群众要语言的好作风。

《归去来兮》是一部在语言上继承传统，吸纳当代文风的作品。虽然不能说作品语言达到了很高水准，但小说能什么人说什么话，什么语境中表现不同的语气，使人物与语言比较吻合，这一点上，可看到作者的追求。我们读任何一部经典作品，每读到妙处，每见一好语言，总禁不住拍案叫好。这便是语言的神奇，所谓生花妙笔，是可以展开无穷的想象，开辟心领神会的佳境。

中国文学中，唐诗，是炼字的高峰，它所创造的炼意炼字的例子太多，为一字而捻断数根须的苦练精神，数不胜数。长篇小说的语言虽不像诗歌这般精炼，但如果语言不好，则整个作品，味同嚼蜡，干瘪乏味。《归去来兮》较为注意了语言的节奏，声韵，色彩，简洁中注意语言的分寸感，趣味感，质地感。它拒绝生涩，呆滞，晦暗的语言格调。相信这可以赢得更多的读者，增加作品的可读性。举几个例子：如"正想着，黄金求进来了，易凡夫起身把他让到预留的领导座位上，这时，小曾的一杯茶已经端上来，那笑很诡媚。如果在小曾的腚部栽一条尾巴，他肯定会摇得像一只许久不见主人而邀宠的哈巴狗。黄金求用目光示意小曾坐回去，小曾很张扬地带着谄笑回去了。"；又如"坚持是一种精神，妥协是一种艺术，放弃是一种境界。拥军，适可而止吧。"；再如"易凡夫觉得，你侮辱我可以，不要侮辱我尊敬的人。就像一只癞蛤蟆，遇到一条吐着信子的蛇，明知无力抵抗，却还要挺胸凸肚，涨涨身形，挣扎一番。"

语言的光华是每一位作家毕生追求的。应该说《归去来兮》在这一点上，还可以更多的淬炼，可以更上层楼。

如果我的理解不错，本书作者所呼吁的不仅是回归林泉田园，与陶渊明式避世归隐有本质的不同，往深里看，易凡夫寻找的不是乌托邦式世外桃源，他急流勇退，是听从内心的呼唤，胡不归的，是充满初心的生活中干净的田园，这不仅是我们生活的大地，也是我们的精神家园。

梁瑞郴庚子夏于长沙

梁瑞郴，湖南郴州市永兴县人。国家一级作家，享受国务院特殊津贴专家。湖南省作家协会名誉主席，湖南省散文学会会长。著有报告文学集《一万个昼与夜》（合作），散文集《雾谷》《秦时水》《华夏英杰》《欧行散记》等。散文《远逝的歌声》获中国作家协会和煤炭部第二届乌金奖，《雾谷》获全国副刊优秀作品奖，散文《东江秋色》入选中学语文课本。

新世纪之初的某个上午。

荆漳省荆北市锅县。

易凡夫斜躺在办公椅上，目光呆滞地盯着花白的天花板发愣。

屋角有一圈很不起眼的小蜘蛛网，一只小飞虫一不小心撞上去了，正不停地挣扎着，网的主人早感受到猎物的信息，迅疾地冲过去，纠缠了短短几秒钟，飞虫不动了，认同了被捕获的命运。

易凡夫深深吐了一口气，稍微变换了一下坐姿，继续发着愣。

早餐时，人事科的龙科长狠盯了他几眼，然后用嘴角代替脸招呼了一下，只不过那笑很象征，就像套取话费的野电话，还来不及接收就已挂机。易凡夫漠然回视了龙科长一眼，然后埋下头虎咽两口稀饭，他被稀饭烫得龇牙咧嘴，连翻几个白眼。

易凡夫到税政科已经三年，成老办事员了，办了一些老事，人也随着事一天天变老。三十五岁不到，就显得血气不刚，心态苍老。

这几天，局党组连续开党组会，按惯例到机关人员轮岗的时候了，党组会议的主要议题就是普通干部换岗和骨干提拔等。每到这几天，党组成员的脸上更增添了肃穆，俨然古代枢密院、军机处决策军国大事。这些决策在锅县地税局虽然不可能五十年不变，但三五年不变的决定还是可行的。特别是中层骨干这一块，提拔上了只要不犯错误，一直可以混到退休，即使不能再往上走，也不会往下滑。党组成员有肃穆的资本，因为全局一百多名干部的前途都在他们的脑中、口中。因而这几天他们在肃穆的同时，对每一名干部都居高临下地颔首，那种表情显示了外交的模糊性和卦师的预示性。如愿的干部可以理解为：都是我力排众议才把你提拔、调动。没有如愿的干部可以理解为：我为你据理力争了，但别人不同意。在决定人员去向时往往各抒己见，有时甚至唇枪舌剑，面红出汗。普通干部对人事变动也很关注，总有三五成群的人在议论着，某个人很神秘地说："谁谁会去哪个岗位，谁谁会靠边站。"那神情像刚从枢密院、军机处出来，宰相、太尉跟他商量了似的。当别人问他自己会在哪里高就时，就讳莫如深地摇摇头，一副绝密无可奉告的表情。这时又有另外的人说："你那是老版本了，新版本是怎样怎样的。"前面的人不说话了，人们的注意力又集中到后面的人身上。每个人都想成为中心人物，那一刻，让别人知道自己了解内幕消息是多么的荣耀。易凡夫很麻木，从不打听这些事，只做着自己分内的工作。

龙科长的眼神很独特，人事科长是可以列席研究人事的党组会的，难道自己被黑了，不知道这次自己会被发配到哪里？易凡夫心里嘀咕着。在地税十几年了，好事没一回轮到自己，坏事次次都好像能找上门，不知是自己得罪了哪方神道。好在自己甘于淡泊，没有过多的非分之想，因而也能很好地混下来。胡思乱想了好一会，易凡夫把目光从天花板移到办公桌，桌上还有一份需要转发的文件，备忘台历上还记着两件要办理的事和联系电话，他拟了一个文头交办公室核稿，然后抓起电话高效率地办完了事。

党组会议室里烟雾缭绕着，一把手铁月皓是不抽烟的，但每次开党组会都把自己的私家烟拿两包出来丢在会议桌上，几个副手都是一级烟民。分管业务的副局长马千里号称"不熄火"，抽烟一支接一支。分管办公室的副局长黄金求抽烟有讲究：只抽一种牌子。分管人事的副局长严俊也有烟瘾，不过在公共场合比较注意形象，在会议室可就放开了。三杆烟枪放肆造雾，把会议室每个人的表情都笼罩在雾中，异度空间一般的沉寂把人的注意力更吸引到烟上了。这沉寂不为别的，就为易凡夫。

先天的党组会上，严俊提出把易凡夫调到办公室提拔为副主任，黄金求马上跳出来反对，并列举了两大理由：一是易傲慢，办公室是个综合协调部门，不要因个人性格不好得罪了人，影响了工作；二是易散漫，可能不会很好地遵守工作纪律。其实黄金求有自己的"小九九"：别人反映易凡夫不阿谀奉承，有点死脑筋，如果自己控制不住，那以前玩局里的名堂就会大白于天下。另外，自己曾答应小曾力荐他搞办公室副主任，小曾对自己很忠诚，一定要阻止易凡夫提拔。看到黄金求如此激烈的反应，马千里没有发言，易凡夫于他分管的业务这一块有也可，无也可。在紧张的气氛中，铁月皓说了一句："此事明天再议。"第二天，黄金求反对的态度依然很坚决。但严俊有机会说了易凡夫几大优点：综合协调能力强，正直有人格魅力，一定能适应工作；散漫与工作岗位也有关系，税政科可能要经常做一些调查，所以有时候没在办公室不代表没有干事。马千里听到严俊替他分管的科室说话，也点头表示赞同。沉默中，铁月皓右手用力在面前挥了一个来回，表象是拂开眼前的烟雾，其实体态语言很明显：一、我是一把手，现在要总结发言了；二、以我说的为准。

但他的语气却非常和缓："我觉得尽量用人所长嘛，我个人赞同老严的发言，当然，易凡夫对新的工作岗位不熟悉，老黄可能要辛苦点，多带带。"

事情就这么定下来了。龙科长是个老人事，把该记录的都记下来，党组成员在记录本上签字，上午的会议就结束了，临出门前，铁月皓又说："进入单位的分管领导找当事人谈话，尽快到岗。"

锦上添花的事谁都会做，下午刚上班，易凡夫就接到黄金求的电话，要他马上赶到黄办公室。易凡夫放下电话，心想：见鬼了，黄金求既不分管税政又和我没私交，于公于私都没理由亲问我，可能是帮朋友打招呼吧，管他呢，应付了再说。易凡夫来到黄金求的办公室，黄金求一改往日见了下属时翻的死鱼眼，露出了难见的笑容，虽然笑在面皮上。

"小易啊，你到我们办公室来工作吧。"

易凡夫的目光里有疑惑和咨询的意思。

"上午的党组会研究人事问题，对你的提拔有不同的意见，我觉得你不错，综合素质和协调能力可以胜任办公室工作，所以强烈要求把你安排在办公室，担任副主任，给我面子吗？"

黄金求感觉要易凡夫做办公室副主任并不是严俊的意思，而是局长铁月皓的意思，先笼络笼络，不行再采取措施，所以标榜自己，以博得易凡夫的好感，管他真话假话。让黄金求惊奇的是易凡夫并没有表现出惊喜感激的神情，只得到一句淡淡的"谢谢"。难道是谁把消息透露了，应该不会吧，上午的会开到快下班，下午一上班我就打电话，应该没有人抢先卖这人情。可这小子不怎么领情，果然傲慢，看来得慢慢收拾他。

黄金求边这样思考着，边问易凡夫："小易，你有什么想法？"

易凡夫从来不觉得黄金求会欣赏自己，听黄金求这么一说，还觉得自己有点小人了，再仔细一打量，黄金求的死鱼眼也不那么难看了。易凡夫心想：既然黄金求看得起自己，以后就要好好捧场，用行动来回报。

黄金求的问话打断了易凡夫的思考，易凡夫淡淡地说："没什么想法，服从组织安排。"

易凡夫不知道，这淡淡的态度，为自己树了一个强劲的敌人。

人事变动后，照例都有一些酒局，最先开局的当然是地税局几个关系最铁的哥们。铁哥们都了解易凡夫，在祝贺他的同时，笑他捡到一个大馅饼。

易凡夫说："你们觉得是馅饼，谁要谁拿了去。"

铁哥们都说他捡了便宜还卖乖，易凡夫本来还要辩几句，这算什么馅饼，也不就是一个吃力不讨好的差事，自己也并不热衷些什么。后来觉得人多，要是把自己的一些真实想法传到领导耳朵里不好，就沉默了。其实这个"捡"还是很贴切的，不是主动的，比"讨""要"还是好听一点。不说话，当然就用酒来补充。易凡夫觉得不能辜负兄弟们的一番美意，于是主动喝了酒。

接下来几天，地税局内部开始了传统的迎来送往。税政科为易凡夫送行时，马千里参加了。

他对易凡夫说："小易啊，你是个人才，我推荐提拔你，就是想让你在我分管的科室任职，可办公室更适合你发展，我只好忍痛割爱了。"

易凡夫心想：要推荐早可以推荐，现在假惺惺的干什么？但又不能表露出来，只好说："感谢马局长栽培，我虽不善言谈，但心里明白。"

双方都明白对方说的假话，但都认真地表演着。由于有马千里在场，税政科的人都不说话，只有科长粟晓阳一边陪着马千里喝酒，一边发动全体人员敬酒。一会儿后，马千里说有事走了。在酒桌上，先离开是领导的特权，且不需要像普通人一样赔礼道歉。气氛霎时活跃起来，大家毕竟在一起工作了几年，工作时各管一块，生活中亲如兄弟姐妹。

粟晓阳举着酒杯，搂着易凡夫的肩膀说："凡夫兄，怎么一点消息都不透露啊，瞧不起兄弟们啊。"

易凡夫马上赌咒发誓说自己并不知情，在大家的哄闹中罚了一杯酒，借着酒劲说："晓阳啊，说句得罪你的话，一个科级单位的中层副职算个什么，你我都还不是埋头赶路的马前卒而已。"

不过在座的还有两位刚参加工作不久的年轻人，易凡夫怕对他们产生不好的影响，又说："小张、小李，你们还年轻，跟我们不同，年轻就是本钱，你们还要努力的，我们老了，可以休息了。"

话刚说完，小张说："易哥，你年纪不大，心态老，但也不能卖老啊，该罚酒一杯。"

在众人的坚持下，易凡夫又认罚了一杯。易凡夫觉得小张很伶俐，是个可造之材。

内勤成姐一直没说话，这时她站起来举着杯对易凡夫说："凡夫，你是个好人，成姐要好好感谢你！"

成姐这么说是有原因的，孩子今年中考没考好，想进一所好点的高中，两口子到处找人，花了不少精力和金钱，都没办好，易凡夫听说后，给他大学的同学打了个电话，同学的老公是实验中学的校长，没费什么劲就摆平了，成姐一直心存感激。

"凡夫，你会有好报的，我觉得凭你的为人，没有办不好的事，来，姐祝贺你！"

易凡夫知道成姐是真心祝愿，也倒了满满一杯干了。瓶中的酒越来越少，酒桌上的话越来越多。

粟晓阳酒后针对局里的各项工作发了几句牢骚，易凡夫觉得不好，对小张、小李说："粟科长喝多了，你们送他回去吧，我们今天不喝了。"

粟晓阳马上意识到自己的失态，对大家说："酒不喝了，难得今天是周末，不用上班，下午休闲休闲，陪易主任唱唱歌。"

易凡夫在粟晓阳的背狠擂一拳，佯骂道："合卵性。"

第二天是周日。办公室为易凡夫设了欢迎宴，五十二岁的刘主任主持，很程式化，办公室其他人员都参加了。通过几天的接触，易凡夫发现文秘小王对自己不怎么感冒，局里也有传闻提拔小王当办公室副主任，本想和他交流交流，但后来觉得算了，年轻人幻想破灭一次就成熟一点，慢慢自我成熟吧。

办公室的工作说有多繁琐就有多繁琐，易凡夫上任一个星期就知道功夫了。好在刘主任是个老资格的主任，他协调一些事情时，机关各科室、分局都给点面子，内部这一块只把领导伺候好就基本上能过得身了。但外部这一块很不好摆平，上级和各职能部门检查，各单位拉赞助求捐助，各种突发事件的处理，既要接待好又要少花钱，的确很不容易。易凡夫还发现，办公室并不像他在税政科时那么和谐：刘主任和出纳小田、办事员小曾绑得很紧，经常同进同出，文秘小王有点孤立无援，自己到办公室后，成了第三派。易凡夫估计小王和原办公室副主任走得近，所以得不到刘主任的抬爱。但是在工作中相互拆台就不对了。有时候问刘派小王管的事都说不知道，有时候问小王份外的工作他一概推说不晓得。并且两派还同时对易凡夫看冷，易凡夫知道，刚来，不做出几件扬名立万的事来，是立足不稳的。

检验易凡夫的机会很快到了。那天，派出所来了两位干警，说是要检查地税局的安全设施情况。刘主任和易凡夫都出去了，办事员小曾把干警领到会议室，给他们泡茶，并给两人各发了一包烟。正在这时，易凡夫回办公室了，听说后到会议室与干警打了个招呼。

干警说了检查的内容，并要办公室拿出有关资料，看得出来态度并不友好。

易凡夫对干警说："我们的资料都有，但是不能给你们看。"

干警说："必须拿出来，不然要处罚。"

易凡夫说："我们地税局是公安局的内保单位，归口内保股管，你们不知道吗？"

易凡夫拿起手机对他们说："要不，我叫内保股尹股长与你们通话？"

那两位干警见易凡夫很懂内保这一块，又跟尹股长很熟，于是说："不要打了，你们是内保单位我们不清楚，对不起。"马上起身，一溜烟走了。

易凡夫待他们走后，问小曾："你不知道他们没权检查吗？"

小曾说："知道，但看他们来了，就接待了。"

"以后不该接待的一律不接待，不该用的钱一分都不用。"易凡夫的语气有点严厉。

小曾没说话，易凡夫看见小王脸上滑过一丝不易察觉的笑，笑过后遗留的是满脸的幸灾乐祸。小曾显得很不以为然，虽没说话，但轻蔑的神情非常明显，并且在回答易凡夫时并不用嘴，而是用鼻子哼了一下，不知是肯定还是否定。易凡夫强压着心头的火气，没和他计较。只在心里想：这么嚣张，不知仗谁的势？下次办公室开会时这件事情还得说道说道，引起警醒。

在办公桌前坐了几分钟，易凡夫正准备去黄金求的办公室汇报关于联系国、地税联谊活动的情况，忽然，小王带了两个人进来，其中一个人递给易凡夫一张名片，上面的衔头是某律师事务所副主任。

易凡夫很客气问对他说："你好，有什么事？"

那人指着同来的人说："这是我的当事人，有一起车祸涉及到你们单位。"

易凡夫马上明白了。还是在人事变动前，下面分局的一个分局长私自把分局的车借给了他弟弟开，出了车祸，撞伤了一位骑单车的农村妇女，伤者目前还住在医院里。

律师说："现在医院的账上没钱了，按有关规定你们单位应负连带责任，你们先给医院交点钱吧。"

易凡夫问："你是律师吗？"

律师说："当然，我有证件的。"

说着要掏证件给易凡夫看，易凡夫摆手制止了，说："分局长弟弟是干什么的，你们调查了吗？"

"农行信贷科副科长。"

"你既然是律师，负连带责任是什么情形你是很清楚的，肇事者有承担民事责任的能力，凭什么要我们单位负责，我还要他赔偿车损。你来这里目的是吓诈吧？"

律师知道遇上明白人了，马上说："我是看我的当事人可怜，医院没钱了，我们又联系不上肇事者，所以来找你们。"

易凡夫说："我不是看当事人可怜早轰你们走了。"

那律师马上就台阶下来："那你们帮帮忙，通知一下肇事者去医院交钱，谢谢了啊！"

易凡夫挥挥手示意他们可以走了，并说了声："早这么说啊，我会帮你通知的。"

小王一直在旁边，看他们走后对易凡夫说："他们昨天来过，刘主任要他们找领导，刚好昨天局领导都不在家，就约的今天。想不到被你几句话打发掉了。"

易凡夫说："那律师知道找我们不上，但是看我们是公家单位，能赖一点钱就赚一点，他不可能联系不上的。"

"你是学法律的吗？"小王问道。

"不是，学历史的。历史上的大骗子太多了，所以这种小巫不值一提，呵呵！"易凡夫边说边用手比了个大小的手势。

小王笑了，这笑明显表示了一种示和与好感。小王通过这两件事的处理也看出易凡夫处事能力很强，并能捭阖自如，对易凡夫的印象又好了几分。


办公室的刘主任在易凡夫到任两周后的一天下午，召开了办公室全体人员会议，明确了人员的具体分工，并对文秘信息这一块的工作提出批评，易凡夫看到小王脸上红一块白一块，尽量压抑着内心的不快却无可奈何。心想：小王在自己的工作岗位这一块还不错啊，难道是哪里得罪了刘主任？这证明自己刚到办公室时的观察和猜想是准确的。正想着，黄金求进来了，易凡夫起身把他让到预留的领导座位上，这时，小曾的一杯茶已经端上来，那笑很谄媚。如果在小曾的腚部栽一条尾巴，他肯定会摇得像一只许久不见主人而邀宠的哈巴狗。黄金求用目光示意小曾坐回去，小曾很张扬地带着谄笑回去了。易凡夫忽然明白小曾就是仗黄金求的势。因为自己两耳不闻窗外事，所以并不了解局里面错综复杂的关系。不过，原准备在会上点一点小曾也就罢了，打狗欺主嘛，何必得罪黄金求，他可是直接的顶头上司啊。

按照场面上的惯例，刘主任必然要请黄副局长作重要指示。黄金求有点特异，不能急，一急就结巴。刘主任要他指示，他随口说了几句，忽然话锋一转，指责小王最近上报的一篇信息数字报大了，让局里年底与县里讨价还价时处于被动。

小王先前被刘主任批评了一顿，现在又被黄金求刮胡子，终于爆发了："黄局长，那篇信息上报时我不是送给你看过了吗？"

黄金求没想到小王会当着这么多人的面顶他，急了，那双死鱼眼翻出的白更刺目，脸也憋得通红。"你…… 你你…… 什…… 什么时…… 时候给我…… 我我…… 我看了？"

眼看着黄金求还要说什么话，易凡夫怕他说出过火的，不好控制局面，更要命的是黄金求说得累，听的人更累，于是对小王说："小王，我们自己的工作失误了要从主观找原因，本来办公室报信息就要自己把好关，领导事多，可能忽略了，我们现在也不追究责任，想办法补救回来吧。"

易凡夫把问题说成我们的，明显站在小王的一边了，小王嘟噜一句，趁易凡夫说话，黄金求也顺过气来，继续指示，但看到小王的脸色也不像个好惹的主，不敢再撩拨此事，何况这信息自己真是看过，只是没和铁月皓通气，就捅了一个小小的娄子。不过这小王也太不尊重自己了，就这素质还想提拔，没门。又说了些无关紧要的指示。其实这种例会黄金求到场只是身份的显示，指示大多是无关紧要的，召开会议的人把他请来当庙里的菩萨，镇镇场面。可参加会的不见得全都是善男信女，信菩萨的，把他当菩萨一样敬；不信菩萨的，把他当菩萨一样不敬。黄金求讲完后，易凡夫说了几句，首先把信息工作失误的责任揽在自己身上；然后表示自己初来办公室，不熟悉业务，请大家多帮助。其实心里却想自己怎么变得这么虚伪，莫非官场就是要从虚伪开始吗？刘主任总结了几句，例会在阴转多云的气氛中结束了。

出会议室时，小王有意走在后面等易凡夫，说："易主任，等会一起吃个晚饭吧。"

易凡夫正想和小王交流交流，问小王："还有哪些人？"

"就我们两人。"

"好吧。"

下班后，易凡夫跟着小王到城郊一个专门经营谷鸭的小餐馆，这里安静，味道也还不错。两人点了一钵鸭子，要了两瓶小酒，边喝边聊。

小王说："今天开会我顶黄鼠狼，你觉得奇怪吧？"

"黄鼠狼？你们这么称呼黄局长吗？"

"是的，我知道你人正直，所以才约你喝酒，你该不会告密吧？"

易凡夫笑了笑，小王接着说："黄鼠狼太坏了，以后你自己会感觉得到的，他肯定对你说是他力举你的吧？"

易凡夫没说话，小王也知道易凡夫不会说什么，接着说："我听说你的提拔是铁局长的意思。"

易凡夫心想：我和铁月皓也没什么渊源，现在还真有任人不唯亲的好事吗？

"原来的办公室副主任印之节就是得罪黄鼠狼后被调走的。"

"是什么事啊？"易凡夫问。

"你会遇到的。"小王呡了一小口，说："在印副主任调走后他想提拔小曾当副主任，到处散布我的谣言，在工作中挑我的刺，其实我自己根本没什么想法。"

反正易凡夫也不知道自己是怎么当上办公室副主任的，马千里也卖人情，黄金求也卖人情，以后不知还有多少人卖人情。在提拔上谁没有想法是不可能的，自己年轻的时候也有过想法，有想法没有机会，有机会没有后盾。

小王二十六七的年龄，正是有想法的时候，正常得很。而现在自己确实没有想法了，却混上了一个不入流的副职，被命运狠狠地幽了一默。

小王的酒量不错，转眼间，两瓶小酒已经喝完了。小王征询地望着易凡夫，易凡夫觉得小王很可爱，很直爽，今天正好多了解了解，于是说："还来两瓶吧。"

酒上来后，小王又主动谈起办公室的事情，这正是易凡夫想知道的。

小王说："办公室虽然只有这几个人，但各有特点。刘主任是个好人，爱喝酒，一喝酒就误事，但善后工作做得好，另外资历老，领导也不怎么为难他。原来的印副主任各方面都不错，可是跟黄鼠狼关系很紧张，所以调出了办公室。"

易凡夫望着小王，没说话，看小王快人快语的，他猜小王会很快说出他想知道的答案。

小王很聪明，说："我知道你现在想什么，我会告诉你的，先喝酒。"

两人又喝了一大口，吃了点菜，易凡夫觉得，幸福的家庭都是相似的，可口的菜味道却总是不同的，这小店的菜味道实在好，在这偏僻的地方也能红红火火。

"黄鼠狼私心太重，总是沾局里的便宜，有些支出要印副主任签字，黄鼠狼又不承担责任，被印副主任拒绝几次后，黄鼠狼对他怀恨在心，最终把他赶出了办公室，还认为我是印副主任的亲信，也附带打压我。"

"哦。"易凡夫应了一声。

"小曾是一个马屁精，常围着黄鼠狼转，把刘主任、印副主任都不放在眼里，我知道他当不了办公室副主任，无德无能，他要当上办公室副主任才是天大的笑话。但我也没想到你来。"

易凡夫笑着说："为什么不想到我，看来我是无德无能当这个办公室副主任了。"

小王说："没想到你，是因为你志不在做官，看你平时的所作所为就知道，你是个追求自由散淡的人。"

易凡夫说："是啊，我自己都不知道怎么会到这里来了。"

"再告诉你吧，你要防着点黄鼠狼，他是坚决反对你来办公室的。"

易凡夫想：这小王从哪里得到的这些消息，煞有其事似的。

"你不要怀疑消息的准确性，我透露给你，一是看你是条汉子，不要中了小人的暗箭；二是我自己的离职去向都规划好了，反正不怕打击报复了。"

"准备去哪里高就呢？"

"到时候再告诉你，走之前我会在内网发个帖子告别。"

完了，小王要打车送易凡夫，易凡夫谢绝了。刚吃饭正好走走促消化，还可以理顺一些思路。看样子小王不是说假话，如果消息可靠，那黄金求就是个混蛋。自己差点被他蒙蔽了，还从心里感谢他，真是江湖险恶啊。

第二天，易凡夫在机关食堂遇到黄金求的时候，觉得他的死鱼眼又像以前一样奇丑无比了。


在办公室很无序地忙碌着，易凡夫除了做一些杂七杂八的琐事，就帮小王审定稿件，转眼一周过去了。

周一的早晨，小王没来上班，给易凡夫打了个电话，告诉他自己已经到了深圳。

易凡夫问："就这么走了吗？"

小王回："不这么走怎么走啊？你送我啊？"

易凡夫说："给领导们通气没有？"

易凡夫的意思是小王走前给领导说一声，领导们好有个心理准备，对办公室工作有个安排。

"我要通知他们几个干什么，我自己工作都不要了，还通什么气？"

"那我也要为你饯行吧！"

"谢谢了，有你这句话，就说明我的社交不是很失败，或许我还会接到许多为我饯行的电话，但只认你这一个，马上就换手机号码了。我发了一个帖子在论坛里，有空去看看吧。"

"好的，回来了联系啊。"

挂了电话，易凡夫打开全市地税内网的论坛，小王发的帖子果然挂在网上，题目是《一位临别税务机关工作人员的告别书》。跟帖的人很多，刚上班不久就有一千多个跟帖，点击数更多了。

易凡夫仔细看了帖子，帖子列举了县局存在的很多不合理现象，谈了自己对这些现象的看法，并以一个即将离开税务部门人的身份提出了忠告。有几个别字，不知是不是故意的，易凡夫心想。正在这时，办公桌上的电话铃突然响起，在静静的办公室里，分外刺耳。

易凡夫拿起话筒，是铁月皓打来的，要易凡夫马上去他的办公室。易凡夫不敢怠慢，噔、噔、噔几步跑到二楼领导办公区，轻轻敲了一下局长室的门，然后推门进去，看见铁月皓不安地在办公室踱来踱去。

他很小心地问："铁局长，有什么事？"

铁月皓说："办公室小王离职了。"

"是啊，刚才刘主任告诉我了。"

"他在网上发的帖子你看了没有？"

易凡夫不知道铁月皓问话的意思，只能敷衍说："刚准备看，您叫我上来了。"

"这小子，搞这么个东西，捅什么娄子！"看得出铁月皓极力掩饰着气急败坏，边说还边瞟着电脑屏幕，告别书挂在屏幕上，可像刀子一样刺进了铁月皓的心里。

铁月皓指了指沙发，示意易凡夫坐下，说："小王走了，你先把小王的工作兼下来，我会和其他几个人通气。"

易凡夫没吭声，铁月皓又说："我观察了很久，觉得你不错，好好干吧！"

说着用那只高贵的手在易凡夫的肩上拍了拍。易凡夫觉得这话和这动作很熟悉，几年以前，提拔呼声很高的易凡夫从另外的科室调出来时，铁月皓也这样说这样拍，顶替易凡夫的是铁月皓的小舅子，马上就被任命为副科长，易凡夫在税政科继续当着办事员。但那小舅子偏不为铁月皓争气，工作拿不下，关系处理不好，还到分局吃吃喝喝，群众反映不好，不过因为裙带关系，副科长的位子坐得挺稳的。所以小王说铁月皓力挺自己，易凡夫始终不相信，天上真的不可能掉下馅饼的，现在又在卖人情，易凡夫心里一阵厌恶。

铁月皓见易凡夫没说话，又问："有困难吗？"

易凡夫回过神来，怎么在局长室发愣呢，于是马上说："行，我尽力吧。"说完逃也似的从局长室回到了办公室。

作为第一个从地税局辞职的人，小王在全市地税系统掀起了轩然大波。一天不到，跟帖就上了一万，看趋势就像那钱塘潮水，势不可挡。

铁月皓急得像热锅上的蚂蚁，下班前开了一个紧急党组会，通报了工作安排，并要严俊与荆北市局联系看能否封住帖子，缩小影响。那时刻，铁月皓感觉像站在决堤的洪流中，不知道自己将被冲到哪里。而此时马千里的心里一阵暗喜，犹如夜行的人看到东方出现了一线曙光。


局里的办公楼是由原来的税务印刷厂改建的，两层小楼，已经很旧了，办公条件很差，春天潮气太重，阴雨天光线太暗，看着别的单位都在宽敞明亮的办公楼办公，机关的普通老百姓有议论了，古话说得好：贪官不修衙门。其实他们不知道，那是古代的贪官，现代的贪官是很愿意修衙门的，有两个好处：一是体现政绩，搞政绩工程，很直观；二是得实惠，建安项目中的潜规则也是明规则了，拍板的人是有利益的。

铁月皓早想把办公楼建起来。当局长已有两届了，有消息说全省地税系统人事改革快启动了，自己已到了退二线的年龄，再怎么也不能把基本建设任务留给接任者。一直没动就是为谁管基建头疼，自己是不可能亲自管的，虽然想管，但急功近利明显了会留下笑柄，这一点，铁月皓还是能把握住的。几个副手都不合自己的心意。马千里踌躇满志，但志大才疏，不堪大用；黄金求年纪稍轻，办事不稳重，何况别人反映他有占小便宜的毛病。相比之下，只有严俊还强一点，上次提拔易凡夫的时候，只暗示一下他就操作了，是个明白人，就让他管吧。铁月皓在心里定下人选，决定最近开个党组会，把建筑施工队定下来。在这节骨眼上，小王的辞职搅乱了他顺利的思维，还不知道市局领导对此事的态度，几天以来，他心里一直烦着。

易凡夫坐在办公室电脑前，翻看小王的告别书，电脑屏幕上不断有跟帖的，几天之内，跟帖竟然到三万了，这在地税内网建起以来，还是第一个这么火的帖，或许是这么多普通干部被压抑已久的心情释放吧。

易凡夫仔细看了跟帖，大部分都是佩服、支持小王的，少部分是指责的，还有个别的是用领导口吻来说事的。从跟帖中可以看出，普通干部的不满情绪很严重，易凡夫觉得很可笑，在这上面发泄有什么用，不痛不痒的。不过还是跟个贴权当给小王捧场："时光仍在流逝，街市依旧太平。你吃螃蟹我喝酒，悠哉悠哉。"

正忙着，手机响了，原来是高中同学姚鲁的电话，约他一起吃晚饭。

姚鲁跟易凡夫是高中同班同学，可以列入死党一类。高中毕业后易凡夫混到本地一不入流的大学，姚鲁则因为有一个好爸爸早早地参加了工作，在县委小车班开车，工作清闲，收入高，经常吃香的喝辣的。但他还是遵循"苟富贵勿相忘"的古礼，常去学校看易凡夫，间或带几包好烟搋一瓶好酒给易凡夫改善改善生活。易凡夫工作后，不富贵也不相忘，经常拉着姚鲁一起喝喝酒，聊聊天。今天不知又是一个什么局，好久不见了，正好聚一聚。

易凡夫按照姚鲁的指示，到县政府大院旁边的一个小餐馆，姚鲁已经等在包房里了。他对易凡夫说："不是我请你，是欧阳书记请你。"

易凡夫这才明白，这是一个答谢宴会。

县委副书记欧阳天明早就要请易凡夫吃饭是有原因的，欧阳天明的儿子小明今年高考，小明语文成绩不好，欧阳天明想为儿子请个老师辅导，姚鲁向欧阳天明推荐了易凡夫，说易凡夫的语文功底很好，可以辅导小明，欧阳天明同意了。姚鲁又给易凡夫做工作，易凡夫本来不想接触领导，但姚鲁的事却不能推。

易凡夫与小明谈了一些语文学习的情况，发现小明很聪明，应该能将成绩赶上去，对姚鲁说："这个忙我应该能帮上你，到时候你怎么谢谢我啊？呵呵！"

"好说、好说。兄弟之间啊，哈哈哈！"

说笑归说笑，第二天易凡夫就为小明制定了详细的学习计划，效果不错，高考成绩出来，小明的语文成绩比以往高了很多，总分也达上了重点本科线，被上海一所有名的高校录取了。姚鲁问易凡夫怎么能让小明提高的，易凡夫笑而不答，其实很简单，易凡夫要小明把课文后面所有的注释都记熟，抓住关键基础，然后在考前两周给小明出了四道作文题，小明写了后易凡夫反复修改润色，小明在短时间内强记下来，高考时的作文刚好和其中一篇能套上。小明上大学后，欧阳天明想请易凡夫吃饭，但因为县里事多，就一直等到现在。

领导就是领导，请客比客人都慢到。欧阳天明一阵风似的进来了，后面还跟着两位女士，易凡夫都认识，一位是欧阳天明的夫人杨姐，在财政局上班，一位是县里知名企业桃花溪旅游股份有限公司经理欧阳馨。在座的只有欧阳馨和易凡夫不熟，通过介绍彼此寒暄后宴席就开始了。

欧阳天明夫妇举杯感谢易凡夫，易凡夫谦虚地说："都是小明天资聪颖，其实我没起好大作用。"

话题围绕小明和高考谈了一会儿，忽然欧阳天明问易凡夫："你的工作岗位换了吧？"

易凡夫觉得奇怪："是啊，你怎么知道？"

"前不久，你们的铁局长来我这里，我跟他谈起过你，他说最近会给你换个岗位。"

"我现在是办公室副主任，谢谢你，欧阳书记！"

易凡夫倒了一大杯酒敬欧阳天明，欧阳天明也没推辞，一干而尽。原来欧阳书记是"始作俑者"，铁月皓、马千里、黄金求都说怎么怎么欣赏提拔我易凡夫，全都是鬼话。铁月皓起了一点作用，但不是心甘情愿的，是迫于欧阳书记的压力啊。

欧阳天明说："不要谢我，是你们的领导看得起你，你要不辜负领导的器重，要充分发挥自己的特长。"

易凡夫点点头，连说是。

顿了顿，欧阳天明又说："我们现在的人事制度正在日益完善，庸者不能占着位子，能者要尽其能；要将权力装进制度的笼子，当权者不能争权夺利、唯利是图，思想觉悟不能比老百姓还低。"

易凡夫感觉欧阳书记对人事制度的看法跟自己差不多，心里对欧阳天明多了几分亲近。

易凡夫又敬了欧阳天明和杨姐一杯，然后单独敬欧阳馨，他说："美女老总，久仰久仰。"

欧阳馨笑着说："易主任，怎么觉得你有点酸酸的，我是老粗，不习惯呢。"

"那我们喝酒吧，酒是不酸的。"说完，易凡夫仰头喝了一大口。

欧阳馨回应道："行。"也喝了一大口，把杯子举着亮了亮，面不改色。

酒局快结束的时候，有人找欧阳天明，欧阳馨说："嫂子，你陪哥走吧，我代你们陪客人。"欧阳夫妇打个招呼就走了。

欧阳馨问："姚哥、易主任，还喝吗？"

易凡夫觉得差不多了，再喝有点厉害，于是摆手道："美女，今天就到此为止吧，我是不能喝了。"说着侧过头看了看姚鲁。

姚鲁和欧阳馨很熟，笑嘻嘻地说："馨总，不喝酒可以，你不能走啊，等会儿陪易主任喝茶啊。"

"我只喝酒，没说陪茶啊，酒后的项目你们自己去玩吧，我不掺和了。"说完，对易凡夫摆摆手，说声再见，径直离开了。

姚鲁还想说什么，但碍于欧阳馨的身份，不敢造次。

两人从餐馆出来就近找了一个茶楼，慢慢消磨时光。

姚鲁告诉易凡夫，因为县里面的书记和县长有矛盾，欧阳书记在中间很不好做，既要做好两方面的平衡，又要保证工作正常开展，有时候弄得里外不是人，还有苦没处说。

易凡夫问："市里不知道吗？书记和县长调离一个或者两个都调走不就行了吗？"

"市里怎么不知道，但双方都在较劲呢。这段时间欧阳书记几头忙，太辛苦了。"

"欧阳书记也可以主政啊。"

"当然，谁都想宁为鸡头，不为凤尾。"

易凡夫心里愣了一下，欧阳天明感叹人事制度原来是在感叹自己啊。

易凡夫问："欧阳书记能上吗？"

"谁知道，听说市里对锅县人事变动已有眉目。"

易凡夫觉得，不管谁当县里的领导，都离自己很远，谁当都无所谓。但欧阳书记平易近人，当然希望他能上，他上了对姚鲁肯定更好，自己不是也受到他的恩惠了吗？

易凡夫丝毫不怀疑姚鲁消息的准确性，就像小王透露的消息一样。


建设项目就像钓鱼人抛在水中的鱼饵，成群的鱼儿在鱼饵旁游来游去，好不热闹。最近一段时间，铁月皓接了不少电话，有领导的，有朋友的，还有一些项目经理的。

铁月皓正在取舍之时，荆漳省地税局人事处的袁处长给他打来电话："铁局长啊，最近忙不忙？"

铁月皓一听是那么大的领导，慌不迭地回答："哎哟哟，我的袁大处长，我们再忙也比不上您呐，我们忙的是小事，您忙的是全省地税系统的大事啊。"那声音像提纯了的蜂蜜，甜得发腻，"您有什么指示啊？"

铁月皓知道，领导对下属的问候是很吝啬的，打电话肯定是有要办的事。

果然，袁处长直接问了："你们那里的办公楼乙方定了没有？"其实袁处长也知道没定，故意试探了铁月皓一下。

铁月皓知道瞒不过袁处长，说："现在正准备定，袁处长有朋友想参与吗？"

"我堂弟是你们县建的项目经理，找你，你不接电话，也不见面，他托我问问，他有资格参与竞标吗？"

铁月皓隐约记得是有一个姓袁的找过他，因为不熟，没理，想不到还是袁处长的关系。

铁月皓说："是吗，要他跟我联系好吗？这事还要提出来商量，我会做做工作。"

"那就拜托了，不过要公平竞争，不要看我的面子搞违纪违规的事。"

铁月皓对袁处长说："领导啊，您什么时候有时间下到我们基层来，我们也好尽地主之谊啊。"

"好啊，我有时间了就过来。"

一会儿，袁处长的堂弟就打电话来了，铁月皓要他到办公室来，他却请铁月皓出去，铁月皓心想：出去也好。叫上严俊，来到城关镇一个叫"洞中仙"酒家的一个雅间。

袁处长的堂弟叫袁中平，因为头大耳大，被人戏称为袁大头。他早早来到"洞中仙"等着铁月皓，其实他自己找过铁月皓两次，还没说上话，铁月皓就把他打发走了，他探听到铁月皓并不是不贪，而是狡猾狡猾的，自己攻不进，只好请堂哥出马，看来还是很有效的。

这种约会，人越少越好，三个人在雅间里面边喝边聊。袁大头是个很气派的人，点了一钵生态乌龟和一钵生态水鱼，拿上两瓶高档酒，大有不醉不罢休之势。

严俊没什么酒量，也不认识袁大头，但袁大头认识他，非要他喝酒不可。严俊看在铁月皓的面上，勉强倒了一小杯，一口酒下肚，就有一种刀子开膛破肚的感觉，从咽喉一直到胃，都火辣辣的。当铁月皓介绍袁大头是省局袁处长的堂弟后，严俊明白了。

铁月皓对袁大头说："你哥为你的事打电话了，今天严局长也在这里，我们会运作的。"

袁大头马上表示感谢，并恭维铁月皓说："我哥说了，铁局长人很好，今天见面，名不虚传啊。"心里却在说：不是我哥打电话，你也不认识我。

铁月皓说："你哥忙得很，如果方便，最好还是请他过来一趟。"

"好的，我联系他。"

趁严俊上卫生间，袁大头又悄悄对铁月皓说："铁局长，您帮忙，我还是懂规矩的。"

铁月皓没说话，严俊回来，三人就更没话说了。于是又喝酒，说些另外的闲话，酒喝完后，袁大头还要安排活动，被铁月皓拒绝了，铁月皓心想：初次见面，不知深浅，也不知道袁大头懂规矩是什么意思，反正是不能便宜给他的。袁大头见两人都没活动的意思，马上给司机打电话，送两人回家，下车时，给每人一个袋子，各装着六条高档香烟。

几天后，袁处长果然大驾光临。铁月皓聚齐所有的班子成员，并叫上办公室的正副主任迎接，把袁处长安排在桃花溪风景旅游区的四星级宾馆花溪楼歇息。

桃花溪风景旅游区是县里近年开发出来的，在城关镇西十五公里，这里有一条著名的溪水——桃花溪。溪水发源于梅茨山脉，由涓涓细流汇聚起来，到这里已小有规模。下游进山处有一座大坝，据说是响应伟大领袖的号召于上世纪五十年代兴修水利的战果，桃花溪和附近山上的水都流向这里顺势形成了花溪水库。桃花溪的两旁不知是栽于什么年代的许多桃树，每年春天桃花盛开，粉色、红色、白色的花，为两旁的青山平添几分妩媚。仲春花谢时，溪水把瓣瓣落花带入水库，把人们带入桃花流水的意境，桃花溪也由此而闻名。前些年，有好事者发动科学考察，称陶渊明笔下的桃花源应该是指这里，并以桃花溪上游出土的陶渊明碑刻为佐证。县里专门请了有关专家论证，最后得出结论：桃花溪比邻约定俗成的著名的桃花源，二者可以说是一脉相承。惹得真正桃花源所在的县差点和专家们打官司。就像现代不知名的人借知名人士炒作一样，虽然没竖起桃花源的招牌，但有了桃花源的名气，为开发打好了舆论前站。

政府为了开发桃花溪，首先进行基础设施投入，沿溪修了一条高标准的路，并补栽很多桃树，在桃树下修建了一条条小径，供游客们赏花摘桃，雏形出来后，政府招商引资，一澳籍华人接下这个坨，用2000万元人民币买断了50年的经营权，成立了锅县桃花溪旅游股份有限公司。

这公司运作得很成功，他们接下来后，请到深圳最有名的资产评估师事务所的评估师，对桃花溪有形资产和无形资产进行评估，值1.5亿元人民币，然后以此到银行贷款5000万元，开始滚动投入，修建宾馆、休闲山庄及其他娱乐休闲项目，经营得红红火火。这一切，公司经理欧阳馨功不可没。

宾主一行的晚餐就安排在花溪楼，刘主任和易凡夫早点好了菜，见袁处长从省城来，大鱼大肉就略表示了一下，主要以农家菜为主。像花溪特产的山鸡、斋菜、野菜，农民自己做的腌菜、酸菜等，摆了满满一大桌。当然，酒可不能马虎，这是酒桌上身份的象征，易凡夫准备了两种酒，任喝者选择，最后大家都一直按袁处长的意思喝其中一种。

大家都礼节性地喝了不少，袁处长对农家菜赞不绝口，看他高兴，铁月皓开始单独敬了，他举着杯子，对袁处长说："领导，您难得来一趟，今天要喝好，尽兴。"

袁处长很爽快地干了。铁月皓带了头，其他人也亦步亦趋，没想到袁处长来者不拒，酒量惊人。

两个轮回下来，严俊就有点醉意了，他对袁处长打着拱手，连说对不起。袁处长很大度地一挥手："没关系，不能喝就不喝了，尽兴不必喝醉。"

易凡夫第一次接触这么高层的领导，觉得很和蔼，没一点领导架子，还没有身边小领导的官气重。

转眼三瓶酒完了，服务员正问铁月皓是否继续开酒，忽然包房的门被轻敲两下，易凡夫马上过去开门，看见一个面生的人站在门外，就问："你找谁？"

那人的目光越过易凡夫的肩，招了招手，易凡夫回头，见袁处长已经站起来打招呼，明白是袁处长的客人，连忙让道，并吩咐服务员在袁处长身旁加了一把椅子。

来人是袁处长的堂弟袁大头。

铁月皓把他向在座的人介绍，然后又把地税局的人向袁大头介绍，袁大头一一握了握手，说："听说我哥来了，我来凑个热闹。"

袁处长说："是呀，你早该来啊，这些都是直接管你的税收的领导，要敬酒呢。"

袁大头说："应该，应该。"又叫服务员："拿酒来。"

袁大头从铁月皓开始敬了县地税局的人每人一杯，然后倒了一杯酒，对袁处长说："哥，我敬你。"

袁处长忙摇手说："我们就不喝了吧，一家人。"

"你是大哥，又是省局领导，我当然要敬你啊。"

县地税局的人马上起哄了，都说袁总作为锅县人民的代表敬省局领导，这杯酒说什么也不能推辞，袁处长只好干了。袁大头来了后，掀起第二轮高潮，不知不觉，第五瓶酒见了底。

袁处长说不喝了，大家也就罢了。易凡夫观察，在座的人除袁处长和铁月皓外，都不能喝了。这领导把握的度真好。

袁大头见不喝酒了，把胸一拍，豪气地说："后面的活动我安排。"

袁处长说："行，我和铁局长走走，你们去玩吧。"

铁月皓把易凡夫叫到一边交代，活动后不要袁总买单，易凡夫会意地点点头。

铁月皓陪着袁处长在桃林中散步。时值初冬，桃树早褪尽生气，虬枝交错，呈现出一片冬的肃杀，一旁溪水的鸣溅声，衬托出桃林和近山更加静谧。

两人在林中悠闲地漫步，边走边聊一些关于当地税收工作和人员方面的事。铁月皓半扯谈半汇报，然后想从袁处长那里打听全省人事改革的情况，如果能继续干几年就尽量争取。袁处长带来的消息并不乐观，人事改革方案第一条就是年龄，铁月皓马上就到龄了。不过袁处长又告诉他另外一条消息：省局有一批正科级实职退下来后解决副处级待遇的指标，但僧多粥少，竞争比较激烈。铁月皓已听到过风声，心里划算了一下，自己在这范围内，不知能否搭上这班船，这次请袁处长来，也就是为自己的事。

于是他对袁处长说："处长啊，我应该在这范围，能否考虑考虑？"

其实袁处长早知道铁月皓符合条件，但全省这么多正科级实职，退下来的也不少，要轮到铁月皓很不容易，不过这指标是省局人事处掌握的，给铁月皓争取一个指标还是没问题。

于是说："只要合条件，尽量争取吧。"

铁月皓心想：如果基建的事不定给袁处长的老弟，恐怕就不会争取了。于是对袁处长很坚决地表态："老弟的事您放心，下周就开会定下来，您就等着好消息吧。"

袁处长没吭声，铁月皓觉得是不是太赤裸裸了，好像达成一个交易。两人在林中良久，都感到些许寒意，铁月皓关切地对袁处长说："领导，天有点凉，回房间休息吧。"

二人回到花溪楼，袁大头他们还没回来。铁月皓安顿好袁处长后给易凡夫打了个电话，易凡夫马上从 KTV 包房出来，送铁月皓回家，然后回花溪楼准备接其余的人，签消费的单。

第二天，铁月皓早早来到花溪楼，陪袁处长游览花溪水库。乘坐快艇游水库也是旅游公司新开发的项目，环水库有大片的原始次森林，漫山遍野的竹海，还有一处峭壁，独立于水库中央，恰如一柱擎天，无处不透露出原始的风味，如居深闺未出的少女，细一看，景色确实可人。

袁处长上岸后，县地税局的其他陪同人员都等在那里，他们把土特产塞在袁处长的车上直到无处可塞了才罢休，依依不舍地挥别。汽车走很远了，带起的灰尘已经飘落，但笑容在他们脸上驻了很久很久。


其实再也不用开什么会了，谁是施工方党组成员都心知肚明。

铁月皓在家里用座机给袁大头打了个电话，告诉他已经定下来。袁大头连说感谢，并问铁月皓："您不会出门吧，想来您这儿喝杯茶。"铁月皓打了个哈哈，把电话挂了。

一会儿后，袁大头到铁月皓家里，铁月皓问袁大头："有铁观音，有龙井，还有普洱，喜欢喝什么？"

"龙井吧。"

袁大头很随意地坐在沙发上，电视里正播放一个专题片，河北国税局长李真案，解说员说到李真把某市局 1000 万元的建筑工程发包出去后找乙方要了 30 万元的信息费。袁大头计算了一下，自己基本是按这个比例准备的，应该可以了，于是很气派地坐正了身子，品起茶来。

铁月皓看到李真案的节目，心里不是滋味，调了另外的频道，然后和袁大头扯谈起来。

双方没什么共同的话题，只能是在袁处长那里。铁月皓问："这两天和你哥联系没有？"

袁大头思考了几秒钟说："没有，他从我们这里回去的第二天就去欧洲考察了，要到下周六才回来。"

袁大头认为铁月皓怕自己和哥通气，所以撒了一个谎。他不知道铁月皓心里的想法：即使不能享受副处，也要先把眼前的利益拿到。铁月皓也知道袁大头是撒谎，管他，反正自己也不会去证实。

于是说："哦，袁处长是个大忙人，这次还有时间到我们基层来转转，不知满意不满意？"

袁大头说："哪有什么不满意啊，你们也忙，陪了两天，够了，呵呵！"

虽然这样说，但在心里骂道："狗性！"双方都沉默了，实在没什么可交流的。

袁大头见气氛有些凝滞，以为铁月皓要转入实质性的谈话了，等了一会儿，铁月皓还是没说话，袁大头觉得没趣，于是从西装口袋里拿出一个首饰盒，说："前不久我去香港，看到这项链挺漂亮的，就买了回来，送给嫂子吧。"

铁月皓忙推辞说："不用、不用，不要搞这些。"

袁大头说："一点小意思，不成敬意，挺漂亮的。"把盒子放在茶几上，起身走了。到门口又转过头说："挺漂亮的。"

铁月皓打开首饰盒，项链上面有一张银行卡，还有一张字条，上面写着：20万，密码是你家的座机号码。

第二天，铁月皓回忆了与袁大头见面的全过程，觉得没什么问题，很安全，于是把20万元转到自己开建材店妹妹的户头上，把银行卡丢到附近的一个垃圾桶。

"潜规则真好！"铁月皓心想。

小王辞职的事还在继续发酵，铁月皓也顾不了许多，先把自己的事处理完再说。在一个周六的下午，他独自一人到了荆漳省省会荆阳市，把袁处长约到一个偏僻的茶楼，对袁处长说："你老弟的事已经定下来了。"

袁处长对铁月皓表示很真诚的感谢。铁月皓又把一盒包装很简陋的茶叶递给袁处长说："我从外地带的一点好茶叶，您自己留着喝吧。"

袁处长接过茶叶，很随意地扔在沙发上，继续品着茶。铁月皓心想：真是面不改色心不跳，老子装的3万块难道一点分量都没有吗？自己的事到底提还是不提？

正在胡思乱想之际，袁处长悠悠地说了句："你的事我给市局人事科说了，名单已经报到处里，没问题，要到三、四月份才会定下来。"

铁月皓听了心中狂喜，端起茶杯猛灌两口，被茶水呛得咳嗽不停，袁处长带着轻视的眼光看了铁月皓一眼，对铁月皓说："我晚上还跟省人事厅的朋友有个局，就不陪你了。"

袁处长没拿茶叶，挥挥手，径直走了。

铁月皓要追出去，见袁处长态度坚决，折了回来，一个人在茶楼里高兴。

铁月皓算了一笔账：副处级比正科级每个月要多300—400元，今后还不知怎样变化，太值了。

从茶楼出来，铁月皓如沐春风，哼起了正流行的歌《大花轿》。


回到锅县地税局，铁月皓又安排了两件事，要马千里与财政局联系，与管财的常务副县长联系，赶快把年底的政府奖励盘子定下来，给地税局的奖励要尽快到账，更重要的是对地税班子个人的奖励，也是一个不小的数目，给班子所有人有个交待。自己给袁大头打了个电话，暗示他组织几个人去南方考察装饰建材，班子成员都要有点好处，最近只有严俊有空，于是袁大头陪着严俊在深圳、珠海玩了几天，看了几个建材市场，回来的时候给每位班子成员带了一台价值1万多元的音响，把所有的人都拉上了船。

严俊管基建，当办公楼工程紧锣密鼓展开后，严俊大部分时间在工地上，很少在局里露面。铁月皓也因为快退下来，失落感增多，责任心全无。何况还有小王辞职的事堵在心里，根本没什么心情在局里办公，常常是神龙见首不见尾的状态。局机关经常在岗的领导就只有马千里和黄金求了。

马千里衡量了一下当前的局势，铁月皓要退下来是不可逆转的事实，黄金求还没资格跟自己竞争，能跟自己争一下的也只有严俊了。但按税务部门惯例，分管业务的副局长是排位靠前的，无论是论资历还是看能力，自己应该能稳稳接上铁月皓这个班。一番自我评估后，马千里俨然已经当上了一把手，趁铁月皓和严俊常不在局里，经常在各科室转一转，发几支好烟，拍拍年轻人的肩，说几句鼓励的话。机关干部也都看在眼里，活络的人早就跟马千里眉来眼去了，也很乐意马千里在自己的肩膀上拍几下。

那天，马千里伸出手，要拍易凡夫的肩膀时，易凡夫有意无意一侧身，马千里的手落空了，易凡夫假装刚看到马千里，对马千里说："马局长，我正好有个上报数据要到你办公室去请示，真巧，你来了。"

马千里收回悬在空中的手，心想：今天你不让我拍你的肩，等有机会了我要拍死你。

这时，有人来找马千里，化解了尴尬局面，易凡夫出门一看，来人是一分局分局长王超前，易凡夫连忙打招呼说："王局长，马局长在局办公室。"

马千里也跟着出来了,把王超前叫到自己的办公室。

王超前是马千里的老部下,更是死党,守着全地税局最重要的位置,一分局管的是全县的大型企业和城关镇所有企业及个体户,收入任务占全县地税任务的70%。王超前常常挟任务而自重,目空一切,县局班子中只认铁月皓和马千里,对铁月皓也仅仅因为他是一把手有所畏惧,其他的班子成员就基本上没放在眼里了。

他来找马千里是汇报关于鼎力房地产投资有限公司的税收问题,该公司是政府下属的一家国有公司,因为政府背景,欠税近1000万元,地税全局累计欠税3000万元,该公司就占了三分之一,地税局催缴多次,公司把政府推出来当挡箭牌,其实这里也是县政府最大的小金库,政府对其总是竭力保护,所以欠税一直欠下来。今年全县的税收任务很紧张,政府又逼得很紧,一分局还有400万元缺口,离年底结账越来越近了,些许小税源如杯水车薪,无济于事,王超前瞄着鼎力公司的这1000万元欠税,来马千里这里商量了。马千里分管一分局,当然知道这些情况,他心想:铁月皓很久不见了,毕竟他是一把手,在完成任务上还得由他拍板。这件事于马千里是非常有利的,铁月皓如果要完成任务,势必要动政府的这块奶酪,二者必有矛盾,自己上位后处于修复的位置,很好做。如果铁月皓准备不完成任务,政府领导越会对地税局有看法,自己上位后,既不要背基数,又可以充分展示自己的能力与政府斡旋。

沉吟半晌,马千里对王超前说:"这事你还是向铁局长汇报,他来定夺。"王超前看了马千里一眼,理解似的点了点头。

俗话说,秀才不出门,能知千里事。铁月皓虽然不常在局机关,但他对局机关的动向是很清楚的,有些人把马千里的作为报告给他的时候,还免不了添油加醋。从平常的工作中铁月皓也感觉到马千里隐藏得很深的小野心，听到这些传闻，他更不高兴了，在心里说："我还没下来呢，就想越俎代庖啊。"

一个周五的下午，易凡夫接到严俊的电话，要他从财务上借点钱，陪着出趟差，还特地交待不要带司机。易凡夫不敢怠慢，马上把钱和车备好，给严俊回了个电话，严俊要他到基建工地上接。易凡夫发现严俊穿得很正规，西装革履，尤其是稀稀疏疏的几根头发，还造了个型，望去还真有模有样。

严俊上车后，没有多说，嘴里惜话如金地吐了短短俩字："省城"。

易凡夫把装钱的袋子递给严俊，默默地开着车，严俊也不说话，在副驾驶位上双眼一直盯着前方。

锅县到省城荆阳市的荆锅高速是全省修得较早的高速公路之一，路况好，两边的风景也很美，既有郁郁葱葱的竹海，也有波澜起伏的山峦，既能远眺蓝天白云，又能近观荆、漳、梅三条省内的主要河流，开车在高速公路没一点累的感觉，两个小时的车程似乎就在弹指一挥间，荆阳很快到了。严俊要易凡夫把车停在省委机关附近的枫叶宾馆，开了个套间。

然后严俊打了一个电话，不一会儿，响起了敲门声，严俊马上去开门，边迎客边说："哥，你下班了啊？"

来人说："你来了，我就提前下班，先走一步。"

严俊把易凡夫介绍给来人说："这是办公室的小易，很优秀的。"又对易凡夫说："省委组织部干部一处陈处长。"

易凡夫忙伸出双手，握住陈处长的手，说："处长好，处长好！"

陈处长对严俊说："就在宾馆定个饭吧，老袁一会儿就到。"

易凡夫马上去安排了。

果然只一会儿，客人就到了，来人是荆漳省地税局人事处的袁处长，严俊和易凡夫都认识，袁处长对他们也还有印象，袁处长跟陈处长打了个招呼，然后对严俊、易凡夫点点头，宾主落座。

陈处长对严俊和易凡夫说："这是你们省局的袁副局长，省委组织部马上要去省局宣布任命了。"

易凡夫心想：两个月不见袁处长就进步了。

袁处长举杯对陈处长说："感谢你！"

陈处长摆摆手说："没有没有，不说了。"又指着严俊说："这是我老弟，锅县地税局副局长。"

袁处长说："我认识，不太喝酒，呵呵！"

严俊马上站起来说："我虽然酒量不大，还是要敬您，袁局长。"严俊倒了满满一杯酒，对袁局长说："我干掉，您随意。"

严俊又示意易凡夫敬酒，易凡夫等他们相互敬完后才站起来一个一个敬，四人边喝边聊家乡的一些事儿，气氛很融洽，后面的敬酒就都是易凡夫来了。

第二天是周六，易凡夫因为陪酒稍多，就多睡了一会儿，等他醒来时，严俊已经洗漱完毕，坐在里间的床上看电视。易凡夫马上起床，洗漱完后等候严俊的安排。

严俊看上去精神很好，对易凡夫说："先吃早餐，然后去逛逛商场。"

两人各吃了一碗牛肉米粉后，就到荆阳市有名的友谊大厦，严俊和易凡夫逛到羊毛制品专柜时，严俊选了一件鄂尔多斯羊毛衫递给易凡夫说："这件还可以，你试试。"

易凡夫试穿一下，刚好合身，严俊自己也选了一件，对易凡夫说："弄张餐饮票。"

易凡夫愣了一下，然后心领神会地点点头。

回来的车上，严俊显得很兴奋，对易凡夫说："我叫老哥的陈处长，其实不是亲哥。小时候我们是邻居，经常在一起玩，他比我大几岁，我记得是我十三岁那年暑假，我们去游泳，他突然抽筋了，眼看要出事，我奋不顾身潜到河里，救了他一命，所以我们关系一直很好。他学习成绩不错，人大毕业后直接分到省教委，后来调到省委给一位领导当秘书，再后来就调到省委组织部，当上一处处长。"

"他的年纪看上去不大。"易凡夫半询问道。

"五十出头了。"严俊停顿了一下，说："找个服务区，抽支烟。"

车停稳后，严俊递给易凡夫一支，然后掏出打火机，点燃自己的烟，深深地吸了一口，仰天吐出一个烟圈，感情充沛地说："好一个冬日暖阳！"

易凡夫本来不大抽烟，但是在开长途时偶尔提提神。和着严俊的话，易凡夫说："天气好，天气好才心情好。"心里却道：你是心情好才天气好呢。

快过年了，趁着天气暖和，办公室刘主任张罗着发给机关干部的春节物资，对易凡夫说："这几天我要安排春节物资了，办公室你就多看着点。"

易凡夫开玩笑说："放心，我又不会政变，呵呵！"

刘主任哈哈大笑，说："今后都是你们年轻人的。"

就在刘主任出门后，办公室突然接到铁月皓的电话，电话里说县里的几位领导要来地税局，办公室要通知几个班子成员在家等候，另外，办公室要安排好晚餐接待，就在县局食堂，酒和菜要好一点。易凡夫马上给马千里、黄金求、和严俊打电话，马千里和黄金求在局里，严俊在工地，很快就会过来。然后易凡夫又给刘主任打电话，告诉他县领导要来的事，请他定夺怎样接待。

刘主任说："在食堂接待怎能接待得好？老魏手艺不怎的，我早就想换掉，因为是黄局长的亲戚，黄局长坚决不同意换，还说什么我一个副局长，难道用个临时工都不行？味道不好干部骂的当然是我咯，我又不能当众宣布老魏是黄的亲戚。"

发了一通牢骚，刘主任说："要不，你去外面订几个菜吧。"

易凡夫给花溪楼餐饮部打了个电话，订了几个上档次的菜，然后吩咐小曾与老魏多准备几种时令蔬菜。

下午三点半，易凡夫准时到花溪楼，刚下车，迎上来一位风姿绰约的女人，是欧阳馨。

老远欧阳馨就伸出手，对易凡夫说："欢迎易主任大驾光临。"

易凡夫连忙握了握欧阳馨的手，说："美女老总亲自迎接，愧不敢当。"

"你们订的菜正在做，先休息一下吧。"欧阳馨做了一个请的姿势，把易凡夫让进了宾馆的大厅。

易凡夫与欧阳馨并肩而入，欧阳馨身上的香水味飘入易凡夫的鼻孔，易凡夫悄悄地做了个深呼吸，那香一下钻入了肺腑，熨帖无比。

欧阳馨对总台说："打给餐饮部，地税局订的菜速度快一点，易主任已经来了。上茶。"

一边招呼易凡夫在沙发上坐下。

易凡夫打量了一下欧阳馨，一套米白色的职业装，显示出女人的干练；大波浪头发则透露出女人的温柔。侧面望去，额头、鼻梁、嘴唇、下巴有明显的线条感，像是装入模子再倒出的印花糍粑，比手工制作的要精美多了，简直是活着的维纳斯。易凡夫边回忆着拉手时手上滑腻的感觉，边心想：是谁好福气，天生尤物。身量苗条，体格风骚，粉面含春威不露，丹唇未启笑先闻，简直是王熙凤再世。

"来重要客人了吧？"欧阳馨偏过头问易凡夫。

"什么事都瞒不过馨总。"易凡夫调侃说，"又要吃吃喝喝，又要遮遮掩掩。"

"这很正常,从我们这里带走菜的大部分都是单位接待,领导是很注意影响的哦。"

易凡夫把菜带回局里时,县领导们还没到,铁月皓已经在局里了。易凡夫到铁月皓的办公室询问有什么需要自己做的,铁月皓说:"没什么事,晚上陪一陪。"

"好。"

易凡夫本以为没什么事安排完了就可以走,以前陪客都是刘主任的事。现在刘主任出差了,自己代表办公室也应该做好服务。于是就去厨房监督去了。

县领导们很给铁月皓面子,四大家主头和管财税的常务副县长都来了,领导们都能喝,严俊不喝酒,就和易凡夫一起为领导们倒酒。

这种宴席既不正规也不随意,几轮酒过后,气氛有点沉闷。县委书记觉得自己不说话别人也不会说,于是起头说了个段子,大家都哈哈大笑,不管是真笑还是假笑,气氛已经改变了。

人大主任说了个公公和媳妇的段子,大家笑过之后,县长说:"老吴,你说的你自己吧?"

大家又越发笑得响了,当领导的中气都很足,地税局院子里少有的热闹。

易凡夫清了一下酒,已经喝掉五瓶了,铁月皓还在示意他开酒,第六瓶酒打开后,铁月皓自己倒了一满杯,对几位领导说:"感谢各位领导对地税局的大力支持和深切关爱,这杯酒,我代表地税局全体干部敬领导们,我干了,你们随意。"一仰头,酒杯朝天了。

六瓶之后,大家都比较尽兴了,县委书记说:"在科局,我们几大家领导在一起吃饭,这还是第一次。地税局对县里的财政收入和经济发展有很大贡献,希望在今年结账的时候能超收。"

"尽力、尽力！"铁月皓点头不迭。

"不是尽力，是铁板一块。"书记说："任务完成了什么都好说，任务没完成什么都说不好了，哈哈哈！"

铁月皓马上表态："保证完成任务。"

还闲聊了几句，书记把手一挥说："今天就到此为止吧。"

这是每个场合中心人物的权力。

领导的司机们早就在旁边餐厅吃完了，一溜车鱼贯而来，司机们都很懂官场的套路，书记的车在最前面，依次下去是县长的车，人大主任的车，政协主席的车，最后是常务副县长的车。铁月皓一直打着拱手，把领导们一一送走。

铁月皓已有点醉意了，他在餐桌边坐下来，其他班子成员也不敢走。

铁月皓问："谁给我一支烟？"

严俊离得最近，忙递了一支烟过去，同时递上打火机。

铁月皓面露得意之色，声音洪亮地说："这次县里给地税局40万元，作为干部的年终奖，条件是超收200万元。"

严俊说："老板到县里要点钱，解决干部的福利待遇，对全局干部是一种鞭策和鼓励。"

不知什么时候，老板成了单位一把手的代称。有人把一把手称为老板，把副职就叫二老板或者小老板，老板就是那个能拍板的人吧。

黄金求也连忙说："年终奖到手了，干部可以过个红火年，老板这还是心系基层啊，干部们应该心存感激的。"

只有马千里没说话，他在考虑超收200万元不仅要抬高明年的基数，更急的是今年从哪儿弄。本来他的意思是今年能短收个几百万，明年自己好小点压力。

"老马，你想的什么？说说看。"铁月皓的问话打断了马千里的思路。

这时，易凡夫给四人各沏了一杯茶。马千里端起茶杯吹了吹浮在面上的茶叶，呡了一小口，然后慢慢说道："前几天王超前说，一分局还有几百万缺口，完成年初数都很难，超收恐怕就更难了。"

铁月皓听了，问马千里："不是还有几千万欠税，大部分都在一分局吗？要王超前压压欠。"

"现在现税都不容易收上来，压欠就更不容易了。"马千里为王超前开脱。

铁月皓本来就对马千里不满了，见他极力阻止完成任务，知道他心里的小九九，于是说："我在县里表了态，超收 200 万后才能拿到 40 万。"

喝了一口茶，铁月皓接着说："王超前觉得完成任务难，那我就让一个完成任务不难的来一分局干。"铁月皓越说越激动，借着酒劲，把茶杯往桌上一扔，喔当，盖子从桌上摔下来，碎了。听到声音，与司机小郭一同在外面等的易凡夫马上进来打扫。"我还是锅县地税局的局长。"铁月皓恨恨地说。

严俊忙招呼易凡夫和小郭，说不早了，大家都回家，两人分别送一下。

铁月皓和严俊住在城关镇的西边，两人顺路，易凡夫送，黄金求住在县局机关附近，自己走回去了，马千里住城关镇东头，小郭送。

车上，铁月皓还在生气，严俊说："老马主要还是考虑明年的基数。"

"明年的基数要他考虑干什么？"然后，车上陷入沉默，城关镇不大，几分钟就到了。

马千里在车上给王超前打了个电话，要他准备超收。

第二天一上班，局党组紧急碰头，确定一分局超收150万，另50万由其他几个农村分局消化。

腊月二十四，农历小年，局机关在机关食堂安排吃了个年饭，干部们把春节物资早搬回了家，口袋里也有了钱，一个个都很高兴，纷纷敬局领导的酒。

铁月皓很享受，说实话，即使是坏人也从不会说自己是坏人，也不会把自己当坏人，何况铁月皓还是一个县局的局长。在各种恭维声中，他免不了飘飘然了。

酒后，办公室把春节值班表发到各科室，年前的事就基本完了。

易凡夫把自己值班安排在年后，因为今年弟弟妹妹都回家过春节，早就约好了在老家过个团圆年。

易凡夫和爱人林丽静清了一些换洗的衣服，带上五岁的儿子鸣鸣和局里发的春节物资，要姚鲁找个车，回到了距离县城七十公里的老家，一个面水背山的小山村。

易凡夫的父母是老老实实、本本分分的农民，长期生活在大山里，很少出门。他们只知道粮食出在田里，棉花、豆子出在地里，零花钱出在屋后那座大山里。父亲农闲时在山里挖点草药，套点獾、黄鼠狼之类的野味换点钱，母亲则在家养猪、养鸡，拉扯大易凡夫四兄妹。易凡夫是家里最大的孩子，高中时成绩算优秀，看家里条件差，准备高中后就不上学了，父亲坚决不同意，易凡夫懂父亲的意思，家里能出个大学生，在上世纪九十年代初的穷乡僻壤还是很光耀门庭的。于是努了一把力，混上了市里的所谓最高学府。弟弟排行老二，成绩比易凡夫还要过硬，初中毕业后要参军去，父亲看家里的条件，易凡夫还在上学，两个妹妹也在上学，弟弟再上学就实在吃力了，于是同意弟弟的想法。易凡夫虽心不忍，却也无任何办法，感觉是自己剥夺了弟弟上学的权利，一直内疚着。好在弟弟很争气，在部队自己发奋恶补高中知识，考上了军校，军校毕业后回到部队当上了军官，有几年没回来了，今年带着妻儿回家过年。大妹妹更不用说了，初中毕业后和小伙伴一起去南方打工，到工厂后才告诉家里。制衣厂，工厂待遇还不错，大妹妹也是聪明伶俐心灵手巧的人，在工厂做了几个月就被厂里作为业务尖子提拔为生产线的负责人，后来又送出去培训，现已是厂里的技术骨干了。更重要的是厂里的电工是邻村的，跟大妹妹是初中同学，一直追求她，她看他有上进心，人也活络，于是就答应了，三年前结婚，孩子都快两岁了。小妹妹上中学时，易凡夫和弟弟已经开始资助家里了，所以小妹妹没辍学，但小妹妹初中毕业后选择考了省财校，也是为了减轻父母的负担。易凡夫觉得弟弟妹妹都比自己有出息，或应该比自己有出息，总觉得把他们都耽误了，枉为老大。

车一到家，鸣鸣就和小姑姑腻在一起了。小妹妹新荷放寒假早，所以回来一段时间了。中途特意去县城看了哥、嫂和小侄子，给鸣鸣买了好多好吃的，还有玩具，所以鸣鸣要找小姑姑玩。

易凡夫教训鸣鸣："不要烦小姑姑，她要帮奶奶做事。"

妈从屋里出来，笑着说："妈的身板子还硬朗着呢，新荷已经忙了几天，没什么事了，让她陪鸣鸣玩，鸣鸣正是玩的时候。"

见妈说了，易凡夫也就不说了。

门前的那条小溪，洗刷了易凡夫的童年和少年。小溪的源头就是屋后的大山，山里的泉水很细，但很多泉水汇聚到一起就可观了，到门前已是一条初具规模的溪流了。平时小溪的水不急，也不深，清澈见底。山水来时就是另一番景象：水夹杂着泥沙，呼啸而过，平时两三米宽的小溪，瞬间可以达到十多米，几十公分深的水也可以达到近两米深，放眼向下游望去，此时的小溪像一条游动的黄龙，奔向远方。

易凡夫站在溪堤上，回忆着儿时的往事：村里的那群玩伴，春天在小溪边的稻田里挖黄鳝，夏天在小溪里捉鱼、捉虾、捉螃蟹，秋天把从大山里采摘的果实拿到小溪边共享，冬天在小溪边烧野火，恍如昨天。这么多年过去，他们有的成了地地道道的农民，安于现状，日出而作，日落而息。有的不甘心一辈子守望贫瘠，走出大山，经历着打工生涯。只有自己，以考试的方式跳出了农门，不知是上天的眷顾，还是自身的努力，虽然称不上衣锦还乡，但也算出人头地了。

远山的绿还是依旧，落日的余晖把山上的树镀上了一层金色，视野变得特别清晰。久违了，故乡的美。邻家的炊烟和自家的炊烟都已袅袅升起，把洁净的天空罩上了一层薄纱。不断有炒菜的香味飘来，那是久违的妈妈农家菜的味道。今天是个好日子，今天是个能安静享受回忆，享受亲情的日子。

他想起了陶渊明的《归去来兮辞》："归去来兮，田园将芜胡不归？既自以心为行役，奚惆怅而独悲？悟已往之不谏，知来者之可追。"自进城后，打心里向往那种"僮仆欢迎，稚子候门。三径就荒，松菊犹存。携幼入室，有酒盈樽"的理想生活。木欣欣以向荣，泉涓涓而始流。他幻想有朝一日，能够像李白诗中描述的那样："且放白鹿青崖间，须行即骑访名山"。虽出身农家，易凡夫却有着读书人的情怀，"登东皋以舒啸，临清流而赋诗"，那该是多么飘逸豁达的人生境界。

式微，式微，胡不归？

可是，易凡夫身在职场，不知何日能归去。

弟弟和大妹妹还没回来，但因为有鸣鸣在，晚餐也很热闹。吃完饭，林丽静和新荷继续跟鸣鸣玩闹，易凡夫独自来到屋后的山边，大山已是一片黝黑了，近处的楠竹还能看得清楚，枝繁叶茂的，在微风中对易凡夫不断点头，似乎知道是故人来了。少年时期，春节前后这个时间段，伙伴们正在大山的竹林里挖冬笋，他们沿着竹子的根，找寻它的踪迹，竹笋是大山给人们馈赠的奢侈品，嫩、白、脆、甜，无论是炒、煮、炖都是上好美味。过去，易凡夫没事的时候喜欢一个人静静地待在竹林里，他喜欢它的立根破岩，喜欢它的盘根错节，喜欢它的宁折不弯，喜欢它的宠辱不惊。

天完全黑下来了，立春后的微风没有一丝寒意，早春的山野没有蝉噪蛙鸣，夜的静包容了溪水悦耳的声音，水花在星光中银光闪闪，而头顶的星空漫无边际，站在空旷的夜里，易凡夫分明感受到自然的大美和自身的小微。

屋里传来妻子林丽静的呼唤声，易凡夫走回到屋里，原来鸣鸣被火坑里弹出的火星烫了，哭个不停，妈妈，林丽静，新荷都在哄他。

易凡夫看了看，小手有一块红的地方，没什么问题，说："没事，用冷毛巾敷一下，涂点酱油。"鸣鸣哭了一会儿，躺在小姑姑的怀里睡着了。

老屋是三间砖木结构的平房和一间偏房，偏房的前半段是厨房，后半段是火坑，冬天，农村人的活动范围大都在这里。火坑里的梭筒已有些年头了，竹子的颜色变成了黑里透红，跟父亲的肤色差不多。父亲默默地坐在火坑边上，那种默默是易凡夫熟悉的状态。父亲是那种非典型的农民，自己读过很多书，但没出过门，一辈子与大山为伴。在老一辈的人中被认为是秀才，很受人尊重，平时不多说话，重大事情说话都是经过深思熟虑，能让人思路通畅。

易凡夫递给父亲一支烟，问道："梓林和竹林什么时候回来？"

梓林是弟弟，竹林是大妹妹。

"梓林腊月二十七，竹林回来后要先去婆家，可能是二十九来吧。"

问答完两人又都沉默了。语言的交流真的不多，一直以来，父子之间心的交流应该更多。

第二天清晨，随着鸡鸣声，屋外的鸟儿早就热闹起来了。易凡夫在这热闹中睁开双眼，窗外远处略白的天空预示着一个好天气。他没有赖床，翻身起来，父亲和母亲都已经在厨房、火坑忙活了。易凡夫走到屋外，深深吸了一口气，山里富氧的新鲜空气真甜。心随着家乡的山山水水变得很悠然、很淡定。

自己从上高中，就算离开了家乡。虽然不远，但因为不经常回来，对家乡有些生疏。家乡的变化不大，只有那条通村里的路铺上了碎石，有几户人家把原来的房子改建成了楼房，其他都还隐隐约约在记忆里。

在当地，易凡夫几兄妹是小有名气的聪明孩子，跟易凡夫一起的玩伴，只有他学习成绩最好，初中毕业考上了县一中，后来考上大学。当初学习《陈涉世家》时，他大有陈涉的豪气，觉得自己就是一群燕雀中的鸿鹄。待进入大学后，才发觉自己原来是井底之蛙，外面的世界太大了，大到自己从没想象过；有本事的人多了去，自己与他们比，还差很远很远。所以他终于明白父亲给自己取名为"凡夫"的含义了，父亲是个农民，却是个有远见的农民。

听说易凡夫回来了，几个在家的玩伴来看他，他把伙伴们招呼进屋里烘火，妈妈沏上了热茶。易凡夫进到里屋，给他们每人拿出一包烟，儿时的伙伴是不能怠慢的。易凡夫又给每人递上一支烟，几人拉起了家常。

跟易凡夫联系最多的成富问："凡夫，你们放多久的假？"

"我们正月初八上班，但我初二就要走，单位上要值班。"易凡夫回答了又问他们："你们几个一直在家里吗？"

"我和建国在外面打工，腊月二十回来的。"成富指指另外两人说："他们今年没出门。"

"现在打工也赚不到钱，我们打了一年工，只带回来两千块钱过年，其他的老板打的条子，说过年后再给，如果我们不去了，钱就没有了。"建国显得很无奈地对易凡夫说。

"算上去一年还是有万五六千元吧？"易凡夫又问。

成富点头说："那还是有的，只是拿不到现钱，家里眼巴巴地望着，特别是春节一过，孩子就要交学费了，到处都要钱。"

易凡夫一想，他们结婚都早，大的孩子都上初中了。"只要钱还在就好，钱迟早能拿到的。"易凡夫安慰他们。

"凡夫，你是国家的人，一年国家给你发多少钱？有好几万吧？"

易凡夫哑然一笑："哪有，一年不到 3 万元。"

"还是国家的人好。"他们发表感慨。

易凡夫感受到伙伴们对生活的无奈，对生活的期待。

妈妈是村里出了名的贤惠女人，在伙伴们的扯谈间，一桌香喷喷的早饭就做好了，鸣鸣还没起床，易凡夫要林丽静见过客人，并拿出一瓶酒，哥们几个喝了起来。

一个伙伴说："凡夫啊，你给我们好烟，又给我们好酒喝，还是没忘记我们几个哟。"

易凡夫笑着说："不要把它们看成烟和酒，我们抽的是感情，喝的也是感情。"

建国说："凡夫，现在在外面也很难，在家更难，不找点钱，家里提留款都拿不出。"

易凡夫问："现在提留重不重？"

"怎么不重啊，在田里一年忙到头，交提留后就剩不了几个了，我们能找点钱的还好，有些家里没人找钱的，乡村干部收不到提留款就赶走圈里的猪，或者掀掉屋上的瓦，吓死人。"

"提留属于农业税这一块，是财政部门管的，他们怎么操作我不太清楚，但是拆房赶猪还是有点不人道。"易凡夫顿了顿，"前不久，我在电视里看到一个经济学家说是要取消农业税，他说：'全国一年征收的农业税是800个亿，但是征收成本达到1000多个亿，明显得不偿失。取消农业税后，国家的这个财政缺口可以由股市开征股票交易印花税来补。'我觉得专家说得有道理，如果国家采纳他的建议，农民的日子就好过了。"易凡夫又说："屠宰税也快取消了，上面已经有文件，只是还没到达我们基层。"

建国说："说起屠宰税，我们这里也蛮有味，是按田亩摊派的，讲起来应该按猪的数量收吧？"

易凡夫说："屠宰税是行为税，是在发生屠宰行为时征收的。"

成富说："我岳父他们那里是按人头摊派的，有人叫人头税，呵呵，收税把人和牲畜搞成一样了。"

易凡夫摇摇头，说："不能说收税把人当成牲畜，而是具体执行的人弄变味了，现行的财税体制还是有计划经济的烙印，上面对下面的任务考核也很厉害，所以基层为了完成任务，各种手段花样百出。"

易凡夫知道跟他们谈更深奥的他们也不懂，自己也是个半罐子，只有不断地安慰他们。

建国说："等取消农业税后，我就不出门了，家里老人多，需要照顾。"

易凡夫赞许说："那是，要老有所依，老有所养。"

果然，两天后，弟弟梓林带着爱人孩子回家了，孩子跟竹林的孩子应该差不多大，两岁左右。梓林的爱人花蕾是北方人，有北方人的豪爽。那年梓林军校毕业后，分到后勤基地油料股当干事，一次去师部卫生院找人，刚好遇到当护士的花蕾，花蕾对身材颀长、面目俊朗的梓林一见倾心，对当政治部主任的爸爸说了，爸爸派人一调查，小伙子各方面都不错，于是叫油料股长做了介绍人。起初，梓林还有顾虑，自己是农村孩子，姑娘是金枝玉叶，高干的女儿，怕高攀不上；另外，自己家里条件差，会委屈姑娘。

股长说："是花蕾和花蕾的爸爸看上你了，你走狗屎运，多少小伙追花蕾她都看不上眼呢。"

花主任听说梓林的顾虑后，手一挥说："只要孩子们相互有感觉就行，结婚的费用我全包了。"

梓林和花蕾结婚的时候，易凡夫和林丽静带着呜呜代表全家参加了他们的婚礼。

这次是花蕾第一次来婆家，既陌生又亲切。从小感受大漠风光的她亲身投入到江南丽境的怀抱，自有许多新奇感。

家里又增添了几分热闹，新荷继续照看呜呜，林丽静帮着花蕾带小孩子，易凡夫则跟梓林扯了些杂七杂八的。到二十九，竹林两口子也带着孩子回家了，一大家更热闹了。

年，这是中国特有的风俗。每年中国的春运上亿人口的流动，就因为它。它是全世界华人华侨共同的传承，它是中华儿女团圆情节的寄托，它是每个游子最终的归宿。每到这个时候，游子思乡的愁绪油然而生，归心似箭。只要有一点可能，都会风雪无阻地回到那个魂牵梦萦的家，回到生养自己的父母身边，从职场的惊涛骇浪中逃离到心中的港湾，享受片刻的宁静。好事的文人、作家们总喜欢把什么都往文化上套，以显示自己的层次，卖弄自己的学问，易凡夫没那么高大上，在家里把一壶酒，在门外看一溪云，把年当简单的应当的享受就够了。

看到一大家一个都不少，妈妈忙得越欢了。年夜饭的丰盛，自然不必说，妈妈农家菜的味道，当然是最好的记忆，一大家子围坐在一起，是很久以前了，还有从没来的新人，妈妈高兴得直抹泪。有位歌者唱的原来快乐的感觉也可以有泪，是生活的体验，多么贴切。

对家的眷念让人流连，虽然不想走，想多陪陪父母和远处回来的弟弟妹妹，但职责所在，易凡夫在正月初二就告别了全家，带着家里为姚鲁父母亲准备的腊味土产，坐上姚鲁的车，回到了县城。

易凡夫去岳父家打了个转，把妻子和孩子留在那里，就开始了值班工作。

清早，易凡夫发了一盆炭火，烧好了两瓶开水，看了看值班表，值班领导是严俊，司机是小郭。易凡夫把所有卫生都搞完了，静待他们到来。

机关院子除开办公楼外，还有两栋老式宿舍楼，易凡夫就住在其中一套，享受了 40 平方的房改房待遇。院子里大多住的是地税局的老干部，还在正月初三，就有拜年的亲朋好友陆陆续续地来来去去了。

突然，易凡夫脑子里出现一个想法：要不要给几位领导拜个年？易凡夫自己也觉得奇怪，怎么会有这种想法。十多年来，易凡夫从未给领导拜年拜节，历史书上说君子之交淡如水，他把领导当成了君子，把自己也当成了君子。所以他对领导很淡，领导对他更淡。淡淡的十多年过去，易凡夫的人生像水一样无色无味的平淡，没有一点进步，而那些跟领导不淡的，领导也没把他们当做小人，都混得风生水起。易凡夫觉得古人是骗自己的，后悔当初选择了学历史。再一想，自己去给领导拜年，那就是把领导当小人了，领导的形象就会在自己心目中打折扣，还是不去了吧。正思索着，小郭开车进了院子，车门打开，严俊从车里下来。

互道了声新年好后，易凡夫给两人倒上了茶。

严俊问易凡夫："春节在哪里过的？"

"在乡下。"易凡夫答道，"弟弟妹妹们都回来了，不容易聚在一起，这次回去后就一直待到昨天才回来。"

"父母亲身体还好吧？"

"还硬朗，长期劳动锻炼，没什么病痛。"

"那就好。"严俊说，"我的父母亲都快90岁了，身体又不好，住在农村虽有大哥照看，但就医不方便，很头痛。"

"那是，把两老接到城里来呀，离得近，好照顾。"

严俊没有接易凡夫的话，说："子女在外面父母亲牵挂着，当父母亲年老后外面的子女又牵挂老人，老能有所养就是做子女最大的心愿。"

易凡夫问："那你也才回来吗？"

"跟你一样，昨天才回城里。"

共同的话题和共同的思维让易凡夫觉得与严俊走近了很多，但上下级的那条沟让易凡夫和领导都保持着一定的距离。是不愿意融入那个圈子吗，好像不是。应该是自卑，是自己内心深处的与生俱来的自卑，需要用强烈的自尊来掩盖。

时间就是怪，春节前，时间像在上坡，一点一点地向上爬，有点慢的感觉；过了节点，时间就像在下坡，飕地往下去了。转眼间，就到了正式上班的时候，农历初八，已到二月中旬了。上班第一天，局机关开了个全体干部都参加的收心会，新一年的工作走上了正轨。

那天，荆北市局办公室打电话通知，要铁月皓去市局，小曾接通知后告诉刘主任，刘主任说："你接的通知，你就去告诉铁局长啊，告诉我干嘛，真是。"小曾被抢白几句，悻悻地去铁月皓的办公室报告去了。

铁月皓到市局，市局党组成员全体都在会议室等他，铁月皓咯噔一下，心里像放进一个大石头，心想：又出什么事了，小王的事儿还没完全淡去呢。

市局一把手何局长开口了："今天叫你来，你应该有所心理准备，按照省局出台的文件，你是六月底退下来，市局决定不派人下去了，接你班的就从你们班子中产生，你有什么想法？"

铁月皓心里的石头一下落了下来，长吁一口气，说实在的，他对接班人确实有考虑过，总觉得三人都有缺陷，相对来说严俊更强一点。反正自己干不成了，谁干都无所谓。

他向市局党组汇报说："三个人各有所长，严俊的大局观念更强。"

其实推荐严俊，铁月皓也是有私心的，自己在基建上得的好处，虽然只天知地知，保不定严俊在与袁大头的接触中有所知晓，自己把他推上位，可以让他在感激中替自己掩盖丑陋。市局党组其他几个人都没说话，只有何局长简单地问了几句话，眼看就要散了，铁月皓觉得自己总应该再捞点什么，副处已经稳当当了，自己该拿的都拿了，不如把儿子的事解决了吧。

于是他低调地对市局党组说："关于个人，我还有一点小小的要求。"

"说吧。"何局长很干脆。

"我儿子转业回来后分到县乡镇企业局，想请领导关照，调到地税局来。"

"我们都知道了。"何局长说。市局党组已经领会省局的意图，见铁月皓的推荐与上级意图相符，也就不多说了。

回到县局，铁月皓不动声色，真像一只修炼成仙的老狐狸。他继续主持着工作，行使着权力，享受着荣耀。看着机关上上下下的人忙碌着，熙攘着。

晚上，铁月皓打电话要严俊去他家，他告诉了严俊市局找自己的过程，并说："我在六月底就退了，如果不出意外，你就准备挑担子了。"

严俊忙表示感谢铁月皓的推荐，虽然自己早做了工作，但这次铁月皓也没有向着马千里，自己还是发自内心地感谢，当然也做好了接下铁月皓出坨的准备。

"那边的事还多不多？"铁月皓问。

严俊知道是指基建的事，说："党组会讨论的几个重大的事都一项项落实了，其他的都是些小事，基建办的两位老同志应该能处理。"

"那行，没事了就到局机关转悠转悠。"

"是的，再不来人都会变生疏了，呵呵。"严俊懂铁月皓的意思，应和着。

第二天，严俊就过机关来了。两个多月没打扫的办公室灰尘弥漫，简直不能进去人。刘主任马上把严俊请到自己的办公室，接着安排工勤人员打扫卫生，很快就打扫整理完毕。

马千里还是保持着年前的状态，关于接班的事，春节期间他也打探过消息，或许当时还没准确消息，或许有消息但没人愿意透露，反正没什么具体结果，不过他的自我感觉良好，也做好了接班的准备。一些分局长、科长们去他家拜年时，他都或多或少有些暗示，那些人也或明或暗有些表态，因此对接班的事在局里或真或假有些舆论。这种舆论对马千里明显有利。铁月皓则不动声色，严俊则若无其事，易凡夫则置身事外。

马千里的"急"就在这时体现得很充分了：他在地税工作会议的准备会上，做了一个发言，完全站在一把手的高度，要求办公室的工作报告必须全面切实，归他分管的他说得很具体，不归他分管的说得较抽象。

铁月皓看了他一眼，没有说话。严俊说基建这一块稍提一下就行，黄金求则说他分管的省局、市局都有要求，不需要再着重强调了。另外在如何分配今年的任务上，马千里与严俊、黄金求有不同的意见，马千里说："这块是我分管的，你们不熟悉。"

这话让听的人觉得有点硬。铁月皓不舒服了，他说："市局和县政府的任务都还没下来，增长比例也还没下来，急什么，船到码头自然直。"

马千里是想通过各方面来挤兑和打压严俊，殊不知得罪了铁月皓，毕竟人家还在位，还是锅县地税局的一把手。

严俊每天在局里混个脸熟，其实也不需要，毕竟是老人了，舆论只是舆论，舆论并不能决定什么，何况没有任何定论，严俊胸有成竹，表现就越低调。

办公室要为地税工作会议做准备，后勤这一块刘主任和小曾、小田安排，大会报告就落在易凡夫头上了。易凡夫按准备会上的要求，写了一万多字的报告，给党组成员看，也没有人提出异议，有一种轻松的感觉。

会议的前一天下午，办公室的全体人员就集中了，因为机关没会议室，会场定在花溪楼。刘主任、易凡夫和小曾去花溪楼做准备工作。检查了会场和住宿的房间，感觉很好，几个人在花溪楼吃了个会议餐，也不错，这才放下心来。饭后刘主任和小曾回去了，易凡夫还要修改几个发言稿，就留在宾馆的会务组房间。

其实，那几个发言稿写得还可以，易凡夫只改了几个错别字，理顺了不通的语句就完事，他伸了个懒腰，把笔往桌上一摔，就下楼享受风景去了。

景区很大，除几栋主楼外，还有一些别墅楼，零零散散地分布。易凡夫漫无目的地走着，看到有一栋别墅亮着灯，就往那边走去。

走到楼前，隐隐约约有一个人在那里，他定睛一看，是欧阳馨。

易凡夫说："馨总，你住在这里啊。"

欧阳馨看见易凡夫，说："是啊，明天的会我们这里都准备好了。"

"我们都看了，很好。"易凡夫说。

"进来坐坐吧。"

易凡夫踱进了别墅楼。那是典型的女人的天地，物品摆放整齐，淡淡的香味盈满一尘不染的房间。

茶几上一只红酒杯里面有半杯红酒，易凡夫说："好有情调啊，美女。"

"纪念日啊。"

"纪念什么？"

"离婚。"欧阳馨说："二月十四日。"

"你在情人节离婚啊，好浪漫。"

"是浪漫，心酸的浪漫。"

"你还是个有故事的人啊？"

"想听故事吗？"

易凡夫没说，欧阳馨倒了一杯红酒，递给易凡夫，说："边喝边听吧。"

欧阳馨出在一个优越的家庭，妈妈是市里有名的音乐教师，爸爸自己开了一个公司，她是属于含着金钥匙出生、长大的。可是天有不测风云，在她高二的那年，一场车祸，夺去了双亲的生命，孤独的她靠着毅力，靠着母亲的遗传基因，靠着保险公司的赔款完成了高中学业，考入南方的音乐学院，大学毕业后本可以分配回本地，但是她不想回伤心地，选择了留在南方的城市——广州，当了一名酒吧的驻唱歌手。在那里，她认识了生命中很重要的男人——她的前夫。前夫是歌舞厅的鼓手，长得高大帅气，经常给她帮助和安慰，失去亲人涉世不深的少女感受到一种久违的关爱，奋不顾身地投入男人的怀抱。交往仅三个月，就结婚了。婚后，她发现他跟自己根本不是一路人，最忍受不了的就是他自私的爱——小心眼。在娱乐场合当然有好多人捧场，他就生气，她要跑场，多赚钱，他又不放心，于是在表演中经常出差错，老板忍无可忍，把他辞退了。无所事事的他就越发管理得严了，甚至跟捧场的客人发生冲突。欧阳馨看到这局面自己不能把控，就把酒吧歌手辞了，只身到上海发展，前夫跟到上海，欧阳馨发怒了，回到广州跟前夫迅速签了协议，回到了自由身。

易凡夫举着酒杯，侧头邀欧阳馨喝酒，看见她已泪流满面。他心想，再柔弱的女人有坚强的时候，再坚强的女人也有柔弱的时候，欧阳馨看起来是个女强人，但一触动那柔弱的地方，也不能自已。他拍了拍她的肩，递给她几张纸巾，却不知道怎么安慰她。

欧阳馨把酒喝完，头轻轻地靠在易凡夫的肩上，说："好累。"

易凡夫没有说话，只是在瞬间觉得自己的肩必须让她靠着。

良久，欧阳馨抬起头，对易凡夫说："真不好意思，易主任见笑了。"

易凡夫摇摇头说："没什么，男人的肩膀就是给女人靠的，大美女要靠，我求之不得啊，呵呵呵！"

短暂的沉默被易凡夫打破："我去看看会务组的前期工作怎样了，明天陪你，美女。"

易凡夫站起身，向欧阳馨摆摆手，为欧阳馨轻轻掩上房门，出门前分明听到一声叹息。易凡夫感到有点茫然，欧阳馨说了很多，有些甚至是可以列入秘密级的个人隐私，能对一个交往不深的男人透露，可见她对他相当信任了。

第二天，各分局报到的人员陆陆续续来了，易凡夫把改好的发言稿交给要发言的人后，决定去看看欧阳馨，顺便欣赏花溪美景。

刚到一楼，遇见欧阳馨正要上楼，眼睛还有点肿，不过精心化妆巧妙地掩饰了梨花带雨的痕迹。

欧阳馨拉住他："我正要去找你们呢。"

"什么事啊？"易凡夫问。

"中餐要开几桌啊？"

"要看报到情况，问问刘主任吧，他在会务组房间。"

"你有事吗？我们一同去找刘主任吧。"

刘主任已经把上午报到的人员名单打出来了，有六桌。欧阳馨给餐饮部打了个电话搞定。

在会务组聊了一会儿，欧阳馨要走，易凡夫说："我也要下去，送送你。"两人一起进了电梯。电梯里没人，四目相对，女人的眼眸有一点光亮。

"不小心触动了你心中的痛，对不起。"易凡夫问："心情好些了吗？"

"没什么，人生总有不如意，把所有的不如意都收集起来，人还活不活啊，慢慢忘记就好了。"欧阳馨轻描淡写，往别墅走去。

易凡夫说："每次来这里，我都是陪酒陪唱，还从没好好看过风景。"

欧阳馨扭过头说："是吗，那我陪你走走，当一回免费导游。"

二人往桃林深处走去，这个冬天也算暖冬吧，桃树上已有好多小花苞，还在等待着春风的催发，可以想象，怒放的那一天很快会到来，怒放的花会大包大揽，把景区变成红和粉红的海洋。

欧阳馨边走边介绍景区的设计理念和未来规划。几年内，旅游公司准备开发一些新的项目，建一个拓展研学基地，建一个自驾游营地，建一个骑行者接待处，把旅游和休闲健身等多方面结合起来，把公司做强做大，把景区做成锅县的名片。

桃林中有与景相合的钢琴曲在播放，音景一体，配合完美，这一定是欧阳馨自己选的曲吧，易凡夫心想。


会议如往年，总结过去，展望未来。铁月皓作大会报告，易凡夫发现铁月皓并没有按自己写的报告读，而是把马千里要强调的删掉了，把为干部谋福利大大渲染了一番，好像要所有人都感激涕零。

马千里见铁月皓没把他的要求说出来，心里很不高兴，但又无可奈何。他想：如果自己上位了，一定要把铁月皓以前的一些决定翻盘。

时间是一种感觉，对马千里来说，过得太慢，同样，对严俊来说，也过得太慢。终于，铁月皓的副处级在四月底批下来了。五一长假，很多人都计划出门旅游，易凡夫也约了姚鲁，准备出去玩玩。可是，荆北市地税局总经济师要在五月二号来锅县，易凡夫的计划泡汤了。总经济师分管的科室对口马千里，所以马千里对口作陪。锅县没什么好玩的地方，也就是桃花溪景区还拿得出手。

几个人来到花溪楼，泡了杯茶，聊了一会天，总经济师说："我和马局长去水库里看看，小易你去不去？"

好像在征求意见，其实是在暗示易凡夫不要去。

易凡夫忙说："你们去吧，我在这里安排。"易凡夫心想：我正好可以跟欧阳馨聊聊天。

总经济师和马千里租了一条快艇，来到花溪水库的库心岛上。两人边走边聊，突然，总经济师对马千里说："省局决定铁月皓六月退下来，严俊接任局长。"

这话如晴天霹雳，马千里猛地怔在那里。那一刻，他觉得天都要塌下来了，自己苦心孤诣要接位，可成了竹篮打水一场空。一切希望变成无望，所有期待化为泡影。自己的资历和能力摆在那里，严俊凭什么接位？在他心中，早就对接位后的人事、工作做了初步布局，现在只能是幻想了。其实，人最大的弱点就是不能清醒地认识自己，很多人都认为自己有能力，有水平，只是没有平台，但是真正给他一个平台又不能胜任的多了去。谁都想当中心人物，但不是所有人都能当中心人物，更不是每个场合都能当中心人物。当人有幻想时，总会把事情往好的方面想，当幻想破灭后，又会在现实中挣扎。

马千里对总经济师说："组织安排考虑过没有，谁优谁劣上面不知道吗？我对这种安排很有看法。"

"看法归看法，你要做的一是要服从安排，二是要当好副手配合工作，这是市局党组要我转告你的。"接着总经济师又说："老马啊，你是老江湖了，人事上面的事儿你懂的，不要再有什么看法了，风物长宜放眼量。"

一席话说得马千里无言以对，二人坐在岛上的草坪里，马千里把一支烟点燃，抽了一口，又掐熄，扔在地上，然后又习惯性地从烟盒里拿出另一支烟点上，没抽几口又掐熄了，如此反复，转眼间，满地烟蒂。

易凡夫问总台："欧阳老总在这里吗？"

总台服务员说："在这里，假期客人多，她要监管景区的所有事。"

"帮我打个电话，问问她在哪里？"服务员接通电话后，告诉易凡夫，欧阳馨在宾馆九楼的办公室，易凡夫按服务员的指引，到了九楼。

欧阳馨见到易凡夫，很高兴，问："易主任，有客人吗？"

"是啊，他们去水库了。连我也就三人。"

"中餐定了没有？"

"还没有，简单点、精致点吧。"

"那我安排厨房用心点。"说着，给易凡夫泡了一杯茶。

易凡夫说："假期客人还蛮多哦。"

"是啊，长假来的人很多，都想轻松轻松吧。"

易凡夫打量欧阳馨，今天她把大波浪扎起来了，露出修长而洁白的脖子，特别性感。

欧阳馨问："你这么看，我脸上有什么东西吗？"

易凡夫答非所问："好漂亮。"

"是吗？还有更漂亮的。"

她站起来，转了一个圈，易凡夫这才发现：一条大红连衣裙，裹着婀娜的身姿，随着裙摆的飘动，阵阵香风袭来，易凡夫有了一种醉的感觉。

他站起来，走到欧阳馨跟前，伸出右手说："好想和你跳支舞。"

"好啊。"

欧阳馨马上哼起了舞曲，和易凡夫在办公室走起舞步，易凡夫感觉她的腰没有一丝赘肉，握着的手软绵绵的，好像没有骨头。他不敢注视她的眼，只轻轻嗅着她的味，觉得那淡淡的香是一种女人独特的体香。

快到中午的时候，马千里和总经济师回来了，易凡夫发现马千里脸色不好，没有多问，忙招呼二人吃饭，这顿饭，马千里味同嚼蜡。


税务部门的六月是个特殊时间段，是任务过半最紧张的时候。铁月皓已经得到明确的通知，他把手头没办完的工作慢慢移交给严俊，严俊也慢慢进入角色，只等上级来县局宣布了。

这段时间，马千里像霜打的茄子，蔫头蔫脑。分管的工作也不管，人在办公室，心不知去了哪里。眼看着时间一天天过，收入却像老牛拉破车，动得很慢，五月底结账时全局离半年任务还差二十个百分点，到六月十五号结账时还差十八个百分点。马千里也不督促，任凭收入缓慢增长。

严俊找到铁月皓说："老板，老马分管的收入这一块，一直没怎么动，半年的任务完成可能会有问题。"

慢慢进入角色后，严俊也关注不分管的工作了，但又还没正式上位，只能旁敲侧击地请铁月皓出面。

铁月皓说："我知道，你不好出面，他不做我来做。"

铁月皓要计财科送来一份即时进度表，他仔细看了看，几个农村分局都差得不多，完成任务没什么大问题，关键还是一分局，那里的收入占全局比重太大，它一咳嗽，全局都感冒。

铁月皓打个电话到一分局，要王超前马上到自己的办公室来。

一会儿，王超前来了，铁月皓问："王局长，你的任务还差这么多，是怎么计划的？"

王超前应该得到过马千里的授意，在收入方面也不怎么主动。他回答铁月皓说："领导，实在是没办法，经济不景气，今年上半年几大支柱产业指标同比去年下降不少，企业停产的停产，裁员的裁员，第三产业稍有起色，但也解决不了大问题啊。"

"我只问你，能不能完成任务？"

"难啊！"

"还有十五天，给你一天时间考虑，能完成任务就继续干，完成不了我就换人，我是快退了，但退下来之前撤一个分局长还是可以做主的。明天下班之前给我打电话。"

说完，手一挥，把王超前请出了办公室。

第二天下班前，计财科给铁月皓送来了即时进度表，好家伙，一分局一天上了九个百分点。

这时，王超前给铁月皓打来电话，电话里说："局长，我回来后自己去了几个大单位，基本落实了95%的任务，今天已经催缴入库了一部分，余下的我也会盯住，还有5%的任务大厅开票就可以完成。"

铁月皓说："我看到进度表了，今天上得比较快，还要盯紧，不能放松，税务部门的工作就是收税，税都收不上来，上级要我这个局长干嘛，同样的道理，你不完成任务我就要找你的麻烦。记住，任务是铁板一块，坚决要完成。"

铁月皓放下电话，心想：妈的，人还没走，茶就要凉了吗？铁月皓是个很明白的人，上半年的工作是他在主持，任务完成不了，是他自己的工作劣迹，何况自己退下来的风声已经在慢慢传开，这些家伙就这么现实，你不仁我就不义，做给那些势利小人看看。

月底，荆北市局分管人事的李副局长带着人事科科长和一名办事员来到县局，要县局把全体干部都集中到一起，开了一个会，宣布铁月皓退下来，严俊担任局长。会上，市局李副局长高度评价了铁月皓担任局长以来所做的工作，表扬他对锅县地税的发展壮大做出了巨大的贡献，还举了几个例子佐证。

易凡夫在台下听得怪怪的，怎么觉得市局领导在致悼词。悼词都是变换着花样，变换着角度说好话。仔细听市局领导的评价，总结得蛮到位，领导站的高度高，比自己这种基层老百姓的水平当然要高出很多。

照例，铁月皓要谈几句，他这会儿也没给自己脸上贴金，他感谢全局干部对他的支持，对曾经挨过自己批评的或者受过处分的人做了个面上的道歉，然后又说："严俊同志大家都熟悉，也是在地税局成长起来的，上级领导知人善任，善用，我相信严俊局长会带领大家把锅县地税局建设得更美好，把锅县地税事业推向新的辉煌！"

掌声响起来，似乎在宣告一个时代的结束，就像哀乐，响起的时候一定有一条生命的终结。铁月皓的发言也隐晦地说明了一个意思：严俊的上位与自己没一点关系，马千里要有意见去找上级。

严俊发表了自己的就职演说："尊敬的市局领导，尊敬的老班长，亲爱的同事们：首先感谢老班长的高风亮节，没有他的激流勇退也就没有我今天站在这里说话。他带领全局干部开创了锅县地税事业的新局面，我来接手是站在他的肩膀上，登高望远。其次我要感谢上级领导的信任，上级领导能够选择我，能够把这副担子压给我，我既高兴又忐忑，上级的安排是对我个人能力的认可，我很高兴，在其位，就要谋其政，能否谋好，我还很没底。第三，我要感谢同事们的支持，过去你们对我分管的工作都一丝不苟、不打折扣地完成，今天你们信任和期待的目光让我相信，今后你们会一如既往地支持我。这里我要表个态，我一定会建成一个团结务实的班子，千里同志和金求同志都是班子成员，也是共产党员，他们都有很高的政治素质和很强的团结意识，我相信我们几个人会和大家一起，为锅县地税事业的发展做出自己应有的贡献。"

严俊明白，马千里是不服自己的，说不定今后要拆台，先打个预防针，让市局领导和全体干部知道。今后如果有矛盾，不是我严俊姿态不高，而是你马千里妒贤嫉能，惹是生非。

从会场出来，易凡夫发现，有很多干部都在议论，有的感到惊奇，说以前的传闻不是真的；有的感到失落，过去的感情投入投错了方向；还有几个马千里的死党露出愤愤不平的神色。易凡夫觉得好笑，这有什么值得不平的，淡吃萝卜咸（闲）操心。

第二天，马千里在食堂吃早饭时，气色不怎么好，他在总经济师离开锅县后的这两个月，人看起来瘦了整整一圈。易凡夫不地道地想：现在人们都时尚减肥，其实减肥也不难。

这次的人事变动在锅县地税局掀起一点微澜。可除了马千里外，其他的人都觉得与己无关，很快就过去了。马千里虽然有想法，但在领导位置上混了这么多年，也知道进退，他没有明显地表现出不满，但是心里总装着这事儿，如果有机会，肯定是要寻点严俊的难堪的。但他就是没弄明白，严俊是怎么能跑到自己前面去的。

严俊当上局长后，必须要烧几把火。

他召开了第一次党组会，征求马千里和黄金求对分管工作的意见。

马千里说："我管的业务这一块，这么多年了，也管顺了，就不要变了吧。另外，其他的我也不想管。"

黄金求见马千里这样说，怕更多的事落到自己头上，就说："我分管的又多又杂，也不宜再增加了。"

严俊见第一次开会，自己还没说出意见，就被推三阻四，今后还怎么开展工作，特别是黄金求，年轻却不愿多挑一点担子，不由得不高兴。他说："我的想法是我以前分管的这一块交给金求，金求分管的办公室我来分管，老马还是原来的不动，金求你看行不行？"

黄金求一听，虽然分管的科室多了，但最难做的办公室严俊自己拿过去了，另外，基建这么大，自己也应该能小有收获。也不愿与刚当上局长的严俊翻脸，要碰钉子给马千里碰去。于是说："好吧，既然严局长这么定了，我服从。"

严俊说："基建这边还有很多事要交接，先管起来，再慢慢交接。"

还扯了一些其他的事，马千里不愿意说话，不表态，黄金求一开始还应和着，后来看马千里不说话，也没有什么重大的议题，于是也就不怎么说了，党组会在沉默中草草结束，严俊怄了一肚子酸气。

七月初，荆北市局一把手何存淼来县局了，这是人事变动后市局领导第一次来局里，又是直接上级，接待必须是要有档次的。几个班子成员陪何局长进了桃花溪景区，马千里虽然对领导不舒服，但何局长毕竟是掌握着升、免大权的市局一把手，也不敢表露什么。

刘主任安排中午接待，酒足饭饱之后，严俊再安排活动，问何局长是否有兴趣唱歌，何局长说："年纪大了，闹不得，不唱歌吧。"

"那就玩玩牌吧。"何局长没否决，严俊背过何局长吩咐刘主任，取5000元钱，用一个信封装着。

刘主任对何局长和党组成员说："几位领导先喝喝茶，聊聊天，我去安排棋牌房。"

其实刘主任没准备打牌，没带很多钱，他赶紧给易凡夫打电话，要他快带 5000 元来，刚好出纳小田上午取钱准备交电费还没来得及。易凡夫打了个借条，上面写道：借现金 5000 元。另在借条的背面角落处写了一笔，接待市局何局长。易凡夫因为类似的支出蛮多，所以每笔支出都批明了用处，在开正规发票后，向领导报告时有依据。易凡夫一拿到钱，马上自己开车送去了。

领导们娱乐，易凡夫也不便在旁边，打个招呼就下楼了。他问总台服务员："欧阳老总在哪里？"

服务员说："她去县政府开会了，还没回来。"

易凡夫有点失望，悻悻地回了局里。

几个人玩的纸牌叫"跑胡"，是流行在荆漳省西北地区的一种娱乐方式，当然，如果带彩就是赌博方式，不过社会上流传一句话："老百姓打牌是赌博，领导打牌是娱乐。"所以他们几个虽然带彩，却是在"娱乐"。

这种牌玩法很多，四个人玩，三人打牌，一人数牌，术语叫"数寝"。"吃"牌和"碰"牌跟麻将一样，但"跑胡"不能"吃"过张和"碰"过张，胡牌不能胡打张。总共 80 张牌，大写的壹到拾各 4 张，小写的一到十各 4 张。打牌的庄家取 21 张，闲家取 20 张，

胡牌不仅要有"叫"，也要有"希"，还有很多细规则，很复杂的。荆漳西北的成年人大都爱玩。

定方位后，何局长跟马千里坐对门，严俊跟黄金求坐对门。这种牌对门之间既要控制，也要配合，不是对门的相互之间就是控制和进攻。何局长的牌打得好，刚开始，马千里控制他，有几次何局长刚要吃牌，马千里就碰了，自己也不得拢牌，让庄家胡了。

几次之后，何局长说："千里啊，要有点对门意识哦，不要为胡一把小牌而失去后面数寝的机会哦。"

马千里听了，如醍醐灌顶，自己把对人事变动的不满带到打牌中来，现实的问题就是损失金钱，根本的问题就是得罪领导。

于是赶忙承认错误说："何局长批评得对，刚刚太想胡牌，所以反受其害，下面注意。"

果然，马千里减少控制后，何局长下庄，并连庄胡了几把，一会儿工夫，把先前输掉的钱赢回来后还赢了 1000 多元钱，脸上的笑容很灿烂。

四人中严俊的牌打得最好，他观察了一下，何局长越打手气越好，也越高兴；马千里也改变了打法；黄金求则无所谓。严俊就暗中帮了何局长几把牌。其中有一把，何局长是对子胡，还差一叫牌，打了一张小九，手里很明显还有一对大玖，想勾大玖，自己也有一对，于是拆开打出一张大玖，何局长碰起了，然后打了一张臭，对子胡落叫了，一个圈之后，自摸了一张小五，胡了，对子胡出钱是要翻番出的，何局长一把就赢了 800 元。

严俊恭维说："何局长不仅手气好，牌更打得出神入化。"

何局长说："打牌其实就是打心态，首先，不是每一把牌都强求胡牌，有时候该忍碰的时候要忍，有时候该冲新张的时候要冲。用小胡破掉别人的大胡也就等于自己胡大胡，万一自己没牌胡，让对家胡也是一种办法，对门不一定要同归于尽。最后被庄家捡漏。"

严俊、马千里、黄金求连连点头，严俊说："那是、那是，何局长牌打得好，对牌道理解也很深刻，值得我们学习，呵呵！"

打了一会儿后，严俊有机会了，何局长坐庄，给严俊打了两张牌，严俊的对子胡落叫了。而这时黄金求给何局长打了一张牌，是一个冷跑，把何局长打死手了，而黄金求也没有牌胡。严俊是一对大叁和一对小三双见，一直到海底是个大叁，自摸了，胡的牌叫海底自摸大对，要翻很多番，但严俊一看时间，还只有四点钟，离吃饭还很久，何局长兴趣正浓，于是就用一对小三胡下去大叁做麻将，报了个"海摸"。

把牌收了之后，他突然一拍脑袋说："呀，刚才忘报了一个大的名堂。唉，算了算了。"

本来何局长和黄金求这把牌每人要出 1000 多元钱的，最后只出了 300 多元。

黄金求看清楚了，他心想：难怪严俊能接位子的，太精明了。

何存森也看清了，心想：严俊是个人才，把烂牌打好是水平，把好牌打烂更是水平。

只有马千里没看清楚，对严俊开玩笑说："少了我的大寝，胡牌的赔给我。"

以后的牌就没有大起大伏了，几人玩到五点钟，严俊看何局长赢了 2000 多元，马千里没输，就自己和黄金求输了一点，就说："何局长，我们休息一下，然后吃晚饭，怎么样？"

何局长也觉得脖子有点酸，眼有点胀，说："好的，我们下去走走。"

刘主任在宾馆安排晚餐，三人陪何局长在桃林下散步。

何局长问："严俊，现在感觉怎么样？"

严俊说："挺好的，千里和金求都很配合，很顺。"

又扭头对马千里和黄金求说："是吧？"

二人忙说是，并表态要好好配合严俊工作。

"这我就放心了，一个班子不团结，单位就会搞乱。"何存森停了一下，说："陵山县的事，大家都知道，正副职不对眼，我把正的调市局机关工会，副的调开发区搞一个科长了。"

几个人都不说话，马千里心想：这是来警告我的吧。严俊心想：

我没有向市局说什么啊。其实，总经济师回市局后，一直担心马千里会闹，在市局的党组会上，把自己的担心提出来，才有了何存淼的锅县之行。

随着时间的流逝，一切归于平淡，锅县地税局如小石子落入小池塘后许久，微澜消失，风平浪静。易凡夫在办公室写点信息，干点杂事，过着悠闲的上班生活。

好久没跟姚鲁联系了，一天下午，易凡夫给姚鲁打个电话，姚鲁说："正好有事要找你，要不晚上约个地方？"

"有什么事你说啊。"

"反正晚上要见面的，到时候再说吧。"

下班后，易凡夫从仓库里拿了一瓶接待用酒，到姚鲁说的小菜馆，姚鲁早就等在那儿了。

一见面，姚鲁就说："你不给我打电话，我差点把你这么个能人忘了，这个事你一定能帮上忙。"

"我何德何能啊？到底是什么事啊？"

"先喝酒，边喝边慢慢聊。"

二人待菜上来，把酒打开，喝了起来。

原来，县委办公室主任堂弟的女儿今年高考，只上了易凡夫母校的自费线，很有可能录取不上，主任也不想多管，堂弟正着急。

姚鲁说："你不是有个关系很好的老师吗？请他帮个忙吧。"

易凡夫笑着说："尽照顾我好业务，你现在对领导的事怎么这么上心啊？"

姚鲁摸了摸头，嘿嘿两声。

易凡夫对他望去，觉得有些异样，突然明白过来，问："是不是提拔了？"

"管后勤的办公室副主任。"

"哈哈，好啊，怪不得这段时间没消息了，原来当官了，在这种小地方请我不算，欠一次大餐。"

"好说、好说。"

"欧阳书记上了吗？"

"市里把市委宣传部常务副部长派下来担任书记，欧阳书记接任县长。"

"原来的书记、县长去哪儿了？"

"一个在市科技局当书记，一个在市文化局当书记。"

"你小子跟对人了啊，欧阳书记还是很关照你的，这次是他帮你吧？"

"是啊，还有我们的办公室主任，也极力推我，两个县委常委提一个办公室副主任还是没问题的。"姚鲁喝了口酒，说："欧阳县长去政府办公了，政府办配的司机，办私事的时候，还是我给他当司机。"

"那种感情还在，其实你适合当领导的司机，因为你的嘴非常紧。"

"也不，和你在一起无话不谈，不过你的性格和我差不多。"

易凡夫举起杯，邀了邀姚鲁，说："我去帮你做工作，你在领导面前先不要把话说满了，免得办不好让人笑话。"

"当然，我要办好了再通知他。"

"欠我的酒什么时候兑现？"

"随时都行，要不，把老师约起吧。"

"我问了再说。"

酒很快完了，二人还意犹未尽，叫了几支啤酒，尽兴了才回家。

易凡夫的老师刘开智是研究文学史的，主攻唐代文学史，写了一些关于刘禹锡的做官经历对他的思想和诗的影响的专著，在全国都很有名气，为母校挣了面子，于是学而优则仕，慢慢转入行政，当上了学校的宣传部部长。易凡夫也有好久没跟他联系了，决定哪天去老师的办公室拜访。

周五下午上班后，易凡夫给刘老师打了个电话，说要找他。

刘老师在电话里说："这几天出差，上午刚回学校，下午在办公室，你来吧。"

易凡夫跟刘主任打个招呼，要县局另一名司机小孟送自己到了母校。

老师的办公室在办公楼三楼靠东头，这是一栋苏式楼房，易凡夫上学时是教学楼，后来经过改造，成了学校行政办公楼。

易凡夫很熟悉，很快到了宣传部，易凡夫轻轻敲下门，得到许可后，推门进去，发现只有老师一人在办公室，就叫道："是讲学去了吗？"

"哦，凡夫来了，快坐。"刘开智忙站起来，握着易凡夫的手说："好久不见了，忙些啥？"

"没忙，我一个小老百姓，有什么忙的。"

"在办公室应该蛮适合你啊。"

"我不喜欢，离领导太近，我又不愿意套近乎逢迎，所以跟领导走得不近。"

"你的性格要改啊，我以前就提醒过你。"

"老师，我的性格你了解，能改得了吗？"

刘开智见说服不了易凡夫，也就不说了。于是问易凡夫："找我有什么事？"

易凡夫简单地告诉刘开智姚鲁托的事，请刘开智想想办法，刘开智听了，对易凡夫说："只要上线了，决定权在学校，应该没问题，我问问招生就业处吧。"说着，拿起了电话。

易凡夫说："麻烦了。"心里想：老师真是个爽快人，也不卖关子，当面就打电话了。

电话里对方要学生的姓名、考号等资料。

刘开智目光扫了易凡夫一眼，易凡夫摆摆手，老师对电话里说："等下把资料给你。"

挂电话后，刘开智对易凡夫说："你听到了，把资料报过来。"

这么简单就搞定了，易凡夫真没想到，心想要姚鲁好好感谢一下老师。于是对刘开智说："一起吃个晚饭吧，蛮久没和老师在一起了。"

"好的，师母在医院值晚班，我一个人正好不想做饭。"刘开智很干脆。

见老师答应了，易凡夫说："那我下去逛逛，等你下班。"

刘开智挥挥手，易凡夫出门给姚鲁电话，要他把学生的资料带上，带两瓶好酒过市里安排晚餐，另外给刘开智带两条烟表示感谢。姚鲁高兴极了，马上把消息告诉了主任，主任本来不想管这事的，见姚鲁已经办好了，落得一个顺水人情，把消息告诉了自己的堂弟。

在学校旁边的一个餐馆，姚鲁和易凡夫定了一个小包房，等刘开智。

快下班的时候，易凡夫打了个电话，告诉刘开智餐馆的包房，老师说知道，还带一个客人来。

十分钟后，刘开智来了，后面还跟着一个中年女士，刘开智介绍说："凡夫，这是师姐，于圆圆，高你四五届吧。"又对那女士说："地税局易主任，我对你说过的。"

易凡夫跟师姐握握手，把姚鲁介绍给老师和师姐。四人开始晚餐。

易凡夫问刘开智："到哪里出差？"

"在下面县里，一个关于刘禹锡的研讨会，本来不想去，但有那么多老朋友来了，不得不去。"

"刘禹锡在县里待过吗？"

"他的一首诗里提到过。"

"那多喝点酒，想听你读诗了。"

"喝酒就喝酒，读什么诗啊。"

"刘禹锡的诗，比如晴空一鹤排云上，便引诗情到碧霄。"

"哈哈哈哈！上学时不见你学什么，现在还耍起文了。"

"不敢班门弄斧。"

两人都笑起来。师姐于圆圆看师徒二人斗嘴，抿口而笑。

易凡夫发现冷落了师姐，忙敬酒问："师姐在哪里高就啊？"

"荆北市百货公司副经理。"刘开智代回答。

"哦，于总。"

"叫什么于总啊。"师姐笑道，"叫师姐或于姐更亲切。"

"是的，你们是同门，亲热点好。"刘开智接过话。

易凡夫用眼睛示意姚鲁敬酒，姚鲁站起来，给自己倒了满满一杯，对刘开智说："老师，谢谢您！"

刘开智说："不谢，听凡夫说起过你，你帮过他不少。"

"兄弟之间有福共享、有难同当，应该的。"

毕业前刘开智安排易凡夫组织毕业晚会，就是姚鲁帮忙找的场地，借的音响，花钱少，效果好，同学们都玩得很嗨。

"我那时就记住你的名字了。"

姚鲁说："老师好记性。"

"你们不知道，我在上大学之前是渔民，二十三岁才参加七七年'文革'之后的首届高考，哪有你们幸福啊。"

易凡夫笑道："难怪你对姚鲁印象深，原来你是摇过橹啊，以前没听说过。是不是和渔家妹子有过渔歌对唱哦？"

"没大没小。"刘开智假装嗔怒，白了易凡夫一眼。

"老师或许有很多风流韵事哦。"师姐又开起了玩笑，几个人都笑起来。

刘开智敲了敲桌子，说："还有没有师道尊严的啊？"

说着，自己也笑了起来。

末了，刘开智叮嘱姚鲁："你这个学生是我们学校第三批录取对象，你关注一下录取进度，第二批录取完后要凡夫提醒我，我事多怕忘了。"

"好的、好的。"姚鲁忙点头。

边喝着，易凡夫发现于圆圆很能喝，二两酒下肚，脸不变色，刘开智说她高几届，但看上去年纪跟自己和姚鲁差不多，保养得很好，从谈吐中看得出是见惯大世面的人。

他问师姐："百货公司不是要改制了吗？"

"是呀，人员都快改完了，下一步就是货品和资金，我是要留守的，还要看住这烂摊子。"

"改制完了还要留守吗？还有什么摊子？"易凡夫问。

"还有一些固定资产一时处置不了的，还有一些好地段的固定资产职工不愿处置的，都要看着啊。"停了一下，师姐说："早知如此，当初改行现在也不会下岗。"

易凡夫心想：当初不改行应该是看重做商业做贸易赚钱，并且混到了副总，也很不错。想不到国家的大政策一来，立刻有了天壤之别。想到自己是改行的，不知今后还会有什么异动，不由得黯然神伤，在与师姐交流的同时，也有了兔死狐悲的感觉。

刘开智说："凡夫，你伤什么神啊，政府机关，铁饭碗。当初要你留校你还看不起呢。"

"我读了这么多年书，从学校到学校，这种环境待腻了，只是想换个环境而已。"易凡夫辩解道。又对师姐说："师姐，老师当领导了，以后还有什么变动，找他好了。"

刘开智说："我一介书生，能有什么办法？"

于圆圆嗔言道："老师，我还没求你，你就拒绝，对师弟那么好，推荐留校，对我太不公平了吧。"

"我推荐留校可以，办其他的就真没能力，当时系里差一名学生专干，我看凡夫人实诚，组织协调能力不错，就向系里推荐了他，他不愿意啊，还跟我吵架。"

见刘开智又提起当年的事，易凡夫很不好意思，举起酒杯说："老师，你又提那事，我已经罚自己的酒好多回了，再说就罚你喝酒哦。"

"不说了、不说了，喝酒！"刘开智点了易凡夫的穴，哈哈大笑。

易凡夫的思绪回到了十多年前，高考完后，易凡夫在家帮助父母"双抢"。这是江南夏季最重要的时节，早稻要抢收回来，晚稻要抢种下去，错过时节就会减少收成，农民们顶着炎炎烈日，在被火热的阳光炙得发烫的稻田里劳作，就是为了多一点点收成，那种心情，像上战场打仗一样，那种劳作，也像上战场打仗一样。易凡夫作为家里的长子，当然应该义不容辞地投身到劳动中去，他带着弟弟做着农村孩子都做的活。

那天，易凡夫正在田里，同村的一位叔叔告诉他，村部有他的信，他洗了洗腿上的泥，到村部把信取回来，那是高考录取通知书。不用拆易凡夫也知道，应该不会太好，考试中有很多不该失误的都失误了。考场出来，易凡夫在心里责骂自己成不了大气候。果然，本市大学的通知书，通知书上印有入学须知，易凡夫什么都不关注，只注意到学费那一栏，1100 元。这在当时的农村，是一笔巨款了。回来后，易凡夫没多说话，父亲接过通知书，仔细看着，双手微微颤抖，心情非常激动。这么多年村里出的第一个大学生，终于，自己没能做到的儿子做到了，上一辈的梦由下一辈来圆。

易凡夫对父亲说："爸，我不想上学，想出去打工。"

父亲说:"不行,好不容易考上大学,别人想都想不到呢。"

"要那么多学费,还要生活费,家里负担重。"

"这不要你考虑,我已经作了准备。"

父亲把这几年卖药,卖山货攒的几百元拿出来,把家里那头较大的猪卖了,还向亲戚借了几百元。凑齐学费,当易凡夫从父亲手中接过那一叠学费的时候,鼻子一酸,差点落泪。上大学后,易凡夫尽量节约,自己偶尔打打零工,姚鲁有时候也给他三、五十元,帮他度过那些艰难的日子。

毕业前夕,同学们都找寻自己的出路,有关系的早就联系好了工作单位,易凡夫是属于没关系的,在学校静待分配。一天,刘开智告诉他,已经向系里推荐他留校。易凡夫觉得奇怪,自己成绩也不是最好的,表现也不是最好的,怎么可能推荐自己呢。

于是他对刘开智说:"老师,你骗我吧。"

"我有必要骗你吗?"

"那么多人想留校,轮得到我吗?老师你是消遣我吧?"

刘开智生气了,对易凡夫说:"我现在是要巴结你还是怎么的?"

易凡夫知道自己错了,但是,倔强性格的他也不会再去考虑留校的事了,随遇而安吧。

档案回到锅县,县计委分配办需要一个人帮忙,分配办主任随手一翻,就看到易凡夫的档案,把他留到计委帮忙干事,干了两个月后,觉得小伙子干事不错,就又留下来干到年底,本来想留在计委,可是没有编制,但是计委领导看在小伙子勤勤恳恳做义务工的份上,在年底一次地税部门进人的时候,把易凡夫推荐进了地税局。

上班后,易凡夫专门去刘开智家里,为自己的无礼道歉,刘开智看他态度诚恳,也就原谅了他。刘开智对他说了一句话:"政府部门,居之不易,你必须要遇到欣赏你的领导才有出路。"

易凡夫和姚鲁告别刘开智和于圆圆后，姚鲁说："去洗个脚吧。"

两人躺在躺椅上，姚鲁递给易凡夫一支烟，对易凡夫说："你老师莫不是跟你师姐有一腿吧。"

易凡夫也有相同的感觉，但嘴上却说："不会吧，我以前都没听说过有这么个师姐。"

"你师姐看老师的眼神就不一般，明显流露出一种爱恋。"

"那我没注意。"

其实易凡夫早就注意了。"每个人有自己喜欢的生活方式的，只要不影响别人就行。"易凡夫为老师开脱。

"是啊，跟你我没关系，不说了。"

本来男人就不喜欢说长道短，何况两个政府行政干部。在这种场合，就更不多说了。

易凡夫在技师的搓脚中慢慢睡着了，姚鲁看给自己洗脚的技师长得顺眼，就用一些痞话撩拨她，那个丫头应该是才出来做这行不久，竟然害羞了。对姚鲁说："你再讲痞话我就不给你洗脚了，要领班换一个人。"

姚鲁暗笑，就说："那不行，要你洗脚。不讲痞话了。"

一会儿，姚鲁又撩那丫头："你长得这么漂亮，有男朋友了吗？"

丫头以为是问的一句正经话，很认真地答道："还没有，我还小。家里说迟一点。"

"你多大呀？"

"十九。"

"做我的女朋友吧，我二十五。"

姚鲁看上去确实年轻，那丫头听了，知道姚鲁是撩她的，又不给姚鲁洗脚了。姚鲁说好话哄她回来洗脚。两人来来回回多次，给易凡夫洗脚的技师看得笑坏了，一用劲，易凡夫感觉有点疼，醒了。

买单后走出洗脚城，天气依然很热，晚餐的酒还在起作用。两人上车，决定在市区东边的柳湖散散凉再回去，反正锅县城关镇与荆北市区仅仅一河之隔。

柳湖是个城市里的湖，湖水清澈，湖岸幽静。沿湖的柳树早就成了荫。湖面的微风拂来，把水里的凉气掀起，把身上的汗气吹走，两人顿时就觉得舒爽无比。

易凡夫问姚鲁："青萍和小石头在家里吗？"

青萍是姚鲁的妻子，小石头是姚鲁的儿子，八岁了，比呜呜大一点。

"今天周末，应该去我妈家了，小家伙每周都看看爷爷奶奶。"姚鲁说，"孩子就是学习任务太重了，周六周日老师布置的作业多，不休息都难做完，比我们上学时累多了。"

"不要再给他找老师补习什么的，增加他的压力。"

"除了学特长，其他都没补。"

"他愿意学就学，不愿意学也不要勉强，你我没有任何特长还不是活几十岁了，一代肯定会比一代强，这是自然规律。"

"青萍逼的。"姚鲁叹口气，不说话了。

易凡夫知道，青萍是个要强的女人，大学毕业后找了点关系进了县委老干局，姚鲁为追她花了很多功夫，最后打败几个竞争对手，抱得美人归。青萍对姚鲁要求很高，逼着他到电视大学上学，拿了个专科文凭，要他求进步，要他跟过去的狐朋狗友断绝关系。但是对易凡夫是个例外，因为她觉得易凡夫是个读书人，也是个励志的示范，对姚鲁有积极的影响。后来，青萍把对姚鲁的要求移植到小石头身上，让小石头承受了与年龄不相称的压力。姚鲁说："这次的提拔，还真的得益于青萍，其中电视大学的文凭起了一定作用。"主任在研究人事的常委会上推荐说："姚鲁爱学习，业务能力强，为人忠诚，做事有头脑，可以任办公室副主任。"姚鲁的提拔挤掉了一个想调到县委机关来的乡长，也不知道乡长是谁的人。欧阳书记虽然有点不舍，但姚鲁的前途更重要，也赞同主任的意见，促成了这次顺利提拔。

天气异常的热，听天气预报，太平洋上的高温气流还在源源不断地往北方压过来，这种持续的热，让人透不过气，在这种气氛中，人也变得焦躁。

那天，小曾拿了一摞发票，要易凡夫签经手，易凡夫留心了一下，仔细审核，把自己知道的都签了，有一张两条烟的发票，易凡夫问："局里好像没买过这种烟，这是谁经手的？"

"我经手的，黄局长用的。"

易凡夫心想：前几次报销没见这种条子，原以为黄金求的烟是自己买的，原来也是刮县局的油。局里接待用烟是一个牌子，他抽另一个牌子的烟是掩人耳目，还是在局里报销的，当婊子了，还要立个牌坊。小王说的一点也不假。

"你经手的，你自己签吧。"易凡夫态度很明朗。

小曾说："黄局长说要你签。"

"我没经手，不知道这事，我怎么签啊，你自己经手的，你签吧。"

易凡夫心想：这是不是在逼我，要我表态了吗。后来一想签了算了，又不要自己出钱，虽然黄金求不分管办公室了，但毕竟是局领导。

这时，小曾说道："反正我告诉你了，你不愿意签，你自己跟黄局长解释。"

语气明显有威胁的味道。易凡夫像被惹怒的河豚，顿觉全身已膨胀浑圆，不知什么时候暴烈。他的脸色像变色龙一样，由红转白，由白转黑，酝酿了一两秒钟情绪后，把桌子一拍，厉声道："不签，也不解释，你去汇报吧！"

看着小曾离去的身影，他在心里骂道："狗仗人势！"

这时，刘主任进来了，易凡夫简单地说了下情况，刘主任马上给小曾打了个电话，要他到办公室来。小曾已经在黄金求的办公室了，他接电话后磨蹭了一会，向黄金求报告了易凡夫不签的过程，添了些油，加了些醋，然后才回到办公室。

刘主任说："小曾，你签个经手，我再签个字，易主任不签有他的道理，他确实不知道。"

看着小曾那种张狂的神态，易凡夫知道会有一场风暴来临，只是这风暴是在什么时候，以什么方式到来还未可知，但是，他已经做好了迎接风暴的准备。

刘主任等小曾出去后，拍了拍易凡夫的肩，摇摇头说："见怪不怪了，人上一百，形形色色。"

他对着外面的天空说："都是天气惹的祸，来场暴雨就好了。"

话音刚落，天空就暗了下来，不一会儿，就下起了大雨，这雨是典型的江南夏天的太阳雨，街道的那边还是阳光普照，这边却大雨倾盆。

易凡夫笑刘主任："你是个天文学家。"

站在窗前，易凡夫想起了那句诗：东边日出西边雨，道是无晴却有晴。本来是个自然现象，刘禹锡偏要用它来形容少女的心情。

风暴来得很快，仅仅过了一天，麻烦就来了。

那天上午，市局来个通知，监察有个紧急会议，要分管监察的领导和监察室主任参加，监察室周主任找办公室要车，县局总共三台车，一台严俊去县政府办事了，一台马千里去邻县参加业务会了，还有一台办公室刘主任到分局处理食堂打整的事去了。

黄金求见没有车，马上到办公室，问易凡夫："刘主任在哪里？"

"去六分局了。"

"那你安排一台车，去市局开会。"

"车都安排出去了。"易凡夫回答。

黄金求发火了："办公室怎么搞的，要车都没有？"

"车都派出去了，没办法。"

"要刘主任回来。"

六分局就是管辖易凡夫老家的那个分局，距离县城至少五十公里路，一时半会也赶不回来。

易夫凡说："那怎么能赶回来？"

"车都安排不好，办公室是……是干……干什么的？"

易凡夫说："你找刘主任，他安排的。"

"你是副主任，你……你是干……干什么的？"

"没车了，我给你变吗？"易凡夫也有点火气了。

"你这个副主……任还……还……还想不想搞？"

"本来就不想搞。"易凡夫的声音提高了，眼神像刀一样刺向黄金求。

周主任看到冲突起来，对黄金求说："黄局长，没车就算了，我们打车去吧。"

黄金求还想说什么，被周主任连拉带拽拖走了。

易凡夫坐在办公室生闷气，感觉离领导近了，工作越难了，古话说的伴君如伴虎，没有错，一个副局长都这么神气。

下午，刘主任从分局回来，易凡夫把跟黄金求冲突的事告诉他，刘主任说："随他去吧，他说他的，我们做我们的，没有十全十美的事。我受过的气多了，早习惯了。"

易凡夫觉得刘主任还是很维护办公室的。

易凡夫对刘主任说："我想要个文秘，你老不向局党组反映，小曾在办公室没什么用，你把他留在这里干什么？"

刘主任摇摇头，没说什么，只是拍了拍易凡夫。

黄金求的死鱼眼在易凡夫看来越发丑了，那眼睛白多黑少，总觉得像造物主有意在那黑眼珠上贴了一条白色的不干胶，让人有视觉上的立体的丑，关键是白色多了之后没有生气，整个人就像一条快晒干的鱼，充满腥和死亡的气息。


五·一假期没有休，易凡夫开始策划国庆假期的休闲行程了。刘主任说："国庆节我在家里，局里有什么事我来照看，你放心去玩吧。"

易凡夫很感动。也知道刘主任是在补偿他没成行的五·一旅游。

早约了姚鲁和青萍，他们带着小石头，易凡夫和林丽静带着鸣鸣，刚好一车，两人轮换开车，来到卧龙山景区，对孩子们说去看野人，孩子们特别有兴趣，在车上很兴奋，这就免除了晕车的麻烦。鸣鸣是易凡夫三十岁那年得的孩子，林丽静是剖腹产，当时易凡夫从没经历过这种事，很慌，青萍安慰他说："不要紧，现在剖腹产手术很成熟了，包你没问题。"当孩子出生后，易凡夫自谑说："别人是三十而立，我是三十儿不立。"后来在一个什么证件上要填孩子的名字，易凡夫随手就填了一个"俗子"，被林丽静大骂一顿："你是凡夫，我儿子才不是俗子呢，你把历史上那些好名字选两个，我觉得我们的儿子肯定有出息。像赵子龙这种名字好。"易凡夫心想：望子成龙是每一个家长的心愿，但真正成龙的有几个。于是他就用楚国庄王的典故，给儿子取名叫易冲天，小名叫鸣鸣。林丽静问是什么意思，易凡夫讲了庄王的一鸣惊人和一飞冲天的故事，林丽静同意了："反正我儿子不是俗子。"几岁过去，易凡夫观察儿子，除身体素质好之外，其他没一点过人之处，没遗传到自己的基因。但林丽静总觉得自家呜呜比别人家的孩子聪明，这是母亲的通病吧，易凡夫也不争论，随她去。

卧龙山的名声大，但旅游开发还做得不太好。这里的饭菜倒是很合口味，玩了两天，孩子们闹着要看野人也没看着，或许本来就没野人，是一个旅游宣传的噱头而已。很多人乘兴而来，败兴而归，这是中国大多数旅游景区给人的印象。好在易凡夫他们没有多大奢望，仅仅是到此一游而已。孩子们玩疲倦了，也再不关注野人，从卧龙山一觉睡到了家。

易凡夫对姚鲁说："人生就是一只猴子，早上三个果子晚上四个果子不行，早晚换过来就行了。猴子被人玩着，人被另外的人玩着。"

姚鲁不解地望着他，他对两个孩子努努嘴，说："说有野人也相信，不是被玩了么？在单位上我们不是经常被玩么？"

小县城的公务员的生活就是每天按部就班，没什么色彩，而易凡夫的按部就班更简单，除了写点信息就是陪陪客，很少做调研什么的，上面要交调研材料时，打几个电话，收集几个数据，然后作几条措施，吹几条成果，一篇调研就完成了，有的闭门造车很空洞的材料竟然还作为经验推广，易凡夫觉得很好笑，却又不想改变这种局面，他知道自己改变不了，另外，自己本来是既得利益者，何必改变呢？

那天，易凡夫的大学同学林锐来荆北了，给他打个电话，易凡夫要他过河来，他说把事办完了再过来。

林锐跟易凡夫是一个寝室的室友，上学时每天的卧谈会都由两人主持，全寝室的人在争论中进入梦乡，第二天醒来却不知说了些什么，只好在寝室外面集体凭栏。

林锐是个幸运儿，大学毕业后，当厂长的父亲为他铺好了路，直接分配到自己所在县里的团委，上班仅仅几个月就被送到省委党校学习一年，学完后回县里，被派到下面乡里当副乡长，是同学中官场起步最早的。但是，他是属于典型的起个大早，赶个晚集。混了十多年，还只是一个正科级的乡长。这个乡长当得也不抻，前几年，乡里修一条路，由他主持，为了支付包工头的工程款，他向亲戚朋友借了十几万元，最后工程决算完之后，乡政府还欠他十几万元。

易凡夫笑林锐："别人修一条路赚得盆满钵满，你修一条路把自己都搭进去了。"

林锐说："我看包工头也蛮难，所以帮帮他。"

别人难，其实自己比别人更难。往往不计后果地去做些力所不能及的事，结果是给自己带来很大的麻烦。易凡夫跟林锐的关系好，性格也差不多，所以有很多麻烦。

不知道今天林锐是来干什么的，也有一段时间没联系了，虽然没联系，但深深的同学情谊让遥远的距离变得如在咫尺。

林锐带了一个女孩，年龄不会超过二十五岁，娇小玲珑。林锐说是他的同事，叫王彦，来荆北报名参加遴选考试的。

易凡夫问："要不要叫几个同学？"

林锐摇摇头，易凡夫明白了，把他们带到花溪楼，三人坐在大厅角落的一个小桌子上，点了几个菜。

这时，欧阳馨也到大厅来了，见到易凡夫，打了个招呼。易凡夫对她招手，她过去了。

易凡夫问："吃饭了吗？如果没吃我们就一起吧，这是我大学的同学。"

欧阳馨说："好啊，我正好还没吃饭。还加点菜吧，这么尊贵的客人来了。"

易凡夫说："当然，你是老总，熟悉，你加吧。"

欧阳馨加了两个花溪楼厨师新推出的特色小菜，四人愉快地聊天喝酒。

易凡夫和林锐喝的白酒，欧阳馨和王彦喝红酒，王彦的酒量不大，一杯酒下肚，脸红得像涂了红色的油彩。欧阳馨就不要她喝了，一瓶酒剩余的由自己全部解决。

易凡夫故意当着王彦的面对欧阳馨说："馨总，等会要总台送一个套房卡来。"

林锐没有反对，王彦也没有反对。易凡夫更明白了。

易凡夫吃完饭，对两人说："今天远道而来，累了，早点休息吧。明天我来陪你们吃早饭。"

把二人送到电梯口回来，欧阳馨还坐在大厅的沙发上，易凡夫说："馨总，还好吧？"

"没问题。"

"要你的司机送一下我行不？"

"我送你。"

"喝酒了，行不行？"

"小看我啊。"

易凡夫知道欧阳馨酒量可以，也就没多说了，坐欧阳馨的车从景区回到了局里。

第二天一早，易凡夫到花溪楼，给林锐打电话，告诉他在二楼餐厅等。二人下来时，王彦对易凡夫羞涩的一笑，眉眼间洋溢着一种惬意与满足的神情。

今天是周六，送走了林锐，易凡夫心想正好可以跟欧阳馨聊聊天。于是他走向别墅，别墅门开着，欧阳馨正在洗漱，今天稍微起得晚点。

易凡夫说："馨总，刚起床啊。"

欧阳馨对易凡夫说："坐，马上完了。"

欧阳馨边用纸巾擦着手边从洗漱间走出来，"客人走了吗？"欧阳馨问道。

"走了。"

"你的同学不错哦，这么年轻的一面彩旗，呵呵！"

"是吗？不是吧？"易凡夫觉得自己都不相信自己说的，笑了起来。

"替人家掩饰什么啊？想侮辱我的智商啊？"

易凡夫说："哪里？哪里？不敢！不敢！"

从事宾馆行业这几年，欧阳馨阅人无数，从男女之间眼神的传递，走路的姿势，说话的语气，就能猜出他们之间的关系。

"要去吃早餐了。"

"不去了，你坐吧。"

欧阳馨烧了一壶水，给易凡夫泡了一杯毛尖，然后打个电话，要餐厅送了一点早点过来，也没对易凡夫客气，自己独自用起来。

易凡夫仔细打量了一下房间的布置，很简洁，靠门的墙上有一幅字：予人玫瑰，手留余香。是中国书法家协会前会长的手笔，易凡夫在大学时，临过他的字，一眼就看出有那种风骨。

易凡夫问："大家手笔，有渊源吗？"

"有的，大家是我外公的学生，外公在世的时候，经常来看外公，这幅字是大家送给外公的，外公去世后，我整理外公的遗物时，拿过来了。"

欧阳馨谈起外公时，眼里满含泪花，她动情地说："外公、外婆是荆北市一中的高级教师，特别是外公，是全市语文科的权威教师，桃李满天下，外婆是音乐教师，培养了妈妈，熏陶了我。"

欧阳馨从小就喜欢在外公家，外公教她唐诗，外婆教她唱歌，弹钢琴。高中最后选择专业时，她更爱音乐，班主任做工作，告诉她按文化成绩，她也可以考上本科大学，但她毅然选择了学音乐。因为父母亲的车祸，白发人送黑发人，对两老打击太大，外婆从此生病，欧阳馨大一的时候外婆离她而去，几个月后外公也随外婆离世。经历了父母的变故，又经历了外公外婆的变故，欧阳馨由痛苦到麻木，由麻木到逃避，她只找舅舅要了这幅字，随身带着。易凡夫感叹欧阳馨的身世多舛，更佩服她生活的勇气，承受连续的打击，在普通人的人生中并不多见，何况一个柔弱女子。

等欧阳馨吃完早点，易凡夫说："前面还有一些接待的单子没签字的，今天来了，就签了吧。"

欧阳馨说："今天财务不上班，平时没签的单子都放到财务上了，下次吧。"

易凡夫耸耸肩，表示很不巧。他说："你的故事我听了一部分，还有一部分没听到。"

欧阳馨笑着问："还想听什么故事啊？"

"关于你和公司的故事。"

欧阳馨给易凡夫续了水，然后开始把她和公司的故事全部告诉了易凡夫。

欧阳馨离婚后，回到市里，回到父亲农村的老家，在叔叔家住了一段日子，既躲避前夫的纠缠，又让自己远离城市的喧嚣，静静地思索未来的人生。一个人在乡下的山水之间修行，真有了只羡仙不羡鸳鸯的想法，准备隐居在乡下。在这个时候，她的一位堂伯从澳洲回来，堂伯从事外贸业务，公司业务做得不错。一个儿子在美国博士毕业后任教于加州大学伯克利分校，一个女儿在加拿大做牙医，都远离两位老人。近年，随着年龄增大，两位老人有了孤独寂寞的感觉，于是有回归之情怀，决定回老家看看，顺便考察一下有什么好的投资项目。两位老人回来后，欧阳馨刚好在家没事，陪着两老到处走走，两老知道欧阳馨的状况后，要欧阳馨去澳洲，既能离开让她伤心的国内，又可以照顾两老。在堂伯和欧阳馨即将去澳洲前，欧阳天明从县里来看两老。欧阳天明跟两老及欧阳馨没血缘关系，只是同姓，因为海外侨胞回来了，来看看，一是表示县委对统战工作的重视，二是带来桃花溪景区可能要招商的信息，要两老考虑回家乡投资。两老委托欧阳天明关注这事，说他们有实力、有兴趣、有义务来做这事。回到澳洲，两老先陪欧阳馨办了绿卡申请，然后要欧阳馨参与公司管理，学习管理经验，等欧阳天明的消息一传过去，欧阳馨就作为两老的商务代表，带着资金回国，开始运作景区。

"你的经历颇有传奇啊，可以写一本小说了。"易凡夫感慨地说。

"我都告诉你了，你是办公室才子，你写呀。不过要把我写成一个美女哦。"欧阳馨歪着头，表情有点俏皮。

"你本来就是大美女呀，天生丽质，谁也改变不了。"

"这话我爱听，你就是这么哄女孩子的吧？"

"想哄，可有两点不行。"

"哪两点？"

"这也不行，那也不行，呵呵！"

"我觉得你行，比你同学都要强。"

"哪能比，人家是政府有级别的干部。"

欧阳馨还要说什么，突然扑哧一笑："我们好像在对刘海砍樵的台词。"

易凡夫也笑起来，说："差不多，我像刘海一样老实，你像狐狸精一样漂亮。"

"老实，哈哈！看你的眼神就不是个老实人。"

两人停顿了几秒钟，也没在这个话题上纠缠下去了。

相互之间不讨厌的男女在一起，时间过得太快，转眼就到了中午，易凡夫起身要走，欧阳馨说："就在这里吃午饭吧，你是大客户代表，今天我们公司请客。"

"算了，我出门的时候对家里说送林锐之后就回去陪儿子玩的，却在这里陪美女一个上午，儿子会找我麻烦的，呵呵！"易凡夫笑笑说，"把指标留在这里吧。"

"好的，随时欢迎你。"

上班族周末最容易过，上班时间就紧张费神了，要用大部分精力应付各种环境、各色人等。

有人的地方就有江湖，有江湖的地方就有恩怨。局机关这个小江湖也是很复杂的，自从严俊上位后，马千里表面上支持他，但暗地里使绊子。比如税收收入任务，马千里一直分管的，在年初任务分配时就跟严俊有分歧，因为严俊已经上位，对马千里分的任务也没说什么，调整任务时，马千里把几个农村分局任务或者翻番，或者增加60-70%，几位分局长叫苦连天，抱团攀比一分局。

马千里说："一分局已经增加了，绝对数远远大于你们，我再问问你们，做到应收尽收了吗？"

几位分局长面面相觑，一分局的绝对数当然是最大的，任务增长应该按比例吧，何况谁又能做到应收尽收啊。分局长们到严俊那里诉苦，严俊明知马千里拆台，但为了树立班子团结的形象，只能做分局长的工作。黄金求虽然没跟马千里沆瀣一气，但跟严俊也没什么深交，只关注自己的小利益。易凡夫也看明白局机关有小圈子，他采取回避态度，对圈子都保持距离。易凡夫知道自己得罪了黄金求，做好了被黑的心理准备，好在黄金求现在不分管办公室了，不会有什么正面接触，大问题没有，小失误刘主任担一担就过去了。但是，易凡夫不知道自己得罪了马千里，俗话说：明枪易躲，暗箭难防。如果马千里要黑他，他就暗箭难防了，好在还没有什么把柄被马千里抓住。

很快又到年底了，县里催收得越来越紧，局里为了表示重视，专门召开了全局干部参加的年底任务攻坚动员大会，邀请了常务副县长作报告，最后在安排年底计划的时候，马千里说："全局都靠一分局吃一碗饭。"把农村分局的全体人员都贬了，干部们敢怒不敢言，散会后，几个分局长攻击王超前："王局长，今年我们分局的干部全部到一分局过年。"王超前知道马千里说话得罪了农村分局，只能苦笑。严俊见收入不能上来，马千里一直看冷，决定今年不完成县里的追加任务，只完成税务系统任务，虽然县里对地税局和严俊个人意见天大，但毕竟把基数降下来了，干部也少吃了亏。至于年底的奖金，严俊找财政局长打商量，借了 50 万元。

春节假期的值班安排是易凡夫制定的，他征求了局领导和机关干部们的意见后，打印出来发给大家。

因为去年回老家，今年他主动把自己的值班时间安排在大年三十、正月初一、初二。

年前，易凡夫回了一趟老家，给父母送了一些春节物资，没停就回城了。腊月二十九把林丽静和鸣鸣送到岳母家，一起吃了年饭，因为懒得起早，晚饭后就一个人回局机关自己的小家了。

其实值班也就是坐在办公室，以防万一有紧急情况，有人及时处理。大年三十一早，易凡夫在值班室烧了一盆炭火，拿了一本《围城》，边值班边读。易凡夫已经读《围城》很多遍了，每次读，都有新的感受，钱钟书先生把一些琐事表现得那样生动，读着读着，易凡夫就觉得自己成了小说中的人物形象，有时像方鸿渐无用，有时像陆子潇自卑，有时像赵辛楣自信。把自己的喜怒哀乐都全融入到里面，他把书合上后，感叹好作品的魅力无穷。

两位一起值班的同事坐在那里，边烤火边聊天，易凡夫对他们说："如果你们有事就先走，我在这里看着，没问题的。"两位同事见没什么事，易凡夫又如此说了，于是都先回了。

易凡夫加了一些碳，把火烧旺，独自在那里看书。傍晚，易凡夫回到家里，下了一碗面条，当年夜饭。然后准备看中央台的春节晚会。突然，手机信息响了一下，他以为是拜年的信息，那种群发的信息他看都懒得看，没理会。等几分钟后，手机又响了一下，他拿起看了看，第一条信息是"今夕何夕兮，搴舟中流。"第二条信息是"今日何日兮，得与王子同舟。"这是先秦的《越人歌》。心想：我是什么人啊，还有人这么看得起。但是号码却不熟悉。于是回了一条信息："尊驾是谁啊？"过了一会，又有一条信息来，他打开一看，还是《越人歌》里的"山有木兮木有枝"。

他拨个电话过去，问："美女，你是谁啊？"

好一会，一个声音幽幽地说："我。"

易凡夫听出来了，是欧阳馨。

他问："美女，换号码了吗？你在忙啥？"

"喝酒，看电视。"

"一个人吗？"

"嗯。"

"在哪里？"

欧阳馨说："我还有别的地方去吗？"

易凡夫看了看时间，还不到七点半，对欧阳馨说："我来陪你看春晚吧？"

对方没有回答，几秒钟后，把电话挂了。

易凡夫穿了一件大衣出门，这时候街道上的士已经很少了，易凡夫等了好一会，才叫停一辆，司机听说去花溪楼，就说："要四十元。"

易凡夫说："行，大年夜的，你也不容易。"

年三十的景区静悄悄的，宾馆房间亮灯的很少，这个特殊的日子，只有没办法的人才在外流浪。

别墅有灯，很柔和的光，门虚掩着。易凡夫轻轻敲了一下，就推门进去了。欧阳馨坐在沙发上，见易凡夫来了，往旁边挪了一点，给易凡夫让出座位。茶几上有两杯红酒。欧阳馨递给易凡夫一杯，举了一下，喝了一小口。易凡夫也喝了一口。

易凡夫说："美女，每天都这样有情调啊。"

"我的睡眠不好，吃安定伤身体，所以每晚喝点红酒保证睡眠。"又举了一下杯，"今天过年，也应该喝酒。"

说完，一仰头，干了。

易凡夫见欧阳馨干了，也一饮而尽。

电视里的春晚已经开始了，两人边喝边看，一瓶酒不知不觉中就完了。欧阳馨站起身，又开了一瓶。电视里笑星表演的节目很幽默，可是两人都没笑，气氛有点沉。当主持人宣读海外华人贺电时，欧阳馨把电视调到了电影频道，电视画面是平静的大海上一艘孤独的帆船。易凡夫知道欧阳馨在这种日子里很孤独，很寂寞，但不知怎样安慰她，只是陪着她默默地喝酒。

第二瓶红酒又很快见底了，这时，欧阳馨的脸已经微红，少许有些醉意。她放下杯子，把头靠在易凡夫肩上，轻声啜泣起来。

她轻轻地说："好累！好苦！好孤独！"

易凡夫用手搂着她的腰，让她尽量舒服一点。她的头突然往上一仰，一股气流直入易凡夫的鼻孔，易凡夫顿时心旌摇荡，他用另一只手摸着她的脸，嘴唇轻轻吻上她的额头，见她没有拒绝，他的嘴唇探索着往下，往下，终于印上了她的唇。她"嘤"了一声，象征性地拒绝了一下，然后为他打开了……

易凡夫醒来时，天已微明，他揭开被子，眼睛被那片洁白刺了一下。他怕冻着她，把被子盖上，自己去浴室冲了个澡。他边擦着身子，边来到床边，发现她已经裹着被子朝里睡着，他轻轻叫她没应，他又轻轻拍她，还是没应，他明显感觉她的呼吸变重了。她应该醒了，只是由以前平淡相处到现在赤裸相见，突然不好意思了。他穿上衣服，轻轻地带上门，打个车径直回局里值班。

大年初一的值班，易凡夫有点心不在焉，虽然还在看着书，心里却在回忆昨晚的情节，艳遇来得太突然了。

这些年，随着经济的发展，人们的手中有了钱，随着东西方文化的融合，人们的思想观念发生了很大的改变，经济和文化的结合，就有了新的产物——情人。特别是有了钱的暴发户，带着自己的小情人招摇过市，生怕别人不知道自己有钱，生怕别人不知道自己有情人，把这两者当成成功的标志和骄傲的资本。这种人，看上去往往是一种浅薄的飞扬跋扈，听上去往往是一种极度的信口开河，易凡夫实在不愿与此类人为伍。

前不久，一位建设部门的朋友要易凡夫参加一个饭局，是一包工头请客，包工头带的人也奇葩，一个是他的小舅子，一个是他的小情人。包工头言语粗俗，小情人风情妖娆，小舅子看着姐夫和小情人打情骂俏也无动于衷，据说小舅子也是公务员。买单时包工头从包里拿出一大沓钱，甩给小情人，显得豪气地说："买单去，要老板打个折哦。"言语却透出一种小家子味。

三人走后，朋友告诉易凡夫，包工头找自己有事而自己不愿与包工头有过多的瓜葛，包工头只好请小舅子出面约自己，为了给小舅子一个薄面，就只好答应了这个饭局，之所以要易凡夫来是因为没有投机的话伴。

易凡夫问："他小舅子看到这样子会帮他办事吗？"

"这不是帮了吗？"

"回去不会告诉他姐吗？"

"谁知道，或许他姐能容忍。"

易凡夫又问："如果是你，你会怎么做？"

"至少先掀掉桌子，然后一顿老拳，这不是明显的挑衅吗？"

朋友是个义气的人，易凡夫很欣赏。但是朋友也有个情人，很隐蔽，只有易凡夫和少数几个密友知道。

易凡夫问朋友："你们还好吗？"

朋友知道是问情人之间的事。说："就那样，激情来了很疯，脾气来了很倔，反复多了很累。"

"说你自找麻烦吧。"易凡夫笑话朋友。

朋友说："你没经历，不知其中味啊！"

易凡夫说："我的态度是不赞成、不反对、不参与。"

朋友说："你还没遇到动心的人，等你遇到，你就会情不自禁的。"

易凡夫想起朋友说的话，心里寻思，我是动心了吗？以前对欧阳馨是一种欣赏，好像谈不上爱恋。初步了解后对她是一种爱怜，或许还有一种同情。可是自己都是别人同情的对象，易凡夫觉得同情别人是要有底气、有优势的，自己有那个底气吗？自己有那个优势吗？对欧阳馨那种说不清道不明的情感，一直困扰着他。

十点钟，易凡夫给欧阳馨发了个信息："起床了吗？丫头。"

许久没收到回信，易凡夫走到办公楼的侧面，给欧阳馨打了个电话，响了很久，终于接通了，易凡夫问："丫头，起来没有啊？"

"起来了，刚才在外面走走。"

"温度不高，注意别感冒了。"

"嗯。"

"吃点东西，别饿肚子，对肠胃不好。"

"嗯。"

"晚上我过来，想吃点什么？给你带过来。"

对面沉默了一会，说："不需要。"把电话挂了。

易凡夫不知道是不需要食物还是不需要他。

值班一结束，易凡夫就马上打车到了花溪楼，别墅的门关着，易凡夫敲了几下，没人应。他掏出手机，准备打电话，一只手拍上他的右肩，把他吓了一跳，回头一看，是欧阳馨。

欧阳馨打开门："远远看见一台的士，就知道是你过来了。"

待欧阳馨开门两人进屋后，易凡夫反手关了门，一把拉过欧阳馨，吻住了她的嘴，"唔……唔……"欧阳馨说不出话，使劲推着想把易凡夫推开。易凡夫抱着的手用了力，她越推他抱得越紧。挣扎了一小会儿，随着他的舌吻的深入，她渐渐不动了，浑身软绵绵的，任由他轻薄……

易凡夫从疲惫中醒来的时候，天已经完全黑下来了。他起床洗了个澡，穿好衣服。听到她叫他，她说："我要上厕所。"

他来到床边，听见她又说："抱我。"

他把她抱起来，柔若无骨。她搂住他的脖子，一头长发垂下来，遮住她的脸。

他说了一句："侍儿扶起娇无力，始是新承恩泽时。"

她幽幽地说："我不想当妃子。"接着又说："嫌我胖是吧？"

他忙说："增之一两则太肥，减之一两则太廋。"

待欧阳馨收拾完毕，二人在沙发上相拥而坐，恨不能把对方都长进自己的身体里。良久，易凡夫感到有点饿，起身来到厨房。他煎了两个鸡蛋，下了两碗面，从橱柜里拿了一瓶辣椒酱，把面端到茶几上，两人急需补充能量了。

一夜无语。

第二天一早，易凡夫要去值班，临出门时，欧阳馨问他："要车吗？要不你把公司的车开走。"

易凡夫说："不用了，我今天晚上有个饭局，来不了。"也算对她有个预先交待。

白天值班没什么事，下班后易凡夫来到岳母家，三天没见到鸣鸣了，易凡夫抱着鸣鸣亲了一下，问："鸣鸣，听外婆的话吗？"

"我听话，我吃好多好多饭。"鸣鸣稚声稚气地说，充满童真。

易凡夫表扬他："不错，爸爸给你买礼物，要什么？"

"我要枪。"家里已经有好多玩具枪了，爱枪爱机械是男孩子的天性。

鸣鸣还有一个爱好，就是小人书，易凡夫说："我们不买枪，买小人书好不好？"

鸣鸣开始不答应，后来又都要买，最后在易凡夫的坚持下，父子达成只买书的协议，但要多买几本。丽静埋怨易凡夫纵容孩子，易凡夫心里有愧，不敢看丽静，只是低头逗着鸣鸣。


办公室是个处理事务的部门，这不，正月初三，就有接待任务了。省局袁副局长到乡下过年，严俊知道消息后，一定要把领导接到局里招待一下，袁副局长答应了，定在正月初四吃午饭，严俊给刘主任打个电话，要刘主任和易凡夫安排好，刘主任要易凡夫先订餐。

正月初三的晚上，易凡夫给欧阳馨打电话订餐，完了，欧阳馨问："一整天没一个电话，就没有别的说了吗？"

易凡夫看了一眼坐在旁边的林丽静，笑着说："来了再说吧。"

说完挂了电话。刚要把手机装进口袋，电话又响起来，还是欧阳馨打来的，以为她还有什么事，那头说："真没有什么话？"易凡夫呵呵两下，挂了。

第二天，易凡夫开着车，载着严俊和刘主任，导引袁副局长的车到花溪楼。下车后，严俊陪着袁副局长走在前面，刘主任陪着袁副局长家人和袁大头走在中间，袁副局长的司机跟袁大头的司机边走边聊，易凡夫搬着一件酒走在最后。这时欧阳馨从大厅迎出来跟前面的人打招呼，待他们进大厅后，狠狠地瞪了易凡夫一眼。

欧阳馨对严俊说："严局长，中餐时间还没到，要不你们去散散步，桃花已经开了一些了。"

严俊用目光征求袁副局长的意思，袁副局长把手往前一挥，自己向着桃林走去了。

易凡夫对欧阳馨说："馨总，年前还有几张单子没签，现在签了吧。"

欧阳馨说："单子在我办公室，你等一下，我安排一下就去。"

欧阳馨要服务员把酒搬到包房，叮嘱开空调，然后带着易凡夫进了电梯。

电梯里，两人没说话，进办公室后，欧阳馨眼里含着泪花，委屈地说："还挂我的电话！"

易凡夫轻轻搂着她的肩说："其实好想你，可你打电话时我不方便，丫头。"

一声丫头，便化去了欧阳馨心中的恨意，自从外公外婆和父母离世后，易凡夫是第一个这样称呼她的人，她心中有一种被宠的感觉。

"再不许挂我的电话了哦。"欧阳馨说，"我是不好哄的哦。"

易凡夫忙说："好的，只要能接一定接。"

两人知道不能纠葛太久，就拥抱了一下，亲了个嘴，下楼去了。

电梯里易凡夫一直在擦着自己的嘴，欧阳馨笑他："偷吃了，是要把嘴擦干净。"

接着又横了他一眼，说："我能用那么低档的口红吗？这是不脱的。"

易凡夫的小心思被欧阳馨看穿了，呵呵笑了一声，以掩饰自己的陋见。

袁副局长在桌上很爽快，严俊只喝一小杯酒就不陪了，一直由刘主任和易凡夫陪着。这种氛围的酒局比场面上的局轻松多了，袁副局长也显得很平易近人，他举杯对刘主任说："办公室是最辛苦的，正月里就要你们出来，打扰了。"

刘主任忙说："哪里哪里，能接待领导是我们的荣幸。"

袁副局长对易凡夫也较熟悉了，对他说："小易啊，你是能喝的。"

易凡夫马上站起来，倒了一满杯，说："领导，我敬您，祝您全家幸福安康！"然后又说，"我干，您随意。"

袁副局长马上制止了，叫服务员给自己倒了一满杯，说："我不随意，干掉。"两人碰了一下杯，都一干而尽。

易凡夫被袁副局长的豪气折服了，心想：大领导就是和气，可有些小领导他妈的尽是神气。

袁局长边品着菜边说："这里的腊味做得好吃。"

严俊听了，对刘主任使了个眼色，刘主任和易凡夫马上明白了，易凡夫起身离开。他找到欧阳馨，要她准备一些腊肉、腊鱼、腊羊肉狗肉，装了满满一大纸箱，用封口胶封好，放在一楼大厅。

离开的时候，服务生把箱子抬到袁副局长的车上，袁副局长没有说什么，只是意味深长地看了严俊一眼。

送走了客人，严俊问刘主任和易凡夫："你俩家里没什么事吧？"两人都说没有，严俊说："就在这里坐一下吧。"

三人开了一间包房，各点了一杯茶，易凡夫要服务员拿来三包烟，分给严俊和刘主任各一包，易凡夫把剩下的那包拆开，给两人敬烟，只几分钟，房间烟雾缭绕，在抽烟的人看来是人间仙境，在不抽烟的人看来就是人间地狱了。

严俊喝着茶，看着窗外，说："时间过得快，就要上班了。"

刘主任和易凡夫没说话，不知严俊想表达什么意思。过了一会，严俊问："大会准备得怎样了？"

刘主任说："会务这块我们和花溪楼紧密联系着，大会主题报告已经按领导们的要求形成了初稿，上班后会先印发给你们再修改，表彰这块归口人事科，上班后我会跟他们衔接。"

"今年已经快过去一个季度了，收入还不到10%。"

两人明白了，严俊忧的是今年的收入任务，去年是个开门黑，县委县政府已经很不满意了，今年开局更不理想，不完成任务，面子上过不去，票子也不能满足，更重要的是帽子问题，县委政府到上级参一本，到时会吃不了兜着走。

严俊叹了一口气说："我们的收入任务吃紧，我觉得有几个原因，一是国家拿走的比例太高；二是区位劣势，地方经济发展缓慢；三是地方财政以支定收；四是干部敬业精神不强，该收的税不收，该督促的不督促。"易凡夫听出严俊对马千里的不满。

严俊接着说："今后国库充实后，应该会对我们这种落后地区有政策倾斜，但是不知是什么时候。我去过江浙和广东那些发达地区，根本不为收入发愁，这就是税收上的马太效应吧，越发达越轻松，越落后越紧张。"

严俊目视易凡夫："在报告中，完成收入任务这一块要突出强调。"

易凡夫点点头。

三人还聊了一些其他的话题，晚餐点了几个大碗饭，饭后易凡夫把两人送回家。

　　年后上班没多久，办公楼的工程就完工了，土建和室内外装修都是袁大头搞的，从南方买的外墙砖很漂亮，在附近的房屋中很亮眼。六层的办公楼和两层的综合楼在院中的布局颇有讲究，按五行定方位，据说是有高人指点。院中的绿化还没开始，但严俊已经等不及了，税务工作大会后不久，就把机关搬进新院子。

　　那天一早，铁月皓来局里找严俊，说想承接局里的绿化工程，严俊对他说："袁总在春节后已经签合同了。"拒绝了铁月皓。

　　铁月皓大光其火，在外面说严俊忘恩负义。严俊也听到过这些话，心想：现在是我严俊当一把手，凭什么要听你的，我这个局长又不是你给的，你铁月皓当头时也是一样，所有好处都占完了，现在却来当隔壁人的家。

　　其实严俊也是有私心的，本来没跟袁大头签合同，但是他想让有资质的袁大头把工程接下来，让自己大哥的儿子做绿化，也是对大哥悉心照顾父母的一次回报。严俊打定主意后，跟袁大头说了一下，袁大头满口答应，条件是下面几个分局院子的建设给他做。


　　每年荆北市局的财务审计组在春节上班后就进入了，谁也没有想到今年查出了大问题。

　　一是黄金求挪用了4万元的基建资金用作建自己老家的房子，市局审计组查出来后肯定要做问题摆出来上报。二是5000元的接待费用附件写有市局何局长。严俊对第一个问题向审计组表态，这是个人行为，该怎么处理服从上级组织。对第二个问题进行了调查，原来，易凡夫在接待何局长后不久就开了一张正规发票，但是没有附件。

　　去计财科报账时，副科长李丽婷提出来要附件，易凡夫说："从哪里弄附件？本来就没有。"

李丽婷说："任何支出，计财科都有知晓的权力，我们也是按会计法的要求做的。"

易凡夫烦了，对她说："领导都已经签字了，报了算了，等你当上党组成员，任何开支你都会知道的。"

坚决拒绝提供附件。

后来李丽婷又逼着小田要，小田没办法，把易凡夫写有接待何局长的借条给她，她又没仔细看，就装订进账了，市局审计出来，与严俊交换意见时，严俊才知道。本来他要狠狠刮办公室的胡子的，听易凡夫和小田说了具体情况后，把一腔怒火发到了计财科。

他非常生气地对李丽婷说："搞的什么名堂，你要坚持原则，我给你个坚持原则的位置，去扶贫点，跟老百姓一起同吃、同住、同劳动。"

李丽婷被吓得哭起来了。她以为严俊说的是真的，自己的孩子还在幼儿园，每天都要管，去扶贫点经常十天半月不能回家。她请分管局长马千里到严俊那里说情，并向严俊认错。

严俊又向审计组陪小心，说补一个附件，千万不要让市局何局长知道。很快，市局对第一个问题作了处理：免除黄金求的副局长职务，调离锅县。易凡夫心中暗喜，终于摆脱黄金求这个瘟神。

荆北市局火速提拔七分局局长刘拥军为副局长，党组成员。让一分局局长王超前空喜一场，自以为到了嘴边的鸭子，却飞入别人家。

一天，易凡夫去县政府参加一个会议回来的路上，看见一个熟悉的背影。

他叫了一声："沈冰洁。"

前面的人一回头，果然是她，她是易凡夫大学同学，上次成姐的孩子上学，还多亏了她爱人蒋校长。据说蒋校长在实验中学做得很好，是"感动锅县十大新闻人物"，是全市十大杰出青年，是省教育战线劳动模范。

沈冰洁立住，等易凡夫赶上，问："易凡夫，上班不在局里，还有空出来闲逛啊？"

"代领导开个会，正要回去。"易凡夫说，"约蒋校长吃饭的，约了两年了，他还是要给我一个机会呀。"

"他去海南了。"

"是考察还是旅游？"

"在那边上班。"

易凡夫惊诧了。

沈冰洁告诉他，蒋校长办学有水平，深受老师、家长、学生的爱戴，获得了各种级别的荣誉。原以为会调入县一中当校长，可是他能感动锅县，却感动不了县里的领导，新的一中校长是县委书记的同学，原来在乡中学搞后勤主任，通过同学关系调入一中当管后勤的副校长，几个月之后就接任校长，真正现代版的连升三级，一个农校毕业生在县教育战线最重要的位置上，经营教育不行，但经营官场却有心得，混得如鱼得水。自从他当上一中的校长后，以前打牌的圈子里流传他的话："不是十元的跑胡不打。"这种暴发户的心态，让原来圈子里的人都避之不及，但是新的圈子又建立了，比如有求于他的包工头，教育局的领导等。只是在高考之前就如丧考妣，带着学校班子成员去庙里烧香，祈求上天让县一中在高考中有个好结果，完全忘了农校老师教的作物要有好的收成必须要培育、施肥。眼看教育战线乌烟瘴气，蒋校长一气之下辞去实验中学校长职务。刚好北京某著名高校附中在海南办分校，听说有蒋校长这么个人才，求贤若渴的他们立马赶到锅县，一顾茅庐就搞定了。

易凡夫问:"你和孩子怎么办?"

"孩子被他爸爸带去海口上学了,我现在请假,已经在那边联系了一所学校,准备暑假调过去。"

易凡夫说:"哦,我还要请蒋校长吃饭的,那就两场麦子做一场打,你走之前为你们送行。"

告别沈冰洁后,易凡夫往局里走去。

他想:蒋校长是社会公认的人才,可是光有社会的认可是没有前途的,还得要伯乐认可才会有出息。所以老师之前说的那句话是一个真理,可惜易凡夫对真理没有执着的求索精神,在这条路上只能放任自流。

刚想起老师刘开智,刘开智就打电话来了,原来是邻县两位同学来看望老师,刘开智约易凡夫作陪。

两位同学是夫妻,是大学班上唯一修成正果的一对,男的叫杨杰,女的叫杨洁,因为不好称呼,杨杰改名为杨思杰,根据改的名,同学们一撮合,两人刚好对上了眼,毕业之后就结婚了。杨思杰在邻县当交通局局长,权力大,风险也大,好在自己行事稳当,干了几年没出一点事。这次来市里带女儿参加市重点中学的提前招考,借这个机会,跟老师和同学聚一聚。

大学同学小聚还是经常有的,主要是外县的同学到市里来办事。老师约了几个联系得多一点的,陪杨思杰夫妇。易凡夫到了之后,发现除了同学之外,还有师姐于圆圆。

行政部门是个锻炼人的地方,以前的杨思杰不喝酒,不善言辞,十多年过去,现在是七八两不醉,说话一套一套的,在桌上成了一个中心人物。刘开智觉得本来是请他夫妇,让他尽情发挥。

于圆圆看不下去了,她举起酒杯,对杨思杰夫妇说:"杨局长,你们远道而来,辛苦了,师姐敬你们。"

打断了杨思杰的演讲。

于圆圆接触了刘开智的很多学生，觉得易凡夫还是最好的，虽然没有一官半职，但是为人真诚，而且有亲和力，两人有很多共同话题。于圆圆是在场面上混的人，对官场中人见得多了，没什么好印象。其实平心而论，杨思杰为人还是不错的，同学们到他们县里，都是他接待，今天的表现，应该是酒后弥补过去的遗憾，向老师表示自己也是个人才。

酒后的话题很多，不知谁谈到大学恋爱的事，这是杨思杰一直骄傲的，正准备晒一晒，被杨洁制止了，杨洁不想在女儿面前谈过往，把话题引到易凡夫身上，对易凡夫说："上学时我们都以为你会跟沈冰洁恋爱呢，现在沈冰洁怎样了？"

易凡夫叫屈了，说："此故事纯属虚构，我什么时候跟沈冰洁恋爱过？"

但是他还是把沈冰洁的近况告诉大家，并邀请大家参加送别宴会。

杨洁等易凡夫说完，爆料说："我跟沈冰洁是一个寝室，她对你有意思，但是你却不主动。看你就像'三不'男人。社会上流行的'三不'男人就是不主动、不拒绝、不负责。"

易凡夫说："哪里呀，我就是负责才没恋爱嘛，我觉得我没有能力对女孩子承诺什么，所以不恋爱。"

沈冰洁的家境很好，本人素质也很高，长得漂亮，当时也属于学校的风云人物。易凡夫也知道沈冰洁对他有感觉，但是易凡夫不敢迈出那一步，关键是自卑心理让他封闭了自己，一个农村孩子，生活费都没着落，还恋什么爱。

杨洁说："那时候，追沈冰洁的人很多，她都看不上，跟我聊天时她说了，她不想异地，你们是一个县的，她喜欢你的那种忧郁气质。"

"你早告诉我啊，错过了一段姻缘，哈哈哈！"易凡夫自谑说，"现在看来，沈冰洁还是很聪明的，选了一只绩优股，没有在我这只垃圾股上浪费感情。"

杨洁说："不要自黑了，你还是蛮优秀的，因为沈冰洁透露出喜欢你，还有喜欢你的人就不敢表露了，这叫一坝挡住千江水吧。"

"是吗？"易凡夫表示不相信，拍了几下脑袋，说："我还变成抢手货了，哈哈哈！"

这时，刘开智插了一句："抢手的不一定是好货哟，有的股票一上手就跌停，让人后悔不已。"

话题又转到炒股上，这方面于圆圆很有发言权，刘开智说她投入10多万，只用了两年时间就翻番了。杨洁听了，马上向于圆圆取经。本来女人之间交流就很容易，何况是师姐妹，两人立刻就谈得投入了。

易凡夫听了杨洁的话，有点恍惚。

他从来不知道自己到底有没有吸引力，也不敢去吸引别人的注意，看到学校里面那些官二代、富二代过得潇洒，自己也曾羡慕过，但是也不刻意去接近那些人，因为鲁迅先生写的一个故事里说，某个穷人因为富人对他说了一句话，于是奔走相告，别人问他说的什么话，他告诉人家说："滚开！"易凡夫怕听到"滚开"，所以不愿意入那个圈子，交往的大都是农村出来的跟自己差不多的人，现在看来这种交往还是有局限性。

杨思杰夫妇在市里还有两天，易凡夫邀请他们去锅县，两人很爽快地答应了，同时还邀请了在座的人，刘开智和于圆圆也一同前往，易凡夫给欧阳馨打个电话，安排接待，晚餐就在花溪楼。

下午，易凡夫在局里待了一会儿，提前去花溪楼，等老师和同学们。

刚走进大厅，就看到欧阳馨在训斥大厅的服务员，见易凡夫来了，马上把严肃的面孔换成了笑脸，易凡夫觉得欧阳馨的演技特好，特适合做这种工作。

欧阳馨把易凡夫带到办公室，易凡夫抱住欧阳馨要亲，欧阳馨说："隔壁有人。"

易凡夫出去两边一看，没人，回来把门关上，说："骗人。"

接着像饿虎扑羊一般抓住欧阳馨，没等她反应过来，嘴唇就堵住了她的嘴，双手在她的身上游走，欧阳馨没办法，只好由他。

但是她说："今天不行，大姨妈来了。"

易凡夫不管，边亲边摸，不断挑逗着她。最后欧阳馨弱弱地说："哥，不摸了好不好？我受不了！"

易凡夫这才停手，欧阳馨已经是面色绯红，娇喘吁吁了。

完了欧阳馨打了易凡夫一拳，说道："讨厌！"然后又问："今天有哪些人？"

易凡夫告诉她有老师和同学，并说："你跟我们一起吧。"

欧阳馨说："不好吧。"

易凡夫说："没什么，都是几个关系最好的。"

晚餐的人很简单，杨思杰夫妇，刘开智，于圆圆，易凡夫和欧阳馨。

易凡夫问杨洁怎么没带女儿，杨洁告诉大家女儿在她小姨家，准备明天的考试。

欧阳馨早就听易凡夫说起过刘开智，从心底里对刘开智有一种崇拜感，跟于圆圆第一次见面就如故交，两个女强人在一起，有说不完的话，于圆圆当场说："你做我的妹妹吧。"

欧阳馨很会来事，马上改口叫姐姐。

其实易凡夫喜欢听刘开智说话，刘开智看问题很深刻，分析问题很透彻，每次跟刘开智在一起聊天，总有新的收获。

刘开智这次带来一个消息：暑假之后会到校办当主任。

易凡夫马上帮欧阳馨拉生意，说："那以后的接待可以到这里来，这里安静，环境好。"

刘开智说："没问题呀，反正要接待，把这里定个点吧。"

易凡夫暗示欧阳馨，欧阳馨是极玲珑的人，其实不需要暗示，老师一说完，欧阳馨马上站起来以茶敬酒。

饭后，欧阳馨说："易主任，你的老师和同学来了，唱唱歌吧。"

刘开智很有兴趣，欧阳馨马上打电话安排好了。

于圆圆以前学过花鼓戏，嗓子很好，流行歌也还行。杨洁的歌也唱得可以，几个男人也直着嗓子吼了几首，只有欧阳馨没唱。

刘开智发现了，对欧阳馨说："欧阳老总，你也唱歌啊。"

易凡夫忙问欧阳馨点什么歌，欧阳馨说："点一首《大地飞歌》吧。"

等了几首后，欧阳馨的歌到了，她一开口，专业的水平立马展现，把歌厅的服务小姐都惊呆了，嘴张成了"O"型。易凡夫也是第一次听她唱歌，心里暗暗赞叹。欧阳馨唱完，其他人都不唱了。

易凡夫见冷场了，点了几首对唱的歌，跟于圆圆和杨洁唱。才把场救回来。刘开智问易凡夫欧阳馨的歌怎么唱得这么好，易凡夫告诉他是专业的，刘开智点了点头。

易凡夫叫欧阳馨拿来宾馆的卡，给杨思杰夫妇一个标间，给刘开智一个套间，刘开智拒绝了，他对杨思杰说："我俩一个房间，聊聊天。"易凡夫分明看到于圆圆的眼神有一丝哀怨。

嗨完歌，易凡夫送他们去房间，然后说："我明天来安排早餐。"然后下楼悄悄溜进欧阳馨的别墅。

欧阳馨已经在客厅里了，两人好像有一种默契，欧阳馨知道易凡夫会来，早泡了一杯茶。

欧阳馨问易凡夫："客人安排好了吗？"

易凡夫说："好了，老师好正直，呵呵！"

欧阳馨白了他一眼说："谁像你，刘老师看上去就是正人君子。"

两人坐在沙发上，边喝茶边闲扯。

易凡夫说："我有一个问题一直没想明白。"

"什么？"

"为什么你会喜欢我？"

"谁喜欢你了？"欧阳馨故意反问。

易凡夫说："其实我一直都很自卑，但是和你在一起后，平添了一点自信，也不知这自信是来源于哪里。"

"当然来源于我啊。"欧阳馨笑着说，"我把你的自信开发出来了。"

"其实围在我身边有很多优秀的男人，但是有的是看上了我的钱，有的是看上我跟欧阳县长的关系，动机不纯，我肯定不会理，你跟其他人不同，我们之间没有一点功利性，纯粹的男女之间的交往。"

欧阳馨接着问："是后悔了吗？"

"没有，欢喜还来不及呢。"

"其实，女人需要男人，我需要的必须是我看得上的男人。"

"你从哪里看上我了？我也不能给你承诺什么。"

"说不清，是一种感觉吧，不过总的来说，你与一般人有些不同，有让我认可的处世态度，让我认同的处事能力，让我喜欢的忧郁气质，至于喜欢的程度说不好，至少让我感到很安全。"

忧郁气质还成了时尚吗？难道优秀的女人都喜欢忧郁的男人吗？

"另外，我不会要你承诺什么，你放心了吧？"

易凡夫把欧阳馨拉过来，让她靠在自己肩上，轻轻抚摸她的头发，两人就那么静静地坐着。婚外恋是个个人道德问题，易凡夫觉得自己并不是道德败坏的人，平常与女人接触都能止乎礼，但面对欧阳馨，他没有一点抵抗力，也一点都不想抵抗，甚至有点主动，这就是朋友说的动心的感觉吧。他也不曾想到，若干年后，随着城市的快速扩展，城市人口的激增，打工族的夫妻分居，婚外恋成了一个社会问题，一个现实问题，一个让人类学学者们百般研究都难以解决的问题。

暮春的夜还有点寒意，易凡夫为欧阳馨披上一件外衣，顺势捧着她的脸，在她的额头上用嘴唇点了一下，说："早点休息吧，丫头。"

两人都还不想睡，又说了很久的话，清洁后，躺在床上，欧阳馨把头埋在易凡夫的胸口，真正的小鸟依人。

第二天，易凡夫起得很早，到桃林走了一会儿，然后打刘开智的电话，刘开智和杨思杰已经起来了，待两位女人起来后几人来到餐厅，用餐后易凡夫赶回局里上班。

刘拥军当上副局长后，有人不买他的账，一分局局长王超前在一次酒后就说："他算什么，曾经是我手下的兵。"

确实，刘拥军从税务专科学校毕业分配到地税局的时候就在一分局上班，因为是科班生，为人又沉稳，进步迅速，很快就走到那些老资格的人前面了，当然引起个别老资格的人不满了。

王超前越说越不像话："现在是乌龟王八上正席。"

这些话传到刘拥军耳朵里后，他没吱声，但是在心底里对王超前有了一种戒备，并决定找机会惩罚王超前，杀杀他的桀骜不驯，立立威。

果然如严俊担心的，马千里对收入任务一直不督促，按月8.33%考核的进度，地税局已经差了一大截了。四月底的结账，常务副县长点名批评了地税局，严俊坐在会场，脸涨得通红，但是还得听着。对马千里的忍让被当成了懦弱，严俊的心中充满怒气，一时间，锅县地税局上层酝酿着暴风骤雨。

局党组人事变动后，召开了第一次党组会，研究的议题主要有三个：一是收入任务，二是一分局基建，三是一分局干部和代征员不廉洁的处理。

严俊说："关于收入任务，老马你分管的，说说你的想法。"

马千里说："现在大面上经济处于下行期，锅县的经济发展也是一样，以前的纳税大户企业半死不活，早已没有过去的风光，新的税收增长点不多，也不大。看来今年的任务又有大问题。"

马千里分管业务这么多年，对全县的税收情况了如指掌，他的说法貌似证据充分。更重要的是，他觉得严俊刚当局长，也没有涉及到自己分管的这一块，刘拥军就更不用说了，刚提拔，对全局整体情况不是很了解，所以任由他说。

严俊问："政府的几项基本建设工程进度怎样？"

"进度很快，但政府资金不到位，项目经理垫资比例很大。"马千里回答。

"政策你比我懂，收税你比我行，怎么把任务赶上来，这些工程项目都应该是我们关注的重点，现在差距这么大，说明我们税收征管不到位。"严俊呛了马千里几句。

实际上严俊已经摸了一些税源底子，像工程这一块，应该按工程形象进度交税，是再明白不过了的事，严俊提出来，马千里也没话说了。

严俊接着说："收入任务不完成，不仅对县政府交不了差，对市局也交不了差，我严俊有责任，你马千里作为分管的就没责任吗？政府的奖励拿不回来，干部福利待遇没有，骂我也同时会骂局党组。"

严俊的语气严厉，把积怨发泄了一通。

马千里没说话，但他从心里抗拒严俊，只是不表露。

刘拥军说："那个王超前是搞的什么名堂，这么大的税源都不管。"

马千里对刘拥军说了一句粗话："你懂个卵！"

他这话表面上是说刘拥军，其实也冲着严俊。刘拥军被抢白了一句，心里很不舒服，但碍于马千里是多年的老领导，自己又刚刚在这个位置，也就没有回应。

关于任务的事，严俊的意思还是要赶上来，刘拥军也赞同，马千里勉强表态，会下力气督促。

关于一分局基建，严俊说："做 150 万的预算，按年初跟政府谈的盘子，县财政拿出 60 万，找省局拨款 90 万。"

马千里说："分局的建设不要太着急吧，看趋势，分局会慢慢压缩，特别是农村分局，按税收规模缩减，今后会并入到城关镇。"

关于这事儿，马千里确实看得比较远，更重要的是，基建是块肥肉，严俊这么热衷肯定是想捞好处，既然不对味，也不能让他顺顺利利。

严俊说："农村分局暂不考虑，一分局是城镇分局，是县局的窗口，现在省局要求各县局要建标准办税服务厅，我们也是按省局要求来办的，本来省局给的经费比例是 50%，袁副局长为我们多争取了一点。"

见严俊抬出了袁副局长，马千里不说话了，他知道，一分局的基建肯定是袁大头来搞，如果得罪了袁副局长，一个省局的副局长收拾一个县局的副局长，就像捏死一只蚂蚁一样轻松。

刘拥军分管人事监察，他把最近有人反映一分局干部刘璐敲诈纳税人和一分局代征员队伍管理混乱在会上提出来商讨。

马千里发言说："刘璐的性质很严重，按说敲诈是要判刑的，这种人要开除。"

严俊说："刘璐是我们的干部的孩子，还是本着治病救人的原则吧。"

刘拥军觉得马千里说得有道理，但开除还是有点重，心里想，但没有发表意见。

"干部孩子怎么啦，王子犯法与庶民同罪。还有不是干部子女的人所犯错误更小的都开除了。"马千里愤愤不平。

那是铁月皓在位时的事，有个干部违纪了，当时严俊力主开除，铁月皓和马千里都同意了。

严俊说："刘璐的父亲是县局退休的，我们的老兄弟，低头不见抬头见，还是慎重点吧。"

马千里不说话了，他知道党组会的内容大都会传出去，到时候不要让老刘对自己一个人有意见，何况刘璐那小子还有点混，万一得罪了是惹不起的。最后商定为刘璐待岗一年，只领基本工资，跟班学习，以观后效。

在讨论代征员问题时，刘拥军说："几个代征员都管不好，还当什么分局长。"

严俊说："省里有消息，今后会取消代征员，拥军你去给王超前说一下，要他加强管理，在取消之前不要出什么乱子。"

下午，刘拥军去到一分局，王超前去企业了。副分局长徐飞龙见到刘拥军，马上把他接到自己的办公室，接着给王超前打了个电话，王超前要刘拥军等着，说一会儿回来。刘拥军坐在徐飞龙的办公室，两人聊了分局的一些事，一直等着。

刘拥军看一次时间，徐飞龙就给王超前打一次电话，直到快下班的时候，王超前回来了，进门就握握刘拥军的手说："跟石油公司的财务老总将军了一下午，要他入库税款，还准备提前入库下半年的税款，他一直不答应，说资金困难，好说歹说讨价还价才定下来。让你久等了。"

刘拥军心想：这是给我的下马威。调整了一下呼吸后，他平静地说："上午开了一个党组会，所有的内容都与一分局有关，我只传达我分管的部分，一是关于刘璐的处分：待岗一年，只领基本工资，跟班学习，以观后效。二是关于代征员队伍管理的问题，现在纳税人的反应很大，代征员良莠不齐、泥沙俱下，这有关地税局的形象，是个社会敏感问题，不要把老百姓对某些窗口服务部门的怨气都吸引到地税局来。"

王超前点点头，说："那是。"

刘拥军问："那个跟刘璐一起敲诈的代征员清除了吗？"

"清除了，一出事就清除了。"

"那就好，代征员有很多是政府领导、市局领导、甚至省局领导的亲戚，不出事你要帮他们，出事了他们不会帮你，要放明白点。"

刘拥军说的是大实话，现在上下级的关系是很微妙的，上级在下级那里可以违反原则，但出问题只有下级承担，上级可以推得一干二净。他的语气带有威胁，心想：不要看你现在很欢，如果犯到我手里，要你脱一层皮，谁也保不了你。刘拥军说得很重，王超前却并不以为然，心想：一个刚出茅庐的小子，来吓唬我这江湖老泥鳅，还嫩了点。

但是他也不敢顶撞刘拥军，只是说："是的，我们都自己放聪明点，不要把皮扯到自己身上。"

刘拥军交待了几句，站起身要走，王超前和徐飞龙忙拉住他，留他吃晚饭，他们说："从一分局走出去，回来当领导了，第一次来分局，一定要赏脸。"

刘拥军本来不想留在这里，但是见二人还是很真心，另外，他跟徐飞龙关系很好，刚参加工作时，两人曾同住一间房。

刘拥军说："把那几个兄弟叫上一起去吧。"

以前在一分局上班时几个关系很好的人，只有刘拥军和徐飞龙走上了仕途，其他几个都不追求这方面，所以一直在分局混着。徐飞龙一声招呼，几个人都到了，见到刘拥军，异常亲热。

有的说："拥军当领导了，来视察啊。"

有的说："还记得我们这些老兄弟啊。"

王超前问刘拥军安排在哪里好，刘拥军说："就在谷鸭馆吧，好吃、便宜。"


易凡夫在办公室忙了一个下午，上午的党组会开完后，刘主任安排他写两个文字报告，一个对县政府，一个对省局，要钱修房子。易凡夫写完后给严俊看，严俊说额度再大一点，领导批示时一般会打折扣。重新改数字后刘主任又要他去县政府拿一个文件，拿来一看，是关于文明创建的，要求各单位要建立一个宣传栏。易凡夫马上又查找相关的内容，联系了一个广告公司，要他们来局里现场量尺寸。

把这些干完后，他坐在办公桌前抻了一个大大的懒腰，这时，手机信息来了，是欧阳馨发的。

"在干嘛？"

易凡夫回道："刚忙完，在想你。"

"假话连篇。"

欧阳馨回了信息后马上打电话过来，问易凡夫今晚有没有时间，易凡夫给家里说了一声，下班后就开着局里的车去了花溪楼。

欧阳馨要餐饮部送了几个菜到别墅，开了一瓶红酒，与易凡夫对饮。

欧阳馨说："我要去广州，处理一些遗留的事。"

易凡夫问："多长时间？"

"半个月吧。"

"想你了怎么办？"

"发信息、打电话都行。"

易凡夫跟欧阳馨碰了一下杯，说："没时间，不然我陪你去。"

"你是个大忙人啊。"

"小老百姓一个，有什么忙的。"

欧阳馨对易凡夫说："我走了后有什么事找大堂经理小冯。"

易凡夫坏笑着说："男人的事也可以找她吗？"

"你敢！我要你变成太监！"欧阳馨怒道。

易凡夫哈哈大笑，说："你不快点回来就说不好了。"

欧阳馨站起来，打了易凡夫几拳，说："坏人！"

易凡夫抓住她的双手，把她拉在自己身边，吻她的嘴唇，欧阳馨挣脱了，说："有油，好脏。"

易凡夫说："不喝了。"

两人同去卫生间洗了澡，相拥而卧。

欧阳馨说："凡夫，我会爱上你的。"

易凡夫说："我这么没用处，你不要爱我。"

欧阳馨说："我爱你，与你无关，不要有心理负担哦。"

易凡夫说："没有别的意思，你那么优秀，我不配你爱。"

欧阳馨不说话了，易凡夫看着顶灯，心里想：这丫头真值得去爱，可惜自己结婚早了。

欧阳馨问他："你在想什么？"

易凡夫说："想你。"

欧阳馨翻过身来，盯着易凡夫说："你这个坏人，太会哄女人了。"

易凡夫抱住她，说："我本来是不赞同婚外情的，遇到你，改变了自己的观点，一切都是被你开发出来的。"

易凡夫与林丽静是通过林丽静的表姐介绍认识的，恋爱的两年期间，也没什么亲密接触，林丽静是个传统的女孩，把自己的初夜留到结婚的那一晚。易凡夫也不敢强求她，怕万一不成会害了她，何况当时林丽静的妈是坚决反对的。

欧阳馨的热情奔放是林丽静没有的，那种极度的新鲜感、极致的快感确实是跟欧阳馨在一起后才有的。

欧阳馨见他陷入沉思，把手指放到他的嘴边，易凡夫一下从沉思中回来，重重叹了一口气，说："你是个优秀的女人，是上天对我的恩赐，而我一无是处，无福消受。"

欧阳馨捂住他的嘴，轻声说："不要说那些了。"

两人在床上躺了很久，易凡夫睁开双眼，看看挂在天花板上的顶灯，光线很柔和，很暧昧，转头瞅瞅欧阳馨，他脑子里莫名地出现一句诗：春潮带雨晚来急，野渡无人舟自横。看看时间，已到晚上十一点钟了。

他起床，穿好衣服，亲了她一下，说："明天一早就有事，我回去了。"

欧阳馨紧闭双眼，点点头。易凡夫帮她掖好被子，关灯走了。

接下来的日子，两人每天信息联系着。易凡夫发"日日思君不见君，共饮长江水。"她回"身无彩凤双飞翼，心有灵犀一点通。"易凡夫发"玲珑骰子安红豆，入骨相思知不知。"她回"逢郎欲语低头笑，碧玉搔头落水中。"每天两人来往的信息好多条，大都是古代描写爱情的诗句，他惊叹她的秀外慧中，她佩服他的博学多识，距离远了，但心却更近了。

这些天的接待也少，易凡夫刚好在家陪鸣鸣，下半年鸣鸣要上学了，易凡夫找了一下城关中心完全小学校长，校长很摆谱，全县硬件最好、师资力量最强、地理位置最重要的小学，当然有牛的本钱。易凡夫懒得看那副嘴脸，给姚鲁打了一个电话，姚鲁说："急啥，还有这么久。"其实姚鲁是有把握的，校长的老婆在县委办财务室上班，是姚鲁的部下，这点面子是一定会给的。

那天正上班，林丽静给易凡夫打个电话，说母亲心脏病犯了，要住院。他马上赶到岳母家，跟林丽静和小舅子林湘鄂一起把岳母送进医院。办完手续后他商量林丽静，把鸣鸣送到乡下老家让父母帮带着，林丽静和弟媳在医院轮班看护。易凡夫把情况在电话里向刘主任报告了一下，要小郭开车，两人把鸣鸣送到乡下。爷爷奶奶见宝贝孙子回来了，自然高兴。易凡夫对父母亲说了一下大体情况，说医生预测不做手术一个月左右就能出院，做手术就说不好了，如果岳母住院时间长，就在鸣鸣上学前来接。妈妈朗声说："放心去吧，不会亏待我的宝贝孙子的。"易凡夫又对鸣鸣交待了几句，就和小郭回局里了。

易凡夫对岳母的印象并不好，易凡夫跟林丽静恋爱时，岳母嫌弃他是农村人，不准女儿接触他，岳父在劳动局上班，看易凡夫是大学毕业，单位还可以，思想上先通过，做岳母的工作说："这孩子学历比女儿高，看上去应该有出息，不要反对了。"经过近两年的时间，岳母才同意。其实易凡夫早就想退却，可是林丽静对他死心塌地，反正非他不嫁，做父母的也不好太干涉，最后走到一起。过了这么多年，易凡夫也没什么拿得出手的成绩，岳父也就慢慢看透了易凡夫的本领，觉得他有点黔驴技穷，成不了大气候，在言语中对易凡夫常带有蔑视，易凡夫就越发不与岳父母交流，如果不是要尽孝，他肯定会躲得远远的。他想：岳母本身就是农村人，随岳父来到城里，为什么就看不起农村人，农村人比城里人淳朴多了。林丽静也知道易凡夫与父母亲的隔阂，不太要求易凡夫，只是鸣鸣想去外婆家的时候，二人带着鸣鸣走一走。这次岳母生病住院，易凡夫只偶尔去一次，林丽静窝了一肚子的火，因为要在医院照顾母亲，不好发作，把这笔账记在心里，有机会了再跟易凡夫算总账。小舅子林湘鄂跟易凡夫关系比较好，他初中毕业后不想上学，玩了两年，考了个驾照，被老头子安排到外贸运输公司开车，经常跑长途，出差回来有时会给鸣鸣带些玩具，陪易凡夫喝杯小酒。

这些年，气候变化很快。过去的四季分明好像并不明显了，冬季一过，太阳一出来，热得有点急，就好像进入了夏季。植物的交配显得有点匆忙，温度提升后，各种花儿次第开放，那些蜂儿蝶儿忙忙碌碌，充当一个拉皮条的角色。而阳光让这些花儿迅速萎缩，促成一个生命的循环。动物则像刚从冬眠中出洞，有些懒洋洋的，局门口一条野狗卧在那里眯着眼打盹，易凡夫经过的时候，它睁开眼瞧了一下，可能瞧不上易凡夫，又自顾自继续打盹了，易凡夫看了心里好笑，这就是真正的狗眼看人低吧。人不跟狗计较，他匆匆过去，办公室还有很多事等着他。

刚进办公室，办公桌上的电话就响起来，是刘主任打来的，问易凡夫是否有司机在家。易凡夫站在窗口目光一扫，小孟开的车停在院子里。刘主任要易凡夫安排小孟去市局接刘拥军。

半小时后，刘拥军回来了，他的身后还有一个面生的人。

进门刘拥军就问：“刘主任在局里吗？”

“刚刚还在这里的。”易凡夫回答。

"哦，来认识一下。"他向来人介绍说："这是办公室的易副主任。"

又把来人介绍给易凡夫："这是市局新派下来的纪检组组长，乐组长。"

易凡夫忙握住乐组长伸出的手，请他坐下，小田给乐组长沏了一杯茶。

这时刘主任进来了，他跟乐组长打了个招呼，对刘拥军说："我刚刚安排小曾去找人打扫卫生了，办公室很久没用，一时半会儿搞不完，乐组长先在这里休息一下吧。"

刘拥军对乐组长说："要不先到我办公室去坐。"

乐组长说："不必了，就在这里坐坐。"

中餐就在食堂吃工作餐，刘主任要小曾买了几只甲鱼回来，晚餐在食堂里做，几位局领导为乐组长设欢迎宴。黄金求调离后，食堂的厨师也被刘主任换掉，饭菜味道好，干部们吃得开心，对办公室的怨言就少了。

乐组长名叫乐高义，是个有来历的人。部队技术副团级转业，省局把他分配到市里。因为级别高，级别配职务不好配，市局一直拖着没给他办手续，他等了半年时间，到市局人事科说："不安排就把我退回部队去。"市局不敢退回省局，省局更不敢退回部队，勉勉强强安排他到锅县担任纪检组组长。

乐组长不愧是军人出身，豪爽，酒量也大。原来的几个党组成员都不太喝酒，刘主任跟易凡夫陪他，严俊说："这下好了，党组中有陪酒的人了。"

易凡夫觉得今后自己也可以减轻酒的负担了。

乐组长来之后，党组成员重新分工，乐组长分管人事监察，把刘拥军的事接了一块，此外还主抓一分局的基建。

机关院子里的绿化都搞完了，用水冲洗干净后，面貌焕然一新。假山奇石、小桥流水、绿树盆景，院子显得别致养眼，干部办公都有一个舒畅的心情。易凡夫在院子里走了一圈，回到办公室，没什么事，就看先天晚上与欧阳馨的信息聊天记录：

易："丫头，在干什么？"

馨："在宾馆，刚吃完饭回来。"

易："事情处理完了吗？"

馨："快完了。"

易："什么时候回来？"

馨："下周吧。"

易："想我了吗？"

馨："有点。"

易："回来时告诉我，我去火车站接你。"

馨："不用，我开车回来。"

易凡夫心想：欧阳馨是坐火车走的，怎么会开车回呢？他没有问，只是带着疑问，不过他知道他对欧阳馨的了解还不深入。肉体的愉悦只是一种激情，心灵的契合才是一种境界。

几天后，易凡夫接到欧阳馨的电话，要他去柳湖宾馆的 1007 房间，不要开车。

他看了看时间，已是上午十一点了，他对刘主任说下午请假，要小郭送他到荆北市区。

敲开门，欧阳馨像一条蛇一样缠住易凡夫，易凡夫也激情回应着，小别之后，没有任何语言，只有身体疯狂地纠缠。

完了，易凡夫问："这次去了这么多天，是处理什么事啊？"

"看了几个同学，他们都过得很好，有的还在歌厅里混，有的改行了，有的在歌厅入股当老板了。"

"见到前夫没有。"易凡夫问，心里还有点酸味。

"这个于你重要吗？"欧阳馨问，"见了，没说话，他可能很后悔离婚，但是没孩子牵挂，就没有任何牵挂，我走得很洒脱。"

她在他的怀里蠕动了一下说："我在广州时，买了一台二手车跑场子用，后来离开寄放在朋友那里，这次去修了一下，还能开，就开回来了，以后就给你用吧，有时候你开公车去我那里打眼。"

易凡夫觉得是在接受施舍，表示自己可以打车。

欧阳馨发火了，说："又不是送给你，爱要不要！"

说完在他的胸大肌上咬了一口，留下两个清晰的牙印。

易凡夫问欧阳馨："我们去餐厅吃饭吧。"

欧阳馨说："不去，点菜送上来，有高档的服务不用，笨！"

两人点了两菜一汤，只十分钟左右，就传来敲门声，易凡夫猛地惊觉，忙穿上衣服，那速度跟新兵训练时紧急拉练有得一比，把欧阳馨笑个不停，拉被子蒙住了头。

他从猫眼里看到送餐车，才打开门，让宾馆服务员把饭菜端到小圆桌上。

下午和晚上，两人都腻歪在房间里。

直到第二天早上，易凡夫把欧阳馨送到花溪楼，自己开车回局里，把车停在局机关一个不打眼的角落。


新来的乐组长上班很早，易凡夫到局里时他已经站在局门口了，看到易凡夫开车进来，招了一下手，易凡夫停好车后到门口跟乐组长聊天，乐组长说："广州牌照，这车不错，以前在部队用过，很皮实。"

"朋友的车，人回广州了，车放在我这里，帮他保管一下。"易凡夫不想节外生枝，撒了个谎。

"老款的铃木 SUV，省油，驾控性能好，原装走私的多，以前部队经常有这种车。"

易凡夫问乐组长："来这么早啊？"岔开了话题。

乐组长说："习惯了，起得早，走一走可以呼吸新鲜空气，呵呵！"

"去吃点早餐吧，食堂的早餐还可以的。"

两人踱进食堂，易凡夫要了一碗牛肉粉，乐组长要了一碗稀饭，两个馒头，边吃边聊。陆陆续续机关上班的人都来食堂了，早餐时间是个信息发布和传播的时段，很多先天的旧闻成了第二天的新闻。

税政科长粟晓阳带来一个让易凡夫有机会敲杠子的消息，先天晚上，他们几个人打牌，二分局局长潘必成一吃三，赢了不少钱。潘必成跟易凡夫的关系很好，易凡夫马上打电话给潘必成，要他请客。

潘必成笑呵呵地说："行啊，你到分局来，请你吃土鸡。"

"不能公款请。"

"当然。"

易凡夫问乐组长："下去转转？"

乐组长问："去分局吗？"

易凡夫说："是啊，我刚才是跟二分局的潘局长通话，二分局很近的，你去过那里吗。"

"我的老家就在那里啊。"

"那正好。"

"别急，我问一下人事、监察有没有事情要办，可以一起去，节约资源，减轻分局的负担。"

监察室周主任刚好有事，易凡夫跟刘主任说了一下，用小孟的车，几人一行去到了二分局。

潘必成非常热情，把几人迎进接待室，易凡夫已经在电话里说过乐组长会来，潘必成跟乐组长客气地认识了。分局的内勤泡上茶，还端上水果。

乐组长说："自己人，还上水果啊。"

潘必成很灵活，说："刚才我给家里从水果市场批发的几件水果，大家尝尝，看味道怎样？"

乐组长不说话了。

周主任把年中监察自查表交给潘必成，要求分局干部每人都要填报。

几人办完正事后聊天，易凡夫发现了一个写信息的好素材，分局有一名干部，收养了一个孤儿，女孩，已经六七年，今年要上中学了。乐组长要潘必成把那位干部叫到接待室来，那位女同志姓李，见到乐组长还显得有点紧张，易凡夫认识她，对她说："李姐，乐组长听说你的故事后，专门来看看，想通过人事和办公室做点宣传，传播正能量，你大胆地说吧。"

李姐把她收养的过程简单地说了一下，易凡夫想用启发式的提问拔高一下人物形象，问李姐："你当时收养时是怎样想的？家里人支持吗？"

"没怎么想，看到孩子可怜，家里人都同意。"

这是一个很朴实很简单的人，易凡夫心想也问不出什么闪光的语言，高端的思想，就没有再问了，乐组长问："有什么困难吗？有困难可以向组织反映。"

李姐说："孩子今年要上初中了，想找个好点的学校，我又没门路，正急呢。"

乐组长问易凡夫："学生这一块是哪个部门管的？"

易凡夫回答："一直是人事部门管的。正好你分管。"

"那我回去后问问龙科长，尽量解决。"

李姐说："谢谢乐组长！"

乐组长坚持在分局食堂吃工作餐，潘必成说："食堂只准备了员工餐，没准备客人的饭菜。"

看到乐组长还想坚持，易凡夫开玩笑说："潘局长，你要干部去外面餐馆，乐组长在食堂就餐。"

潘必成哈哈一笑。易凡夫又对乐组长说："今天归潘局长私人请客。"

潘必成忙点头："是、是。"

乐组长见两人都劝，也就不说话了，分局的车在前面带路，车沿着一大片渔湖的边沿前行，乐组长告诉易凡夫，这里以前是一个整湖，很大的湖面，小时候他就在这里生活，后来围湖造田，把湖废了，但因为地势低，每次下雨，田就被淹了。所以渔民们把田恢复成渔湖，做起自己的老本行。头脑灵活的利用鱼的特色办起了鱼家餐馆。

下车后，潘必成看着易凡夫，易凡夫知道他的意思，大声说："简单点，乐组长很注意的。"暗地里使了个眼色。

菜上来后易凡夫对乐组长说："喝点吧？"乐组长见有鸡有鱼还有很多菜，自己是喝酒的，也就不拒绝了。

易凡夫回来后，把李姐的事迹向刘主任和严俊报告，严俊说："这是好人善事，值得弘扬。结合市里最近开展的评选善德人物的活动，加强力度，挖深点。易凡夫你就负责报道，尽快在新闻媒体出现，可以增强老百姓对地税的好印象。"

有了严俊的许可，易凡夫约了一个报社记者，再次来到二分局，详细采访了李姐。几天之后，荆北晚报的生活周刊专栏刊登了大篇幅的采访记录。荆北电视台的记者想拍人物专访，找到地税局，还是易凡夫陪同。各种报道进入大众视线后，最好的结果就是那孩子被锅县一中的初中部直接录取了。

一个月后，果如医生预测，林丽静的妈出院了，易凡夫因为去分局，要姚鲁叫台车帮忙接出来。

晚上回家时林丽静铁青着脸等着他。

易凡夫问："你妈出院了，恢复得怎样？"

林丽静没有回答。反过来问："这些天包括送进医院，你总共去了几次？这是我妈呢，你知道不？"

易凡夫说："我不是很忙吗？"

"芝麻大点官，有什么好忙的？"

确实，一个办公室副主任，连芝麻官都算不上。

"你别以为我不知道。"

易凡夫吓了一跳，以为她知道了他和欧阳馨的事。

她接着说："就因为我妈以前看不上你，你一直就对我妈不冷不热。"

易凡夫才知道还是说同一件事，任她数落着。

"我妈态度后来不是转变了吗？我们结婚不是用的她的房子吗？结婚你拿了几个钱？忘恩负义！"说着说着，林丽静哭起来，她说："我是贱，找你这么个没用的男人，还给我看脸色，告诉你，你对我的不好我都记在本子上！"

闹了一会儿，林丽静见易凡夫不怎么搭理她，也就不说话了，一个人坐在那里生闷气。

易凡夫煮了一点饭，炒了两个菜，要林丽静吃饭，林丽静不理他，他独自扒拉了几口，也没什么味儿，收拾好碗筷，看电视去了。易凡夫恍惚着，电视画面在不断地变，而他的思想也在不断地变，一下子想到岳母嫌弃自己的那些事，瞬间又想到林丽静对自己的好，间或又想到大学的学习生活，又想到和欧阳馨在一起的激情。

想到跟欧阳馨的事儿，他忍不住兴奋起来，突然想起很久没跟林丽静做了。林丽静过去常把性作为奖惩的手段，易凡夫抗争过，但没什么结果，慢慢也就习惯了，对性的要求就淡了。

易凡夫打了个呵欠，关电视睡觉，林丽静不知什么时候去到床上睡着了。易凡夫上床后，睡不着，翻来覆去，把林丽静打扰醒来，说："你怎么这么讨嫌，搞得人家心情不好，还不让人睡觉。"

易凡夫见林丽静醒了，就试着挑逗她，也许是许久没做了，这次她没有矜持，俗话说夫妻之间床头吵床尾和，关键是床，如果不是在床上，矛盾也解决得没那么快。

完后，易夫凡问她："要不要把呜呜接回来？"

林丽静说："还等几天吧，我还照顾几天，让我妈全部恢复后再接。"

两人又说了一些家常事，睡了。


生活这个词怎么界定。有像易凡夫父母亲一样，一辈子面朝黄土背朝天，他们过得很艰难，特别是孩子上学期间，学费的压力，生活费的压力，压得他们喘不过气来。但他们过得很充实，这是他们传承的自古以来的责任，从没想过要偷懒，要逃避，再重的担子也用自己的双肩扛着。他们过得有希望，随着孩子的出息，他们劳累的身体和劳累的心都有一种解脱。有像易凡夫儿时的伙伴，出外打工来改变家庭的面貌，可是贫乏的文化知识注定了只能打笨工，个别活络的可能有所突破，但毕竟是凤毛麟角，他们大都活得很挣扎，理想很丰满，现实很无奈。有富人群体，他们生活无忧，素质低的，狂嫖滥赌，有格调的玩点琴棋书画诗酒茶，他们活得很率性，所以富人圈子里流行的一句话：只要用钱能摆平的事就不叫事。有贵人群体，他们的圈子是一般人不能进入的，就像章诒和在《往事并不如烟》里描述的那样，骨子里流着高贵的血，虎死也能不倒威，他们活得很雅致，也活得很狭窄。易凡夫觉得像自己这样活着的人也是一个很大的群体，没有理想，得过且过，既不想改变生活状态，也无能力改变生活状态，只能在公权力的荫庇下，混过自己碌碌无为的一生。他在上大学时曾经意气风发过，想指点江山，可是自己永远是被指点的对象，想激扬文字，可是憋出来的几个字连敝帚都算不上，所以死了心。现在的生活就是他未来的生活，这也是命中注定的。

欧阳馨的出现给他的生活涂抹了一线亮色，不管这亮色能持续多久，他还是有了生活的另一种经历。

那天，刘开智给易凡夫打个电话，说要在花溪楼请外面回来的学生，并要易凡夫把姚鲁叫上，还要欧阳馨也作陪。易凡夫知道于圆圆也一定会参加，不然，不会点欧阳馨的名。

那位外面回来的学生是做红酒的，在省城荆阳做得很好，这次回来在荆北拓展业务，想请老师关照。刘开智承诺过要在花溪楼定点接待的，就安排在那里，他特别强调了邀约的几个人。于圆圆果然也在列，原来于圆圆被学生聘请为荆北的总代理，本来要交100万的市级代理费，因为是师姐师弟的关系，于圆圆只用30万就拿下了，实际上全市用这种酒都是从于圆圆这里进。于圆圆请老师出面约了这个饭局。

几个人都是喝酒的，对这种来自德国的葡萄酒感觉不错，欧阳馨说："酒还可以，不知价格怎样？"

于圆圆说了一个价格，欧阳馨没有吱声，对于圆圆说："我们饭后再谈吧。"

饭后易凡夫跟姚鲁陪刘开智喝茶聊天，于圆圆两人跟欧阳馨去了办公室。

刘开智问姚鲁："那个学生现在怎样？"

"还学得蛮好，那女孩子一直想当老师，也实现了她的心愿。"

姚鲁感谢刘开智说，"不是您关照，哪有今天？"

刘开智说："那倒不一定，说不定到其他学校更有出息。在校要考资格证，要通过几项专业测试，要她自己注意，不要出现差错。"

姚鲁忙说："那是，我一定交待好。"

刘开智又问易凡夫："最近其他县有同学过来吗？"

易凡夫说："没有，也许有，但我不知道。不是所有的同学关系都一样，各有圈子的。"

"那是。"刘开智点点头。

三人在茶楼里坐了很久，几个人才从楼上下来，刘开智见他们办完了，对易凡夫几个人说："我还有事先走了。"

易凡夫与姚鲁等他们走后，跟欧阳馨打个招呼，也走了。

易凡夫要姚鲁把车开到局里，对姚鲁说："换个车，我们去柳湖坐一坐。"

姚鲁很懂车，一看就说："铃木 SUV，2.0 排量。"

姚鲁边开着车边问易凡夫："这是谁的车？"

易凡夫说："欧阳馨的。"

易凡夫知道，自己与欧阳馨的关系可能瞒得了别人，但绝对瞒不了姚鲁，也不需要瞒，两人这么好的关系，无话不谈的，今天约姚鲁出来就是告诉他。

姚鲁问易凡夫："你俩发展到什么程度了？"

"很好。"易凡夫加重了语气。

姚鲁明白了。他们把车停在湖边，两人下车坐在湖边的草地上。初夏的晚上八点钟，天还没完全暗下来，也有一些情侣在湖边散步，湖面的水汽被微风送到岸上，让人的嗅觉感到清爽。

易凡夫递给姚鲁一支烟，详细谈了自己与欧阳馨的情感过程。

姚鲁说："你不错哦，欧阳馨心高气傲，财政局副局长抛的绣球她都不接，原来和你对上眼了。"

财政局那个副局长易凡夫认识，去年在一场车祸中，他老婆不治身亡。

"据说还是欧阳县长的老婆杨姐牵的线。"姚鲁说，"你准备怎么办？不会离婚吧？"

"不会，我既没有能力离婚，更没有能力再结婚。看欧阳馨也没有结婚的意思，就这么过吧。"

"不要被丽静发现。"作为最好的朋友，姚鲁有点替他担心。

"听天由命吧，这是可遇不可求的事。"易凡夫长叹一声。

湖边的人群渐渐少了，景灯、路灯和旁边别墅区的灯都亮起来，把柳湖的夜色映得很美，这是近几年荆北狠抓城市建设的产物。易凡夫觉得柳湖真的很美，盖过他去过的所有城市里的湖。他幻想与欧阳馨一起迎着湖风、和着柳絮、伴着柳枝轻舞飞扬，可是，那只是幻想，使君已有妇，罗敷自无意。

姚鲁拍了拍易凡夫的肩膀，说："别多想了，日子总是要过下去的，何况这是别人想都想不到的好事，落到你头上了，上学时怎么觉得你除了成绩好外也没其他过人之处，更没有女人缘，可能是你今年命犯桃花吧。"

两人玩笑了一回，姚鲁到局里换车走了。

易凡夫给欧阳馨打电话问："睡了吗？"

"还没有。"

"生意谈成了吗？"

"我觉得她的酒价格有点大，我把采购经理叫到办公室一起谈的，最后达成的协议是代销。"

"有什么区别吗？"

"他们自己派人来，我这里提供场地。"

“那生意还是做成了？”

“算做成了，你的面子不能受损啊。”

“我代老师谢谢你哦。”

“怎么谢？”

“你出个题目吧。”

“我还没想好，想好了再为难你。”

易凡夫还准备说几句，欧阳馨说：“我要去洗澡了，挂了。”

说完，就挂了电话。易凡夫也回去了。


刘拥军上任不久，闯了一个大祸。

这还得从严俊的母亲去世说起。七月底的一天，严俊的母亲因病去世了，听到消息后，机关人员和各分局局长都去吊孝。刘拥军跟刘主任、易凡夫坐小郭开的车，这车是局里去年买的一台桑塔纳，当时局里去办养路费，县交通征稽所的谈所长为了答谢县地税局在征稽所的办公楼办税的过程中，到省地税局做工作，以技侦大楼的名义把固定资产投资方向调节税的税率由15%核到0，答应为这台车办理全省免费的特别通行证，但一直没办下来。刘拥军他们途经荆北市区的时候，因为没办养路费，也没特别通行证，被荆北市交通规费征稽处的执法人员拦住了。

刘拥军向执法人员解释，他们不听。易凡夫拿出祭奠的物品给他们看，他们不理。

刘主任说：“我们去吊孝了回来，你们要扣到哪里我们把车开到哪里。”

他们不干，反正就是要扣车。

在炎热的天气下双方僵持不下。后面各分局的车也陆续到了，看到刘拥军坐的车被拦，都停下来，还有锅县其他单位去吊孝的车，见地税局的车停了，也停下来。一时间大马路上车满为患。交警以为出了交通事故，一看是征稽部门和地税部门闹矛盾，马上回避了。征稽处在执法中一直是很强硬的，待易凡夫把祭奠物品拿下来后，把车强行扣走了，刘拥军被气得七窍生烟。几位分局长对刘拥军说："回来再处理吧。"刘拥军见车已被扣走，一时半会儿也要不回来，再说职能部门之间在公开场合闹矛盾，影响不好，就安排几人分别随分局的车走了。

这事很快传遍了锅县，征稽所的谈所长给刘拥军打电话，刘拥军见是他的电话，马上挂掉，随后关机。

第二天，刘拥军吩咐易凡夫，把被扣那台车欠缴的养路费和滞纳金都交齐，然后把稽查局局长叫到办公室，准备对县征稽所下手。

易凡夫知道刘拥军的意思，到征稽所去交欠费和滞纳金，征稽所的收费员见是地税局缴费，马上给谈所长打电话，谈所长要易凡夫接电话，易凡夫拒绝了，对收费员说："这台车所有的欠费和滞纳金一起交完。"

银行设在征稽所窗口的营业员说："我还是第一次见到主动交滞纳金的。"

易凡夫说："今天就见了哦，地税局最多的就是钱。"

交完费，已到中午，易凡夫问收费员："到哪里取车？"收费员告诉他车被扣在荆北市征稽处的院子里。易凡夫给刘拥军打了个电话，告诉他取车要下午去市里，然后回局了。

下午一上班，易凡夫就和小郭去开车，到市征稽处一看，愣住了，征稽处的人把四个轮胎的气都放了。易凡夫要他们加气好把车开走，没一人理他们，易凡夫做了要闹大事的准备。正在这时一位熟人看到了易凡夫，易凡夫曾叫他师傅，是市征稽处退休的一位老同志。

师傅问他忙什么，他把情况简单说了一下，把车指给师傅看，说："师傅，我准备搞点事，你走吧。"

师傅看了一下车胎，说："搞死那些狗日的！"

易凡夫要小郭把车移到征稽处的大门口，把门堵住。

这下，进来的车进不了，事办完了出去的车出不了，当看到易凡夫的车况后，都异口同声地骂征稽处，也许是被那些办事的人们骂得受不了了，征稽处一位副处长出来协调，要易凡夫把车开走。

易凡夫说："你们把车胎的气加了我们再走。"

那副处长说："不可能，你就是停到下个世纪也随你。"

那些办事的七嘴八舌围攻那位副处长，易凡夫拿出手机说："我会请电视台的记者来看看，这就是征稽处执法。"

那副处长有点软了，说："你把车开到加气的地方去，我负责加气。"

易凡夫心想：你以为我是三岁的小孩子好哄。态度更加强硬："你把加气设备拉过来，我凭什么要开过去，把轮胎轧坏了算谁的？"

在众多人的注视下，副处长脸有些挂不住，又走开了，这时征稽处院子里面有一个结婚的，婚车快到了，见有车堵门，急坏了。

有位大姐对易凡夫说："大兄弟，行个方便，求你了！"

易凡夫说："没办法，车胎的气被征稽处的人放完了，走不了。"

大姐说："我给你加气。"

马上把加气设备拉过来加上了气，易凡夫也就顺着台阶下了。

回来的路上，小郭告诉易凡夫，这车已经被锅县征稽部门抓过几次，见是地税局的车，没找麻烦，这次被荆北市征稽处抓住了，把手续办完，他开车还安心一些。

在易凡夫办理取车手续的同时，地税稽查局已经进入到县征稽所进行稽查。

刘拥军对稽查局长说："征稽处是老子，征稽所是儿子，奈何不了老子就打他的儿子。派几名业务好的稽查员，把固定资产投资方向调节税按政策重新核，把银行冻结手续和扣款手续带上。"

稽查局长亲自带队，其实不需要深入，简单核一下，600多万的办公楼投资，应交固定资产投资方向调节税和滞纳金共100多万。

稽查局长向刘拥军报告，刘拥军说："一批人回来做稽查结论，一批人去银行查扣。"

去银行的人向刘拥军报告说："基本账户上没钱，规费账户上有几百万。"

刘拥军指示说："冻结100万，马上划缴50万到人民银行税款账户。"

把这些做完后，刘拥军心想：不给他们点颜色看，以为地税局好欺负。

地税局这边在紧锣密鼓地运作，征稽所和征稽处却稳如泰山、安于磐石，他们以为地税局不敢对他们怎样。当会计人员反映账户被冻结，钱被划转后，才知道地税局已经动手了，他们开始亡羊补牢。

征稽所谈所长请刘拥军吃饭，被他拒绝了。谈所长又请征稽处出面与县里接洽，由常务副县长约征稽部门和地税部门在一起协调，

协调会上，刘拥军说了自己的"三不怕"：不怕挪位子、不怕掉帽子、不怕掉脑袋。征稽部门提出规费账户不能交税，地税部门说只要找出依据，可以不从规费扣缴，那就冻结基本账户。但是征稽部门提供不了依据。

市一级的已经解不了这个结，事情上到省一级。省交通厅跟省地税局因为有代征协议，关系较好，省交通厅请省地税局发话，省地税局一位处长跟锅县地税局联系，严俊接的电话，本来严俊对这件事的态度有点暧昧，但接二连三的压力也把他惹恼了，他回答说：

"我们没有办错案，为什么要接受交通部门出的坨。"

但是严俊还是把所有经过向省局袁副局长作了个汇报，袁副局长只简单地问了一句："确保地税局没执法错误？"

严俊说："组织业务骨干复查过几次，没有错误。"

事情反映到省局党组，一位与交通部门有联系的副局长说："锅县一个副局长，年轻狂妄，不听上级的招呼。"

袁副局长说了一句："如果没有执法错误，还是不能怪地税局。"

这场斗争在各方协调中落幕了，最后结果是已经划缴的不退，未缴的不缴。

刘拥军还想对已冻结的50万动手，严俊对他说："坚持是一种精神，妥协是一种艺术，放弃是一种境界。拥军，适可而止吧。"

这个事件对地税部门有一个象征意义，过去，在征税过程中，只要一遇到有权部门涉税，地税局的领导就软得像棉花，干部辛辛苦苦检查，领导只一句话就放了。从现在起，地税干部有了扬眉吐气的感觉。

这场硬碰硬没有赢家，赢的是法律的尊严。

就像小孩打架家长只教育自己的孩子一样，省交通厅对荆北市征稽处执法的规范性提出了批评，省地税局对锅县地税局报复性执法进行了训诫。

地税局在全县的名声大噪，有些对征稽部门耀武扬威执法早就不满的人说："这次征稽所碰到狠人了。"

有一个单位的一把手对他的部下交待说："兄弟们，你们今后执法躲着地税局一点，别把他们招惹进单位了。"

通过这事，马千里以前对刘拥军的轻视变成了忌惮，而乐组长对刘拥军赞赏有加，只有严俊的心情有点杂，他觉得刘拥军既有冲劲，但又不好驾驭。

祸兮福所倚，福兮祸所伏。看这个结果，祸也不一定是祸。

转眼就到了八月底，蒋校长来接沈冰洁，易凡夫邀请刘开智和杨思杰夫妇，刘开智和于圆圆来了，杨思杰夫妇也来了，宴设锅县花溪楼。

那场酒喝得天昏地暗，除易凡夫外，几个男人都喝得有点过。

几个女人要去唱歌，易凡夫请欧阳馨安排好。欧阳馨点了一首《心会跟爱一起走》，易凡夫陪她唱，唱着唱着，她哭了，于圆圆忙安慰她，她渐渐平静下来，于圆圆搂着她说："馨总，过去的就过去了，未来充满阳光。"

杨洁看出点什么，对欧阳馨说："妹妹，什么事都看开点，所有的都会过去。"

欧阳馨悄悄对于圆圆说："过去的是过去了，未来很迷茫。"

于圆圆没说话，点了一首《相约九八》，跟欧阳馨唱，欧阳馨的歌喉盖过所有人，最后于圆圆也不唱了。

欧阳馨的情绪影响到几个女人，她们都为此唏嘘，最后拿了三个房卡，都去休息了。女人们走后，男人们还在酒精的作用下继续嗨，易凡夫征得老师的同意，叫来一件啤酒，嗨到很晚。易凡夫偷偷塞给刘开智一张房卡，对他说："今天我陪你聊天。"

也许是酒精作用，两人都睡不着。

刘开智问易凡夫："你跟欧阳馨的关系不一般啊？"

易凡夫回答说："是的，老师，我现在正彷徨。"

易凡夫把自己跟欧阳馨相识相恋的过程都说了一遍，并把欧阳馨苦难的过去详细告诉老师。

刘开智说："看不出，这女孩子有这么悲惨的经历。"

易凡夫说："很可怜的。"

刘开智停了一下，问："就这样继续下去吗？"

易凡夫说："我知道这样做不道德，但我也不忍心伤害她。"

刘开智严厉地说："你讲道德，不伤害她，但你正在伤害另一个女人，并且伤得更重。"

老师是指易凡夫的妻子林丽静。老师以前接触过林丽静，感觉她是贤妻良母类型，虽然文化不高，但做人中规中矩，老师对她的印象很好。

刘开智接着说："现在你伤害的不仅是你妻子，还有你的儿子，还有你的家庭，还有公序良俗。"

易凡夫沉默了，他知道自己在玩火，老师的话如当头棒喝，但他不知道怎样处理，他一直把老师当做心灵导师，希望老师能指条路。

刘开智说："妥善处理好这件事，不要伤害欧阳馨，更不要伤害你妻儿，男人要敢作敢当，知错就改。"老师没有再多说，他知道易凡夫有能力处理好这件事。

易凡夫向老师表态："我尽快处理好。"

第二天一早，刘开智起床后就走了。

易凡夫交待欧阳馨，把于圆圆、杨思杰夫妇和沈冰洁夫妇安排好，消费后面再来签。

杨思杰夫妇对欧阳馨说："美女，有空了去我们那边玩。"

欧阳馨说："好的，我会邀你们的老师同学一起去。"

二人在易凡夫离开后不久也回去了。

沈冰洁夫妇起得晚一些，临走的时候，沈冰洁对欧阳馨说："美女，到海南后记得找我们。"

欧阳馨笑着说："那是当然，少不了麻烦你们。"

所有人都走后，欧阳馨给易凡夫打电话告诉他，易凡夫说："谢谢你。"

欧阳馨说："怎么谢？"

易凡夫说："最多以身相许吧。"

欧阳馨说："你那身子，我不喜欢了。"

易凡夫说："不喜欢我，是不是移情别恋了？"

"讨厌！你欠我两次了。"欧阳馨挂了电话。

在马千里的暗中运作下，今年的收入任务又没完成，严俊成了全市地税系统有史以来连续两年没完成任务的局长。每次政府开会他都坐在角落里，怕挨批评。县里领导连续去市局告严俊的状，市局领导把人事变动摆上了议事日程。

严俊听到一些信息，心情不好，一个人独自来到花溪楼，要了一个包房，喝起了闷酒。喝着喝着，就醉倒在包房里。服务员见他醉了，告诉大堂经理小冯，小冯到包房一看，是地税局局长，忙从总台拿了一个房卡，把严俊扶进房间。小冯烧了一壶水，给严俊泡了一杯茶，放了一个垃圾桶在床边，出门处理事情去了。

待她把事情处理完，还记着严俊醉在房间里，到房间时，严俊已经吐了，满屋的酒气。她忙打开窗户通风，又把垃圾提出房间，经过一番处理，房间里让人感觉舒服多了。

严俊嘟哝着什么，小冯以为他要喝茶，给他递过去，他没有接茶杯，抓住了她的手，嘴里说道："卑鄙！"

小冯不知他骂的谁，只好任他拉着，一会儿他翻个身，又睡了。

小冯见严俊没什么大的问题，就出门告诉欧阳馨，欧阳馨马上打电话给易凡夫，易凡夫忙赶过来，看见严俊睡熟了，在大堂的沙发上等着。小冯把严俊醉酒的过程告诉他，说严俊骂过人，易凡夫联系年底收入和最近的传闻，马上明白了。但他知道严俊跟省委组织部陈处长的关系，陈处长与省局袁副局长关系那么铁，如果不安排好，严俊应该不会动。

马千里也听到一些传闻，不过经历了上次的挫折，人也变聪明了，别人问他时，他总是摇头表示不知道，只是在私下里四处打探，也得不到准确消息。

严俊酒醒下楼时，已到晚上十点多了，易凡夫接过他的包，开车送他回家。

虽然没完成政府的任务，但是政府还是兑现了地税局修一分局的钱，建设一分局的资金全部到位，干部的奖励却没有了，党组会上，严俊提出挪用建设资金发干部的年终奖，马千里坚决反对，说："专款专用，建设资金怎么能用来发奖金，上级审计通不过的。"

严俊说："出了问题我负责，干部一年到头都望着的，任务完成不好，政府不给奖励，我们自己想办法，建设资金要乙方先垫一点。"

一提到任务，马千里不说话了，他分管的，不做正面工作，老做些反面工作，其他几个党组成员不是不知道，只是不点破而已。

严俊说："不发年终奖，干部会骂人的。"

刘拥军和乐组长都同意严俊的意见，严俊对乐组长说："袁总那里请乐组长告知一下，迟得日子少不了钱。"

一分局的基建完成了，宽敞明亮的办税服务厅，让人有一种全新的感觉，但是因为基建，埋下了一颗炸弹，袁大头虽然没把建一分局的工程款拿完，但在承建政府开发的农贸市场时，却没有交税，这种事，任何时候拿出来，都是大问题。


鸣鸣已经上学一期了，有姚鲁的照应，易凡夫没费什么周折，看来做什么事，只要找对人，只要对的人愿意去做，还是不难的。鸣鸣放寒假了，易凡夫经常辅导他作业，这小子小时候看不出，上学后才表现出来还是很聪明的，最喜欢做有难度的思考题，有时候反应比易凡夫还快，易凡夫觉得是自己的真脉。

那天晚上，易凡夫正辅导鸣鸣做寒假作业，接到了欧阳馨的电话："易主任，在哪里忙？"

其实易凡夫告诉过她，只要不接待，一般都在家。

易凡夫说："还能去哪里？在家里陪儿子。"

"哦，我在你们局里，公司给大客户拜年，我来你们家拜访一下。"

易凡夫说："不要吧，你去拜访严局长和刘主任就行了。"

声音很大，故意让林丽静听到。边说着边站到窗边来，看见欧阳馨的车停在院子里面的篮球场上，她和司机小熊站在车旁，看见易凡夫到窗户边了，她招招手，在电话里说了声："啰嗦。"就向易凡夫的家里走来。

林丽静问是谁，易凡夫说："花溪楼的老总，拜访大客户的，要他们不要找我，我又拍不了板，如果以后接待定点换地方，反而不好面对。"

"感谢你们局里前面的关照吧。"林丽静还是明白事理的，她只是不知道易凡夫不愿欧阳馨跟她见面。

俩人正说着，欧阳馨跟小熊上楼了。

林丽静招呼客人坐在沙发上，倒上了茶，叫鸣鸣："去房里做作业。"

鸣鸣说："不做了。"

易凡夫说："行，反正在假期，明天做也行，来客人了，别闹。过来叫叔叔阿姨好。"

鸣鸣靠到易凡夫的腿上，歪着脑袋叫道："叔叔阿姨好。"

两只大眼睛不停地溜溜转动，打量着二人，那样子，又淘气，又可爱。

欧阳馨从包里拿出一个红包给鸣鸣，易凡夫忙阻止，欧阳馨瞪了他一眼说："公司已经安排了的。"

这时，林丽静端着一盘水果从厨房到客厅。欧阳馨顺手把红包插到林丽静的口袋里说："给孩子的压岁钱。嫂子，你不要忙了，来坐一会儿，说说话。"

易凡夫家里一般都不来客，有时候老家来人了，易凡夫把他们带到外面吃点快餐，在招待所开个房，林丽静这边的客人都去到她的父母亲那里，所以很清静。

鸣鸣见来客人，还是很新奇的。欧阳馨问："小朋友，叫什么名字？"

"我叫易冲天，小名叫鸣鸣。"

"一飞冲天，不错不错。"欧阳馨笑嘻嘻地问，"几岁了？"

鸣鸣没回答，伸出一只手，然后又伸出另一只手的食指和中指，把食指弯下来，盯着欧阳馨。

欧阳馨笑着说："六岁半，是吗？"

鸣鸣点点头。

欧阳馨说："真聪明！"

见欧阳馨夸儿子聪明，林丽静心里很高兴，女人的话题有很多，关于孩子、老公的；关于时尚的；关于健康保养的。

林丽静问欧阳馨："欧阳老总，你的孩子多大了？"

易凡夫这时问欧阳馨："局里的所有签单都结了吧？"

欧阳馨没有回答林丽静，回答易凡夫说："都结了，除开上半年的，这次一共19万多元，前几天小田已经把现金支票都给我们了。"

"局领导去你们那里也可以自己签单哦，有时候我跟刘主任不在场，有时候我们在场不方便，反正我们见局领导的字都认账。"

"谢谢了！"

欧阳馨把话题转了，问林丽静："姐姐，你的皮肤保养得这么好，是用的什么牌子护肤品？"

"我哪里买护肤品，就是粗茶淡饭而已。"

"那姐姐是天生丽质,儿子都这么大了,还跟未婚女孩一样。"

听到赞扬,林丽静很高兴,易凡夫从心里好笑,欧阳馨的表演很逼真,明明说的假话,听的人还当真了。

扯谈了一会儿,欧阳馨看看表说:"我还有几个地方要跑,就不打扰你们了。"

待欧阳馨走后,易凡夫告诉林丽静,欧阳馨离婚了,没孩子,是澳大利亚籍华人。林丽静说:"我是问得有点唐突。"

第二天,易凡夫打电话问欧阳馨:"对我失望了吧?"

"没有啊,她很贤惠,你们很配。"

"那就是我配不上你哦。"

"也不是,我觉得你的适应性很强,可配的人很多。"

"我又不花心。"

"是没资本花心吧?"

"你说对了,一个一无所有的人是不配花心的。"


春节期间,欧阳馨去了一趟澳洲,看望了伯父伯母,南半球是夏天,她一个人在海边,静静地享受着蓝天、白云、碧海。回国时已到二月中旬了。易凡夫打不通电话,也发收不了信息,郁闷了很多天。情人节那天,天空飘下鹅毛大雪,易凡夫触景生情,写了一篇散文《情人雪》。


南国的雪,是那样让人捉摸不定,本该在圣诞节下来的,但她却像情人一样,在初春的情人节,半推半就地、欲语还休地投入了大地的怀抱。

她没有踏着呼啸的朔风,没有唐人笔下如席的威猛。她只是静静地,踩着春的步伐,追着春的呼吸,洒落碎琼点点,给人感觉不是难耐的寒冷，而是难得的清新和凉爽，仰望苍穹，茫茫一片，那是一幅流动的画，那是一首有形的诗。从飘飘扬扬的雪花缝隙中偶尔也能闪现出一点黑的黄的或其他的杂色，那是南国飞鸟在雪花中嬉戏。

雪的来到，自然给孩子们带来了喜悦。他们抖落身上学习任务的枷锁，尽情地堆雪人，打雪仗，那稚声的喧闹，透过轻柔的雪花，传到很远很远。间或有大男大女们加入了打雪仗的行列，那是未泯的童心，在繁重工作压力和喧嚣尘世压抑下的一种宣泄。在这晶莹洁净的世界，已不容有一丝秽念，只想把全身的俗尘在净雪中洗得不留痕迹。

雪如处子，静静地卧着。我好想拥吻她，可又怕被笑话。于是，我假装一失足，张开双臂跌落在雪地里，终于，我走入画中，融进诗里，不尽的画意诗情令我流连。而怀里的她是那样温柔，头在雪中，脸像深深埋进了情人的长发一样，我嗅着她的气息，感受着她的温柔，呼唤着她的名字……

有古人曾慨叹出世的极境："冠者五六人，童子六七人，浴乎沂，风乎舞雩，咏而归。"我却以为雪乎舞雩更有情调和意境，其实，与雪花共舞，岂不快哉！何求出世入世呢？

未到过南国见过南国雪的人，分不清这到底是南国的冬天还是春天。的确，雪是冬的标识，但雪也是春的引路使者，君不知"冬天来了，春天还会远吗？"，君不知"飞雪迎春到"吗？当然，这都是一些有远见卓识的伟人的感受，我一凡夫俗子，何必掺和呢？我只暗中窃喜：今年的情人节不会再孤寂。


易凡夫把文章发给欧阳馨，她回话说："老实交代，跟谁过的情人节。"

"跟雪过的。"易凡夫回答道，"你什么时候回国的？怎么不告诉我？"

欧阳馨说："昨天回来的，公司里有事，没跟你联系。今天下雪，准备叫你过来看雪景，你的信息就来了。"

"等我。"

易凡夫挂了电话，向刘主任告了个假，来到花溪楼。雪景真的漂亮，桃树被雪包裹，显得晶莹剔透，树下的积雪很厚，俩人走在桃树下的小径上，留下了两路清晰的脚印。雪景的洁净，洗涤了人的心灵，在这洁净的世界，人的灵魂已被同化。

回到别墅，欧阳馨看着易凡夫说："情人节，感触颇多啊。"

"你不在身边，觉得缺少了什么。"

"现在不少了吧？"

"当然。"

易凡夫一把搂过欧阳馨，说："我们过自己的节吧。"

暖空调的风声掩盖不了极度的欢愉声，久别的离愁在亲密接触中化为乌有。


三月里的一天，易凡夫接到高中女同学华小燕的电话，请他周六陪客人游桃花溪。

易凡夫问："什么客人呀？这么神神秘秘的。"

华小燕说："一个网友，男的，跟你肯定合得来。"

"就我一个人陪吗？要不要叫上姚鲁？"

"不要叫吧，有点尴尬。"

华小燕告诉易凡夫，网友是南方一所师范大学中文系毕业的，跟易凡夫同庚。网友在南方一个县里面的政府办秘书组，也是做着一些琐碎的工作。但网友的命不好，年纪轻轻就患了癌症，跟华小燕在网上聊得好，又听华小燕说有这么个去处，就决定来看看。华小燕虽然邀请他来玩，但真来了又有点不知所措了，只好向易凡夫求援。

易凡夫笑华小燕："自己的事自己做。"

华小燕骂他："讨嫌，莫啰嗦，明天上午九点的飞机到，开我的车去接。"

易凡夫跟网友一见如故，在交流中，易凡夫感受到南方靠近特区的地方，观念也有着内地无可比的新潮，政府部门的思维非常开阔，当内地还在小农意识中徘徊时，人家已在放眼全世界。

网友对桃花溪的景色赞不绝口。他随口说出了《桃花源记》中的"桃花林，夹岸数百步，中无杂树。"

问易凡夫："这些桃树是后来栽种的吧？"

易凡夫说："大部分是以前的树，后来补种的只是一小部分。"易凡夫笑着回答，"当然不是陶渊明时代的树咯。"

网友说："莫不是道士种的吧？"

易凡夫笑着回答："有可能哦，欢迎你再来。"

"我不是刘郎，但我希望有机会再来。"

有很多桃花已落在溪流中，有"流水落花春去也"的意境。

网友说："有这么个地方很好，旅游经济是未来经济发展的方向，绿色环保，现在南方很多地方环境污染很严重，有些重污染的工业项目马上会被砍掉。"

华小燕走在二人后面，她对网友有一种崇拜，也有一种怜悯。网友跟易凡夫谈笑风生，根本像没生病的人，这种乐观的人生态度感染着易凡夫。

中餐就在花溪楼，网友说："喝点啤酒吧，酒逢知己，我很久没喝酒了，今天高兴，跟凡夫兄这么合拍。"

华小燕本来要劝他们不喝酒的，听网友这么说了，也就不说话了。

因为事先知道网友的情况，易凡夫也没有多喝，完了他对网友说:"中午你在宾馆休息一下,下午陪你去柳湖转转。"

回去的路上,易凡夫对华小燕说:"你这个网友很有档次的,乐观、坚强,是个好哥们。"

易凡夫下车时吩咐华小燕,下午三点在局门口接他,然后到办公室给欧阳馨打个电话。欧阳馨说:"我看到你们了,你没跟我联系,我就没打扰你们。"

易凡夫把事情原委告诉她,她笑着说:"你纯属当电灯泡啊,人家网友见面,你掺和些什么?"

易凡夫说:"我这个人,就是不懂拒绝,不过也好,交了一个相互之间很懂的好朋友。"

下午,三人在柳湖边走了走,网友见到这么大一个城市里的湖,湖水清澈,微波荡漾,诗兴大发,随口就说出了苏轼赞美西湖的诗"淡妆浓抹总相宜。"

易凡夫说:"在我看来,柳湖比西湖好多了,柳湖像待字闺中的清纯的邻家小妹,西湖像挂牌的江南名妓。"

网友点点头,说:"这比喻贴切,其实西湖本来就是妓女如云的地方,那些画舫就是她们的营业场所,古代那些文人骚客嫖妓之后,出门看见皓月当空,雾锁湖堤,诗兴大发,诞生很多流传千古的美诗文,才有了西湖的名气,西湖的自然融入了人文,所以有一种深深的风尘味。"

易凡夫笑道:"只在你我心里哦,不然西湖的'粉丝'会找我们的麻烦的。"

两人会心一笑。

三人在柳湖边的德忆楼用晚餐,吃了有名的柳湖鲫鱼,饭毕,易凡夫对华小燕说:"我还要在市里办点事,你送一下吧。"

跟网友打个招呼,先走了。易凡夫心想:给二人留点空间吧。

第二天，华小燕给易凡夫打电话说："网友走了，他很欣赏你，我就不明白，你上高中那会儿并没什么出彩的，怎么网友会那么欣赏你，我感觉网友是个档次蛮高的人。"

易凡夫回道："我的档次低吗？下次不要找我陪了。"

华小燕笑着说："也不是说你档次低，不然不会请你陪客啊。可能是同学在一起，只把注意力放到吃吃喝喝上了。"

易凡夫说："你不知道灯下黑吗？"

说完，挂了电话。

网友回去后，与华小燕继续联系着，易凡夫偶尔也从华小燕那里得知一些网友的状况，知道病情逐渐加重了。

姚鲁告诉易凡夫，于圆圆的红酒他们进了不少。

易凡夫问："那天怎么没听你们说？"

姚鲁告诉他："师姐后来找我，我对主任说了一下，并告诉他师姐是老师的朋友。主任念在老师对侄女的关照，没有一点阻力。"

易凡夫说："也好，我这里量不大，你帮她比我力度大多了。"

姚鲁说："我从心底里感谢老师。"

易凡夫说："那我也要感谢你呀。"

两人磨叽了一会，易凡夫对姚鲁说："华小燕要我组个饭局，你要参加。"

华小燕说要请易凡夫吃饭，约几个高中同学聚一聚，由易凡夫列举名单。

姚鲁问："华小燕请客啊，她哪有时间啊？办那么大的企业，忙得不要不要的。"

华小燕办了一个贸易公司，代理了全国知名的几种钢材，每年十几个亿的资金流动，是整个荆北地区做得最大的钢材商。

"她请税务干部吃饭，肯定有时间啦。"易凡夫回答道。

姚鲁说："我挤时间都要参加啊。"

一个多月后，易凡夫把人约好了，通知华小燕，华小燕在市里的柳湖宾馆订了个包房，同学聚到一起，非常高兴，敞开了说话，没一点拘束。上高中时，易凡夫是班长，学习成绩好，人缘也好，在座的同学们谈到组织一次班级大型的同学聚会，推举易凡夫当组织者。

华小燕很豪爽地说："同学聚会蛮好，所有费用算我的。"又对易凡夫说："班长，你打个预算吧，我把钱转给你。"

易凡夫说："最好还是成立一个同学聚会的组委会，群策群力，至于资金问题，还是众筹最好。"

华小燕说："筹什么，这次的费用我全部出了，大概要多少？"

"钱多有多的搞法，钱少有少的搞法。"易凡夫看着大家说，"都发表意见啦。"

几个人七嘴八舌地说了些，最后，把组委会的人员落实下来，华小燕对易凡夫说："明天我给你转5万元，不够再追加，反正我们都听班长的。"

易凡夫和姚鲁都是组委会成员，他吩咐姚鲁通知不在场的成员，约个时间商量一下。

饭后，易凡夫悄悄问华小燕："广东那位朋友的身体怎样？"

"不好，已经化疗多次了，自身的免疫系统都要被破坏了。"

"你可以资助点啦，大老板。"

"我给他打过去10万，他不要，退给我了，其实他不需要钱，需要的是精神支柱。"华小燕告诉易凡夫，"他从这里回去后，写了一篇游记，像散文也像诗，在我的QQ里，我回家了发给你看看。"

晚上回家后，易凡夫打开电脑，发现QQ在闪动，点开一看，是华小燕发过来的。

### 寻梦桃花溪

有一天

听到你的名字

听到对你的极致赞美

我的心中泛起涟漪

是否是那梦中的追寻

是否有天作之缘的奇迹

我舞动想象的翅膀

辉映霓裳

穿越时空

寻觅你迷人的气息

期待

激动

颤栗

圆梦的时刻

刻骨的铭记


你是闺中的少女

满山青翠是你的长发

和风徐来

长发摇曳着飘动着

透着青春

含着娇羞


你是闺中的少女

一泓碧波是你的身躯

和风徐来

躯体波动着震颤着

透着柔媚

含着风情


你是闺中的少女

壁立的岩石是你的骨骼

和风徐来

骨骼挺拔着坚毅着

透着洁净

含着清奇


眼前的你是梦中的你

梦中的拥吻化成现实的相依

你的美丽让我流连驻足

你的清纯让我永远追随


我愿化作一只小鹿

藏入你的秀发

守候那瞬间的飘逸

我愿化作一枚细胞

融入你的躯体

感受那无边的柔情

我愿化作一滴骨髓

植入你的骨骼

传承那迷人的品质

我乘风而来
是为一睹芳容
我踏浪而来
是为一亲芳泽
寻梦之旅
赋予我人生最新的意义

挥一挥手
作别眼前的你
对你的爱恋
可待梦中回忆
无论我漂泊去哪里
我的心一定会陪伴你
梦中的桃花溪

"这是诗吧，老板。"易凡夫发了一句过去。

"我没文化，反正我写不出来。"华小燕问，"写得好吧？"

易凡夫没有回答，只觉着拟人的手法用得很好，把桃花溪比作少女，自己是追梦的人。易凡夫觉得网友很直白，很热烈，很细腻，很男人，细腻的男人是女人喜欢的。

天气热，热得蝉都不叫了，阳光肆掠的白天静悄悄的，显得阴森可怕。易凡夫站在窗前，窗外地面反射的阳光有点刺目，但他闭着眼，感受不到。他只感到人的生命如一堆沙子，可以通过外力聚合，也可以通过外力消逝，即使没有外力，随着自身水分的蒸发，也将变得面目全非。在幻觉中，他如散沙一般，躯体已经不由自主了，灵魂则在机关院子上空盘旋，远远的，空中有一只老鹰，紧紧盯着他，他惊出一身冷汗，"飕"的一下，灵魂破窗而入，好一阵，幻境才消失，躯体已经瘫坐在办公椅上。

马千里坐在办公室，心情也像天气一样火热，市局传言越来越多，大部分都是有利于自己的，其实他不知道，铁月皓退下来时，市局就有一部分领导倾向他接，但是市局顶不住省局的压力，严俊上位后，他没少给严俊添麻烦，特别是税收任务，连续两年完不成县政府的指标，今年快过去三个季度了，还只完成一个季度的收入。县委县政府领导感觉严俊故意与县政府作对，或者是严俊确实没有能力，几次去市局交涉后，市局为了给县委县政府一个交代，决定把严俊调到市局后勤中心当头，马千里接任锅县地税局局长。

马千里在向市局有关领导表态时，把胸部拍得咚咚响，海海地说："我有信心、有能力来当好这个局长！"

市局领导对他说："先做，再说。"

马千里不敢吭声了，九月底，完成了人事变动。

是展示自己的能力的时候了。

马千里上位之后，第一件事就是赶税收任务。为了区别前三个季度，他指示计财科，前三个季度做一块，后面的按旬报告，每十天向县政府和市局报一次进度。要求各分局解清现税，压缩欠税，并要各分局长表态效忠。

分局长中王超前是马千里的铁杆，又是在最重要的一分局，当然最先表态，其他的人也跟着表态了。这个会开得很秘密，但是保密工作却有差距，很快效忠的表态就传出来了，据说王超前表态特诌媚，其他人都听不下去，但马千里很受用。

易凡夫问潘必成怎样表的态，潘必成说："我只保证完成任务，其他的话没说。"

易凡夫笑他："胆子大，得罪局长了有你好过的。"

潘必成说："有些话真说不出口，没办法。"

"脸皮不厚，心不黑，还在这条路上混，多久才能混出头。"

"管他呢，就这么过着吧，你不也一样？"

"我们有区别呀。"易凡夫辩解道，"我是被硬安的这么个名，你是自己追求的。"

兄弟两人玩笑了一回。

会后的收入上得很快，马千里的进度表上报之后，市局领导认为收入这块本来就归口他抓，没什么好炫耀的，只不过是弥补前面的过失。县政府认为地税局的收入早就应该赶上来，今年还不完成任务你地税局是干什么的，也表示沉默。马千里想塑造"一个季度时间完成三个季度收入"的个人形象计划落空了，他不知道，这个进度表送上去后得到的评价是两个字——浅薄。

严俊调离之后，刘主任把办公室的全体人员约起，请他吃饭。中间，严俊对易凡夫说："凡夫啊，有机会到分局去。"

语重心长的感觉，但易凡夫听得有点滑稽，当权的时候不提供机会，这时候讲些便宜话，心中这样想，嘴上却说："严局长，我胸无大志，从来没想过，我也可能不堪大用，从没入领导的法眼。"

严俊听易凡夫这样说，还是带点情绪，也就不说了。确实，作为一个办公室的副主任，本来就是一个受苦受难的命，有事的时候躲不过，有好处的时候轮不到你，还美其名为局长身边的人，有时候比司机的地位还尴尬。

易凡夫收到华小燕的转款，问姚鲁组委会的人是否都知道同学聚会的消息，姚鲁说："我都通知到了，最近聚到一起商量一下吧。"

易凡夫想了想，说："这周六吧，有时间的都来，谈谈自己的想法，把聚会时间、地点定下来。"

姚鲁说："我告诉他们。"

周六一早，易凡夫跟姚鲁就到茶楼等同学们，姚鲁对易凡夫说："最近有点烦。"

易凡夫问："你有什么烦的？"

姚鲁说："我妈迷上了保健品。"

姚鲁的妈妈是城关镇第二完全小学的退休教师，退休后被一群跳广场舞的舞伴蛊惑，开始买保健品。姚鲁的爸爸退休前是县人事局副局长，见多识广，对老伴劝说，老伴不听，还动员姚鲁爸爸参与。刚开始，她还只买一些小金额的药酒、保健品，后来慢慢发展到买大额的保健仪器、保健床垫，姚鲁爸爸劝阻不了，只好告诉姚鲁，要姚鲁劝劝妈。

姚鲁去到两老家里，妈妈正在批评爸爸，她说："别人家里都支持，你不仅不支持，还强烈反对，你知道吗，有家人支持的都在名字下面贴上很多小红花了。"

姚鲁爸爸说："你的智商还是停在幼儿园吗？别人把你当小孩骗都不知道，还帮别人数钱。"

见姚鲁到了，姚鲁爸爸对姚鲁说："你来评评理吧，你妈把一件件保健品往家里搬，保健床垫这要买第三个了，放在哪里？再说一个床垫快两万，毫无用处，你舍得，我还不舍得。"

姚鲁妈妈分辩道："谁说没用处，我的身体全靠吃保健品保住的，床垫也很好，可以治疗高血压、心脏病、风湿、肝硬化、肺气肿、癌症。"

姚鲁爸爸说："你听听，一个床垫可以包治百病，国家还要开那么多大型医院干嘛？你被那些人洗脑洗得彻彻底底了。"

姚鲁见两老争吵起来，忙劝说道："不要吵，动肝火对身体不好。"

姚鲁把保健品包装仔细看了看，上面竟然印的是国药准字，于是对妈妈说："不管这个保健品效果怎样，但是肯定不应该归类于药品，这是违规的。这上面没批明成分，谁知道是用什么东西制成的，吃的东西还是要注意一点。至于仪器床垫之类的，有用的就行了，如果有病睡觉就能好，那也不叫病，爸爸说的还是有道理。"

姚鲁妈妈见姚鲁帮着爸爸说话，生气不理他们了。

但是她还是每天去听保健讲座，常常带回来各类保健品，乐此不疲。

姚鲁问易凡夫："像这种卖保健品的公司交过税没有？"

易凡夫说："据我了解，一般都没交税，有的只在工商部门注册，不到税务部门登记，有的打着科技公司的牌子，干着欺骗消费者的勾当。"

"你们职能部门不作为。"

易凡夫笑起来，回答说："你不也是在政府机关吗？你也可以作为呀。"

两人在茶楼斗了一回嘴，同学们陆陆续续都到了，两人把注意力收回，大家开始商谈聚会的事。

经过大家议定，同学聚会定在明年元旦节，地点在荆北市区的柳湖宾馆，组委会每个人都有分工，易凡夫对大家说："华小燕已经转给我5万元，你们前期的一些小费用在我这里报销，聚会完了我们要向同学们公布账务，我们还是尽量节约，对华小燕有个交代。"

年前，局里要开一个分局长会，易凡夫正在办公室打电话通知，马千里进来了。

他听到易凡夫很客气地对分局长说请他们来参加会时，批评易凡夫说："你是发通知，不是请客，这么客气干啥？"

易凡夫放下电话，有点不知所措地望着马千里，马千里接着说："你办公室代表局机关，也就是代表局长，做事要有点魄力。"

易凡夫心想：我没在你那位置，也没你那魄力。继续温和地通知着，马千里见易凡夫仍然我行我素，哼了一声，走了。

无缘无故被批了一顿，易凡夫很不爽，吃过晚饭，他给刘开智打电话，刘开智正在茶楼喝茶，要他去坐坐，他赶到茶楼，刘开智跟于圆圆坐在大厅里。

刘开智问："来点什么？"

易凡夫说："随便吧。"

老师叫过服务员，点了一杯绿茶。并进了一个包房。

于圆圆见到易凡夫很高兴，对易凡夫说："哪天你把姚鲁约上，到欧阳馨那里，我请你们。"

易凡夫说："不必了，赚几个钱也不容易，我们姊妹之间不要客气。"

刘开智说："约吧，凡夫，越快越好。"

易凡夫不解地望着刘开智，刘开智说："最近可能有人事变动，省委组织部的人明天来学校。"

易凡夫问："又要高升了啊，恭喜恭喜！"

刘开智说："我只是被列入考察对象，有竞争。还是要做变动的准备，如果变动，以后就没那么方便了。"

易凡夫明白刘开智要替于圆圆约这个局。本来想对刘开智倾诉些烦恼，听刘开智说最近有好事临门，易凡夫也就没多说了。

几天后，刘开智给易凡夫打电话，要他订晚餐，约姚鲁和欧阳馨，易凡夫照办了。

桌上，于圆圆告诉易凡夫他们几人，有人告状，刘开智的提拔很可能会落空。

易凡夫说："有事实吗？"

易凡夫觉得刘开智是个很正直的人，应该不会有把柄落在人家手里。

刘开智说："莫须有。"然后举杯说："不说那些不高兴的事了，喝酒吧。"

德国产的红酒还是很醇香的。

饭后，刘开智对易凡夫说："凡夫，你送我吧。"

两人与三人说了声，先走了。

在车上，刘开智告诉易凡夫，有人告状，说他大吃大喝，说他与于圆圆有不正当的男女关系。

刘开智说："当办公室主任，所有来客接待都要到场，还要陪酒，以为我愿意呀。照顾于圆圆，是见她可怜，我问心无愧，身正不怕影子斜。"

"上面调查了吗？"

"调查要时间啊，七调查八调查，时间错过了，提拔就没希望了。"刘开智说，"我跟于圆圆也谈过，不要老是在公共场合找我，被别人揪住了有些说法，要么经济问题，要么作风问题，对谁都不好，她不听，最近竟然还有取代师母的想法。"

易凡夫从没问过这些事，他觉得与自己没一点关系，对于圆圆也不是太了解。

"最可恨的是亲近的人背叛。"刘开智接着说，"以前在办公室工作过的小钱，把一些具体的数字透露给告状的人，使得这状告得有根有据了。有很多还涉及到学校校领导，叫我怎么做人？"

易凡夫问："知道是谁告的状吗？"

刘开智说："知道，他背后的人就是竞争对手。"

停了一会儿，刘开智说："这次我肯定不能上了，但对手也上不了，学校主要领导已经向省委组织部报告了，这次都不考虑。不过这次也是一个教训，以后除了必须参加的宴请外，其他的我都拒绝，于圆圆那里你可以侧面提醒一下，如果她还不注意，我不仅不会关照她，连朋友都没得做了。我现在理解你对欧阳馨的那种感觉，于圆圆也是个可怜的女人，但我不能违背做人的原则。这次机会没把握住有点可惜，万一下次还有机会，就不能再错过了。"

叹了一口气，刘开智说："以前我告诫过你，政府部门，居之不易。现在学校这个貌似纯洁的地方，也受污染了，在夹缝中求生存，也很不易。"

易凡夫听刘开智这样说，大为惊奇，本以为只有像自己一样的小老百姓生存不易，想不到，像老师这样的社会精英也有同感。易凡夫更惊奇的是老师说于圆圆可怜，于圆圆在易凡夫的眼里是不折不扣的女强人。

告别刘开智后，易凡夫给欧阳馨发了个问号的短信，欧阳馨马上回了，说跟于圆圆在宾馆。易凡夫就回去了。

第二天下午，欧阳馨给易凡夫发信息也是用问号，易凡夫打电话过去，欧阳馨告诉他，昨晚和于圆圆聊了一个通宵，易凡夫问："聊些什么啊？"

欧阳馨说："想知道就来呀。"

易凡夫回忆刘开智的谈话，觉得刘开智对于圆圆不满了，想知道一些具体的情况，对欧阳馨说："下班了过来。"

于圆圆出身很好，父亲是荆北市一个单位的领导，母亲也在执法部门工作。她从小聪明伶俐，爱好文艺，考上了市花鼓剧团，她父亲不许她去，高中毕业后安排她进了供销系统，当时的热门单位。

单位上的花花公子——某市领导的儿子，对她展开猛烈的追求。情窦初开的少女哪经得起甜言蜜语的轰炸，何况还是俊男靓女，相互吸引。她父亲也觉得攀上了高枝，欣然同意了他们交往。婚后，生了一对龙凤胎，把公公婆婆喜得合不拢嘴。老公也老老实实几年。孩子长大到十岁左右时，花花公子的老毛病又犯了，撩拨上了单位刚参加工作的一位小姑娘，把人家弄得流产了，小姑娘又哭又闹又上吊，老公向于圆圆提出离婚，于圆圆坚决不同意。老公就经常十天半月不归家，回家不是吵架就是家暴，耗了很久，前不久，于圆圆才彻底放弃，在保留两个孩子监护权的前提下离婚了。

易凡夫问欧阳馨："我以前从没听老师提起过于圆圆，她什么时候跟老师念过书？"

欧阳馨笑道："别急，她都跟我聊了。"

于圆圆上班后，社会上兴起"文凭热"。于圆圆进入易凡夫母校荆北大学的成人教育班学习，刘开智教授她们班的文学史，所以是师生关系。在单位上，于圆圆还是求上进的，工作积极肯干，又有公公的那些关系，慢慢就从一个普通营业员成为单位的中层，到后来的副总。

在一次去荆北大学联系业务时，于圆圆遇到了刘开智，当时刘开智不记得她了，她说了班上几个小有名气的人，刘开智才认下了这个学生，当得知于圆圆的状况后，刘开智帮她请了一个做律师的学生为她代理诉讼，在业务上也关照她，于圆圆很感谢刘开智。在刘开智妻子出国进修的半年内，她经常照顾刘开智的生活，也就是易凡夫第一次见到于圆圆的前半年，日久生情，于圆圆对刘开智有了不一样的情愫，以至于想入非非。

于圆圆把刘开智的关心理解得有些偏差，觉得自己离婚跟刘开智有关系，刘开智也曾说过要对于圆圆负责，但并不是对于圆圆的后半辈子负责，只是对她从事的业务给予最大的帮助，刘开智也做到了。但是一个离婚的女人，在绝望之时，把一根稻草也会当成一棵大树。最近一段时间，她频频在公开场合找刘开智，让人产生错觉，以为两人有非正常关系，影响到刘开智的提拔。

易凡夫明白老师为什么说于圆圆可怜了，老师是个善良的人，想帮助她，却误伤了自己。

易凡夫问欧阳馨："你怎么看？"

欧阳馨说："关于婚姻，是自己的事，与别人无关。我问过于圆圆，如果不遇到老师，会不会离婚。她说也会离。所以这笔账不应该算在老师头上，其实老师还是真心帮她，她也知道，只不过有点心里不平衡。"

"你的观点很对。"易凡夫说："做什么事都要有个度，两害相权取其轻，反过来说，就是两利相权取其重。对她来说，老师的位子越高，关照的力度越大，而她现在对利的需求应该摆在对名的需求的前面。本来他们就没什么关系，她用代入法想取代师母，影响老师的提拔了，老师也没责怪她，她应该知足了。"

见易凡夫帮刘开智说话，欧阳馨横了他一眼，说："男人没一个好东西。"

"我还好哦。"易凡夫自我调侃道。

"你也是个不负责的男人。"

"我想对你负责，但你的能力比我强多了，我负的责你瞧不上啊。"

说着，伸手去做亲热的动作，被欧阳馨推开了，想到于圆圆的一些故事，想起自己的坎坷经历，她的情绪低落下来，易凡夫默默地陪着她。

刘开智已经把话说明了，易凡夫在聚会之后的第三天晚上，约于圆圆去茶楼。

于圆圆见到易凡夫时第一句话就问："是刘开智要你找我吧？"

易凡夫摇摇头说："不是，我问欧阳馨之后才知道你和老师之间的矛盾。"易凡夫喝了一口茶，说："我也不是当说客，只是聊聊天。"

"我告诉馨总，就是要她告诉你，我估计刘开智也不会对你说很多。"

"是啊，当领导的，都有城府。"易凡夫边玩着茶杯盖子，边显得漫不经心的，用这个随意的动作表示这次约见与刘开智无关。

"师姐，你的孩子几年级了？"

"明年上高中。"

"成绩怎样？"

"儿子还可以，女儿有点问题。家庭不和睦对孩子的影响太大了，真不知道怎么办？"

"上高中没问题吧，荆北一中的郑校长跟老师是大学同学，万一有问题，请老师打个招呼。"

于圆圆表示不知道这个关系。

易凡夫说："可能平时没聊到这个话题。"

"是的，以前尽聊离婚官司，现在尽聊红酒业务。"

易凡夫笑着问："偶尔还聊点家庭生活吧？"

"是啊，就不明白，刘开智说他的婚姻也是同床异梦、貌合神离，为什么不走出来？"

"这就是当领导的人跟普通人的区别，表面上维持一个和谐的婚姻是政治的需要。电视剧情有大领导离婚不离家，离婚不公布，就是要保留一个好的形象。这次老师的提拔被告状就有一条是有关你们的关系，你知道的。"

于圆圆不说话了。

一段时间来，她与刘开智相处颇多，对刘开智已有了很不一般的感情，有时候，真想把自己的后半生寄托在刘开智身上，这是明显的不现实。

易凡夫见于圆圆沉默不语，就又主动问："现在酒做得怎样？"

"还可以，还要感谢你们几个人，还有刘开智另外一些学生，你知道，我父母亲都已经退休，公公婆婆也不会管，全靠朋友撑起来。"

"酒的品质还可以，我们现在接待用的红酒全是你的，反应也还行。"

"谢谢你们哦！"于圆圆客气了一句，接着说："我想还做几年，有点积累，然后把前夫留给孩子的房子处理掉，把两个孩子送到国外上大学。"

"那就全心策划生意，其他的不要多想了。"易凡夫顺着她的话，开导说："今后，建议你公开场合少露面，免得影响你的业务。有时候人际关系会影响到商场潜规则的，当别人不接受你的规则后，生意就不好做了。"

于圆圆露出不解的神色。

易凡夫解释说："举个例子吧，老师当办公室主任，定你的酒，别人来当办公室主任，就可能因为你与老师的关系不定你的酒，你要做长期业务，表面上对每个人面子上都要过得去，暗地里对关键的人要打点，当有人觉得不仅只天知地知时，他就可能换掉供货商。"

于圆圆说："那是，以前我刚参加工作时是卖方市场，现在是买方市场，确实如此。"

易凡夫见该说的都说到了，就乱扯了些其他的，看看时间已快到十点，和于圆圆道了别，买单走人。

同学会组委会的人都在为聚会辛勤地工作着。外联组的人通过各种渠道，找到了全班同学的联系方式，跟每个人通电话，绝大部分的人答应来参加；后勤组的人负责订房、订餐，买烟、酒、水果，订制纪念文化衫；接待组的人负责人员报到登记，导引；文宣组的人负责编印通讯录，请摄影、摄像师傅，并后期制作 CD 和相册。

12 月 31 号，一场大雪飘飘扬扬下了一整天。

元旦节那天，同学们纷纷踏雪而来，在冰雪中有一分热烈，在寒冷中有一分热闹，在组委会的周密策划下，同学聚会如期举行。

华小燕以组织者的身份发言，对同学们和老师们的到来表示欢迎，对组委会辛勤工作表示感谢。还有几位同学上台说了话，特邀的几位老师非常重视，有的老师还专门准备了发言稿，他们在台上有往日的风范，台下的人却没有往日的拘谨。会场充溢着欢乐的气氛。

两天时间的聚会，久别的人们可以好好聊一聊。有的邀约着开始打牌，有的三三两两在雪地里漫步，有的在房间或宾馆大厅里侃着。

有一个房间很热闹，易凡夫推门一看，原来是康乾盛在那里高谈阔论。康乾盛是高考时发挥得最好的，平时成绩很一般的他在高考时突然冒出来，考了个全班第一名，被中国政法大学录取，毕业后分配到荆漳省司法厅，据说现在已经做到副处长了。他说了很多公、检、法系统高层的事，谈起省内几个大的案子，好像是他亲自办案一样，那种大单位大口岸来的优越感时有表现。屋内几个都是体制内的人，有的也混到科局乡镇的职务，他们像众星捧月一样围着康乾盛，偶尔还有几句恭维的话，康乾盛越发得意了。

刘邵明说："班长，建议在通讯录设一栏职务，今后同学需要帮衬时好找人。"

同学中职务最高的就是康乾盛了，刘邵明这马屁拍得及时。同学聚会后原来的格局可能会有很多变化，有人在知道联系方式后会有目的交往。

易凡夫说："同学中有职务的人不多，组委会商量时决定在通讯录上就不设这一栏了。"

女同学基本上都以华小燕为中心，聊到她的服饰，化妆品，很多人都流露出羡慕的神情。

华小燕倒没什么炫耀，只是大大咧咧地说："我一个干粗活的，平时都是工装，这是为同学聚会专门置的。"

其实，易凡夫知道，华小燕日常的消费也是很高的，她有能力，有底气，这样说，只是照顾女同学们的感情。

大厅一角，有一个人，在独自喝茶抽烟，易凡夫看背影像是吴小伟，叫了一声。那人回头，果然是。易凡夫马上过去，两人聊了起来。高中时易凡夫跟姚鲁和吴小伟关系最好，吴小伟高中毕业后没考上大学，招工到一个乡镇企业，只一年，企业就垮掉了，于是他开始了四处流浪的打工生涯，前几年他们之间还有联系，近几年，他好像人间蒸发了一样，易凡夫和姚鲁打他的手机都是停机状态，所以一直没有联系了，这次不知是谁神通广大，把他找了出来。

易凡夫和姚鲁在组委会忙碌着，见面了也只跟他打个招呼，现在有时间了，易凡夫打电话要姚鲁到宾馆大厅来，三人在多年之后又聚到一起。吴小伟现在的状态确实不好，在外面流浪了很多年，生活不稳定，打工的收入也不高，勉强能养家糊口。他把手机号码换掉也是因为自己混得不好，不愿意与同学们交往。

易凡夫埋怨他说："你怎么这样啊，我们跟你比只是职业不同，也不过是在养家糊口。再怎么也要联系啊。"

姚鲁也说："是啊，我们之间的感情不是金钱、身份、地位能改变的。"

吴小伟摇摇头说："你们不知道低人一等的感受，当别人耀武扬威、趾高气扬在你面前指手画脚时，你只能默默忍受，任其羞辱，真不是人过的日子。"

易凡夫说："姚鲁没感受，我有。但是我忍不了，我肯定要反抗，甚至拼个头破血流。"

"这就是我们的区别呀，你可以反抗，我不能反抗，要靠那些人吃饭的，反抗的结果就是流浪。"

易凡夫又问起吴小伟家里的状况，因为收入不高，吴小伟的老婆把孩子带回老家，她自己在镇上的幼儿园谋了一个差事，顺便照顾老人。

易凡夫问："父母亲身体怎样？"

"还好，如果他们身体出问题了，我就真不知道怎么办了，好在老婆还体谅我，这么多年不离不弃，扶老携幼，不容易。"

几个人沉默了一会，姚鲁问："你现在在哪里？"

"我在三亚，人生地不熟，自己也没什么本领，打个笨工，没办法。"

姚鲁又说："要不回来做，在市里找个事，总比在外面流浪好，还方便照顾家里。"

吴小伟苦笑着说："你们帮我留意一下吧，出去这么多年了，我在本地没熟人。"

易凡夫和姚鲁同时点点头。

易凡夫觉得，以前三人的关系非常紧密，十多年过去，吴小伟跟两人有了距离，于是就有了生疏感，说话也不跟以前一样随意了，其实这种距离只是吴小伟心中的距离，易凡夫跟姚鲁对吴小伟还是像以前一样，特别是易凡夫，出生跟吴小伟一样，就更没有距离了。易凡夫从心里同情吴小伟，他活得很累，很挣扎，但责任和义务迫使他必须这样活着，坚持着。

同学聚会在依依话别中结束了，组委会把所有的老师和同学送走后，在宾馆清理了账务，把支出情况告诉华小燕，华小燕把手一挥，说："我不看，还差钱不？"

"应该还剩一千多，还有一件白酒。"易凡夫边看明细边回答。

华小燕说："组委会的兄弟姐妹把钱消费掉，班长，你安排吧。"

姚鲁在聚会结束后，把易凡夫拉到一边，说："给华小燕说一下，在她公司里给吴小伟找个事，帮帮他。"

易凡夫说："难怪你动员他回来，原来心里这样装着的，不过这样也不错，下次组委会聚会时你给华小燕说说。"

"我们一起说。"

不久，吴小伟回到荆北，在华小燕的公司上班了，易凡夫觉得这是这次同学聚会最大的收获。


一个人的孤独是一种煎熬，特别是每逢佳节。今年的春节值班，易凡夫又把自己安排在大年三十、初一、初二，好抽空陪陪欧阳馨。

大年三十的那天上午，他接到华小燕的电话，南方的网友已于腊月二十九离世了，三十九岁就英年早逝，很可惜，电话里，华小燕的声音有些哽咽。

易凡夫虽然有预感，但没想到这么快，跟自己同庚的网友去世，而自己无为地苟活着，不由得他不思索人活着的意义。

为自己活着吗？可是自己无欲无求；为家人活着吗？可自己对小家、大家都毫无贡献；为社会活着吗？可社会好像有这么一个人不多，无这么一个人不少，就像人体的盲肠，全无用处。南方的网友走了，或带着满足，或带着遗憾。如果死的是自己，那又会是什么样状态？易凡夫回忆这四十年，一无所成，只有徒增的白发和渐老的心。这不能怨外界，是自己不求上进使然。衡量自己的标准太低，岂能有大的出息，永远只是普通的小公务员而已。网友带着对人生深刻地理解走了，而易凡夫却因为对人生深深的困惑活着，他甚至觉得自己没有资格谈满足和遗憾。他记着自己对老师的承诺，也是一个男人应有的担当，可是他不敢对欧阳馨说出口，他只觉得自己不配做男人，既拿不起，又放不下，一颗怯懦的心早把"王侯将相，宁有种乎？"的豪气消磨得一干二净。他的眼前忽然出现一幕：一具尸体缓缓地滑入焚烧炉，随着炉膛烈火的撕炼，尸体慢慢变成红色的灰，而当灰从焚烧炉拿出后，颜色渐白，忽然一阵异风袭过，带着炉温的白灰漫天飞舞，飘飘扬扬消失在天的尽头，被自然迅疾湮灭。"那是谁？"他叫了一声，空旷里传出了回音，环顾无边的空旷，他终于明白，那尸体就是自己，那迅疾湮灭就是自己人生结束的状态。

他一天都在恍惚中度过，好不容易盼到值班结束，赶紧开车去到花溪楼。

今年除夕，花溪楼比往年更寂静，除大厅有灯光外，房间没一间亮着灯。

他溜进别墅，欧阳馨已经准备了一些吃的，还有红酒。

易凡夫把网友去世的消息告诉欧阳馨，欧阳馨没什么反应，她没接触过，不熟悉。

易凡夫把跟网友短暂交往的印象简单说了一下，欧阳馨说："可惜，天妒英才。"

她问："女同学去南方了？"

"没，是网友委托人发消息给她的，是在走之后。"

在虚幻的网络里能交到现实中的好友，是一种缘分，平时大大咧咧的商场女强人还有这种柔情，易凡夫真没看出来，不过就像易凡夫说华小燕的，灯下黑，熟悉的身边人反而看不懂内心的世界。再一想，欧阳馨也是女强人，也有常人不能比的温柔，于圆圆也算女强人，也陷入情感不能自拔的泥淖。人性都有弱点，最弱的莫过于感情的依赖，即使不带任何功利，人也很难承受感情之重。

两个人在一起，还是有深深的孤独感，暗夜和红酒更加深了这种感觉。

两人在孤独中彼此依靠，早忘掉了外面的世界。

第二天清晨，易凡夫早早起来，在桃林中徘徊良久，回到别墅时，欧阳馨问："天气怎样？"

"你若安好，便是晴天。"

听到这话，欧阳馨心中一动，她实在是想做一个安静的女子，可命运注定了她动荡的人生，当一个人从高高的平台突然落到地面时，会有一种失重的感觉，适应的能落地站稳，不适应的，落地一摔不起，欧阳馨属于前者。

易凡夫拥抱了她，回局里值班去了，她看着茶几上的空红酒瓶，怅然若失。


春天是个发情的天，马千里在春节过后，迫不及待地要行使他的权力了。

他在中层骨干会上吹风说要进行人事改革，这风不仅吹皱一池春水，还起了一些波澜。

一个单位的一把手，玩人和玩钱是他的权力，花钱一支笔签字，人事一把手拍板。

有人总结了基层一把手玩人的套路："对上面的要吊着，对中间的要斗着，对下面的要抓着。"上面能掌握自己命运的人，一定要处理好关系，最好能进入到上面人的圈子内；中间的就是和自己差不多地位的，免不了有人觊觎自己的位子，有机会了要予以打压，消除威胁；下面的老百姓要为自己办事的，要树立自己的威信，要笼络好人心。

马千里刚当上一把手，先抓下面的。以前把宝押到马千里这里的人，有点心花怒放。以前没看好马千里的人有些惴惴不安，总想找个机会接近，以博得马千里的认可。

易凡夫早看得清楚，但也没有惴惴不安，他心想：不管怎样，这个公务员的饭碗还是自己读书得来的，反正有地方吃碗饭就行。

一天中午午餐后，马千里把易凡夫叫到局长办公室，问他："关于人事变动，很多人都向我汇报思想了，你有什么想法？"

易凡夫本来就不抱什么希望的，更不会委曲求全。见马千里问到了，就说："办公室的事太杂了，我想单独搞一块的事。"

自从小王辞职后，办公室的文秘一直空缺，全由易凡夫担着，后勤这一块刘主任自己管点事，他也不想让小曾参与太多，所以很多事都叫上易凡夫。易凡夫的意思是自己要么只管文秘，要么只管后勤。

马千里不知是没听明白，还是故意打压易凡夫，他轻蔑地说："你要搞什么事？你有什么能力搞事？"马千里坐在老板椅上，居高临下地望着易凡夫，他等待着易凡夫跪地求饶。

听了这句话，很伤自尊，易凡夫再也不愿听其他的话了，当听到马千里说："你不要跟某些人走得近，他们是帮不了你的。"

易凡夫明白是指的乐组长，在易凡夫心目中，乐组长是个非常正直、义气的领导，所以跟他走得很近。易凡夫觉得，你侮辱我可以，不要侮辱我尊敬的人。就像一只癞蛤蟆，遇到一条吐着信子的蛇，明知无力抵抗，却还要挺胸凸肚，涨涨身形，挣扎一番。他挺直身子，一字一句地说："我不需要任何人帮忙，也不需要帮任何忙。"

易凡夫的意思是你马千里的帮忙我也不需要。马千里本意是要易凡夫服软，跟他这个一把手走，或许还能捡几根骨头，见易凡夫这么顽固不化，言语中透出对自己的不屑，自己期待的场景没有出现，恼羞成怒，气得把面前的一摞文件往地上一摔，大声说："出去！"

易凡夫站起身走了。从马千里的办公室出来后，他也曾有一丝悔意，马千里表面有拉他入圈子的意思，或许他只要表个态就行了。不过他回头一想，马千里也不是个好人，这么多年对自己都很一般，当然自己先对马千里一般是主要原因，马千里召见他也许只为了显示一把手的权威，他不想自取其辱。

本来易凡夫没准备上台演讲的，被马千里羞辱一番后，他决定好好组织一篇稿子，在演讲台上发泄一通，管它东西南北风。他喜欢竹子，竹子有宁折不弯的特性，其实竹子用火烤一烤还是能弯的，但是烤过头了就会熊熊燃烧。


固执己见和刚愎自用是两个意思相近的词，固执己见是不知道自己错了要坚持，刚愎自用是知道自己错了要坚持，两种行为造成的结果一样，只是原因不一样。

这次的人事改革，由乐组长牵头，人事科拿方案。人事科按惯例把党组成员的权重扩大，以保证民主后的集中。

马千里看了方案后说："党组成员跟普通干部一样，一票只算一票。"

刘拥军说："这样不好控制。"

马千里把手一挥，说："好控制。"

那语气，那姿态，不仅控制了县地税局，还控制了整个世界。

好些人都为这次人事改革准备着，有几篇稿子放到易凡夫这里，请他帮忙润色，都是一些想入门的新人，包括税政科的小张和小李。

其实一个人要得到提拔，一篇演讲稿不起任何作用，那都是自欺欺人的过场。但是易凡夫见他们都有所求，也很认真地看了，对别人的文章，易凡夫一般不大修改，以示尊重。两人的稿子都很流畅，易凡夫根据原稿，增加了一些排比，加强了一点气势。

讲台如戏台，上面的人演戏，下面的人看戏。

有人在讲台上罗列过去的成绩，有人在讲台上阔论未来的规划。

轮到易凡夫演讲了。易凡夫简单地讲了三层意思。一层意思是概括办公室的工作，他说："这些年，为他人做了一些不漂亮的嫁衣，个中酸甜苦辣我自知，自有一番滋味在心头。"二层意思是良禽择木而栖，把自己比作一只凤凰，没有梧桐树，只在空中徘徊。三层意思是做好了迎接一切的准备，他说："不经历风雨，见不到彩虹，但不是每次风雨之后都能见到彩虹，往往风雨之后，见到更多的是冰雪，我已经准备好，让暴风雪来得更猛烈些吧！"他发泄了一通，获得了热烈的掌声。

这次的游戏规则是所有人演讲完之后，全局干部当场投票，当场亮票，当场排序，按得票多少决定人选。

不出刘拥军所料，马千里想提拔的人没上，想踢出的人比如易凡夫被民意选上了，马千里哭丧着脸，在主席台上一言不发，这应该算犯固执己见的错，他不仅没有控制整个世界，也没控制住锅县地税局。

一场戏落幕，马上有另一场戏启幕。对竞争上来的人还要安排岗位，党组成员各有侧重，争论激烈，一整天的党组会，都还没定完。下班后，乐组长给易凡夫打电话，问他有什么想法，易凡夫说：

"人为刀俎，我为鱼肉。能有什么想法吗？"

"要不你到监察室来吧，这里不复杂。"

易凡夫说："行，感谢领导收留。"心想：我怎么有点像林冲、杨志，成了没人要的人。再一想：自己也没他们的本事，有个地方待着就不错了。

易凡夫只关注几个关系好的人，粟晓阳去了二分局，潘必成去到六分局，小张和小李都上了，具体到哪里易凡夫也没问，自己的事都管不了，还管别人干什么。但是令他感到意外的是周名扬上了，他就是铁月皓的小舅子，竟然还去三分局当头。他心想：这下会有好戏看了。

小张和小李请易凡夫吃饭，粟晓阳肯定参加，易凡夫邀了乐组长，粟晓阳邀了成姐。

小张说："易哥，从演讲稿看出你的功底，你演讲后，我们都是发自内心地鼓掌。"

"我只是说了大家不敢说的话。应该有点与众不同，所以大家鼓掌。"

乐组长说："以后注意，不要率性而为，对自己不好。"

成姐说："凡夫，不管怎样，我支持你。"

易凡夫举杯对粟晓阳说："现在是一方诸侯了，以后多多关照哦。"

粟晓阳一拳砸在易凡夫的肩上，说："不行！"

说完，哈哈大笑。那笑声有些许自负，易凡夫本想提醒一下，但他觉得粟晓阳也是老江湖了，自我调节能力很强，于是把话题转到自己身上，他说："我还要感谢乐组长，如果不是你收留我，我还没地方去。"

乐组长说："讲鬼话，竞争上了的都有一个摊位，不到这里就去那里。只是监察室比较单纯，比较清闲，到时候不要怨我。"

"感谢你都还来不及，怎会怨你？"

易凡夫也没准备继续担任中层副骨干，只想发泄了就完事，因为马千里游戏规则的疏漏，自己才侥幸入围，要是按刘拥军意见或按人事科的原方案，易凡夫很可能被踢出了，虽然不是什么大事，但毕竟有点伤面子。只是像易凡夫这样有几个马千里不待见的人占去另外一些人的指标，马千里全盘计划被打破，还少不了要做些安抚工作，至少要让那些有想法而没机会的人想象到远处有酸梅，还有吞咽涎水的必要。

人事安排完之后，马千里又调整了党组分工，刘拥军把业务和计划会计接过去，乐组长除原来的外还加了办公室，马千里只管经费。

经过一番折腾，锅县地税局这艘大船又缓缓启动了，只不过是在晃荡中前行。

易凡夫把人事变动的情况告诉了欧阳馨，对她说："刘主任退下来了，我去了监察室，新来的两位办公室主任人很好，乐组长分管办公室，抽个时间我把他们约过来，你们熟悉熟悉。"

欧阳馨说："好啊，我安排好。也为你调出办公室送行。"

姚鲁听说易凡夫调动岗位了，在电话里调侃道："跳出三界外了啊，以后专门过日子了。"

易凡夫说："能跳得出吗？孙猴子永远跳不出如来佛的手板心，要不你帮我找个单位，跳出地税局。跳出了又怎样？咫尺长门闭阿娇，人生失意无南北。我们这些凡夫俗子呀，就是一枚枚棋子，永远只有被摆布的命。"

姚鲁说："不要发牢骚哦，好歹还是个副主任。"

"我这个副主任是天下最小的副主任，只管我自己，呵呵。监察室就两个人，主任管我，我也管我，既有他律，也有自律。"

易凡夫跟姚鲁通完话，把自己的一些物品搬到监察室，向主任老周报到。

监察室日子很清闲，有事了就处理，没事也不需要找事。易凡夫买了一套茶具，买了两斤好茶叶，喝起了功夫茶。然后又买了毛笔和墨水，练起了字，纯粹是在做修炼了。几个在机关不受待见的人经常聚在监察室喝喝茶，聊聊天，日子过得很惬意。

那天，易凡夫接到欧阳馨的电话，问他什么时候约办公室的新主任，易凡夫说："这几天忙，还真忘了这事。"

欧阳馨说："是把我忘了吧？"

"哪敢，这几天交接的事多，确实有点忙，我现在就去问一下乐组长，如果有时间，就定在今晚吧。"

乐组长和办公室的两位主任都有空，易凡夫通知欧阳馨，要她准备接待。

其实锅县能上档次接待的就那么几个去处，花溪楼是最好的，有综合接待的功能，县里很多单位接待都放在这里，欧阳馨请客主要还不是因为业务，她想帮易凡夫多交几个朋友。乐组长对办公室的两位新主任说了一下，接待的事简单地交接了。

欧阳馨敬了一圈酒，然后大家就自由发挥。两位主任想试试乐组长的量，最后自己反而喝多了。司机把他们三人送回去，易凡夫自己开的车。他上车后，给欧阳馨打个电话，欧阳馨说："门开着，我打完招呼了就下来。"

易凡夫又下车，去到别墅等欧阳馨。

没多久，听到屋外有节奏的脚步声，易凡夫知道，是欧阳馨回来了。他站起来，打开门，弯腰做了一个请进的手势，欧阳馨忍俊不禁，说："姿势挺标准的，宾馆门童。"

易凡夫说："馨总好，很乐意为您服务。"

欧阳馨配合他，坐在凳子上说："来帮我捏捏肩、捶捶背。"

易凡夫帮欧阳馨捏了一会儿，欧阳馨说："真的累了，捏得还挺舒服的，收多少服务费啊？"

"捏一下一百，初步统计五百下，一共五万，熟人打八折，就给四万吧。"易凡夫装得一本正经地说。

欧阳馨懒洋洋地坐到沙发上，说："没钱，以身还债。"

易凡夫听了，打量了一下欧阳馨，说："值那么多钱吗？"

欧阳馨脱下一只高跟鞋，扔向易凡夫，被他躲过了。

她把头一扭，不理他了。

易凡夫马上陪小心，哄了好一会，欧阳馨扑哧一下笑出了声，说："会被憋死，哈哈哈！"

易凡夫见已是多云转晴，忙对今晚的局表示感谢，他也知道欧阳馨的用心。

欧阳馨说："公司还要感谢你，一直关照这里。"

"今后我就有心无力了。"

"没问题啊，你照样可以签单，公司帮你解决。"

"给个签单权可以，不要公司解决，我自己可以解决的。"

欧阳馨看着易凡夫，眼里流露出期待。易凡夫向家里请假，说酒喝多了点，住宾馆了。两人在别墅一遍一遍重复着激情，谁也不想浪费一点点时光。


一天，易凡夫正在办公室练字，刘开智打电话过来，说最近一段时间校领导因为学校升级的事忙坏了，想在周末休闲休闲，要易凡夫安排。

易凡夫问："您想哪方面安排？"

刘开智说："找个地方钓鱼吧，荆北大学，也就是你的母校的党委书记还从没钓过鱼，校长也想到下面走走。"

"一共多少人？"

"两位领导，还有三四位处长作陪。"

"好的，周六你们出发时给我打电话，我在锅县等你们。"

易凡夫答应刘开智后，给粟晓阳打电话，要他准备接待。

粟晓阳说："兄弟，没问题，只是那么大的领导，能不能接待好？"

"我会一起过来，没什么，越大的领导越平易近人。"

周五的下午，易凡夫跟粟晓阳一起去到鱼湖，定好了钓鱼的地方，到渔家餐馆安排好了第二天的午餐。虽然不是接待本系统的上级领导，但是接待这么多高规格的客人，粟晓阳和易凡夫都还是第一次，一点都不敢马虎。

周六一早，易凡夫就把粟晓阳接到局里，刘开智一行的车一到，易凡夫和粟晓阳驱车在前面带路。

到达目的地后，宾主相互认识寒暄，易凡夫只觉得，书记和校长两位领导有那种天然的风范，就像庙里的金菩萨，有亮眼的光辉。

果如老师所言，领导们对钓鱼不熟悉，钓翁之意不在鱼，真是出来休闲的。几位处长陪着两位校领导，易凡夫和粟晓阳陪着刘开智聊天。领导们说话都很有水平，部下们也配合得很好，易凡夫觉得这种上下级关系很融洽。

但是在酒桌上，等级就体现出来了。开局后大家一起喝了一杯，然后处长敬领导都是下席恭恭敬敬站在领导的侧身后，领导坐着喝；领导回敬部下时只举一下杯，部下立刻站起来。易凡夫和粟晓阳准备站起来敬酒时，被领导按住了，荆北大学党委书记说："小伙子，感谢你们的盛情款待，我和校长敬你们。"

喝完之后，书记又发动处长们敬酒，处长们要站起来时，易凡夫忙离席止住了，他说："荆北大学是我的母校，你们都是我的老师，我敬你们。"

一次意外的接待，让易凡夫长了见识，他感觉自己对这种官场礼仪还没入门。

傍晚，书记对校长说："把鱼带回家做鲜鱼汤吧？"

校长说："听您的指示。"

一行人离开鱼家，易凡夫见领导决定了，也就没有再客气。刘开智上了易凡夫的车，易凡夫把粟晓阳和刘开智带到花溪楼，给姚鲁打了个电话，要他过来陪客。姚鲁正好在花溪楼陪着接待外地客人，很快就会合了。

易凡夫对刘开智说："书记和校长都没架子，我还是第一次跟这个级别的领导接触，平时只在电视中看到过。"

刘开智说："都不是普通人吗？在生活中谁也没有三头六臂，也要食人间烟火。"

"你们学校的处长们好年轻，看上去才三十出头。"

"这次提拔的一批，年龄最小的三十五岁，大部分跟你的年龄差不多，四十左右。"

刘开智停了一下说："所以我很惭愧呀，这中间有我的学生，有我一手培养出来的，都已经跟我平级了，而我自己在这个级别上停了十多年。"

易凡夫笑话老师："不识庐山真面目，只缘身在此山中。"

"现在已经识得庐山真面目了，所以有些伤感。"刘开智自己也笑起来。

在刘开智眼里，姚鲁是老熟人了，这个粟晓阳虽是初次见面，但陪了一天，看得出跟易凡夫的关系也非同一般，所以刘开智一点都不避讳。

易凡夫觉得刘开智今天的情绪很好，就问他："有好消息了吧？"

刘开智顿了一下，说："这次办学校升级的事期间，我陪着领导去国家教委，刚好遇到我读研的同学，接待很热情，并送了一个大礼，同学分管科研项目审批，把学校报的一个项目定下来了，项目资金已经到位一部分。两位领导在宾馆开玩笑说：'开智，你的事学校已经又报省委组织部了，批下来你就直接去管科技处，多争取几个项目，尽快把硕士点申办下来。我们也就为学校做出我们应有的贡献了。'"

易凡夫跟姚鲁齐声说："恭喜老师。"

刘开智说："最近我很少出门，免得节外生枝。这几位年轻的处长都是圈内人。"

易凡夫心想：老师是个特别清高的人，也免不了落入俗套，跟领导拉关系。对名利的欲望人人都有，只不过达到目的方式不同，有人不择手段，卖主卖身，急功近利表现得很明显；有人淡然若定，任凭风浪起，稳坐钓鱼台。老师应该属于后者吧。

晚餐姚鲁签单了，易凡夫也没拒绝。两位校领导玩得很舒心，刘开智很感谢易凡夫和粟晓阳。

易凡夫送刘开智回家时，刘开智问易凡夫："你和欧阳馨的关系处理得怎样了？"

易凡夫说："不敢伤害她，找个机会吧。"

刘开智点点头，说："我照顾于圆圆，别人都捕风捉影，三人成虎，人言可畏。你要尽快处理好，不然后患无穷。"

易凡夫点点头。

这次的提拔很顺利，没多久，刘开智就告诉易凡夫已经公示了，或许学校已跟竞争对手达成协议，对方也没再找麻烦，公示期一过，老师就离开了原来的岗位，为新人让出位置。但是也没分管科技处，主要管督导和工会。

地税局的人事变动后，几家欢乐几家愁。那些跟马千里很紧的人都踌躇满志，要好好表现自己。

周名扬到三分局上任之后，烧了第一把火，要求分局干部每天八点以前必须到分局，每天上午上下班，下午上下班都要查到。开始几天，周名扬亲自检查，一周之后，他自己不遵守自己制定的规则，查到以他自己到分局的时间为准，再后来，他不在分局时，打电话给副分局长代理查到，一次，电话的那头传来一阵阵麻将声，干部们一片哗然。因为自己不以身作则，查到执行不下去，第一把火自动熄灭了。

第二把火是对个体户定税把关，他要求每一户定税都要报给他，由他审批定夺。在审批过程中，标准并不统一，跟他有关系的纳税人，他就睁一只眼闭一只眼，顺利通过，对其他纳税人，他就严格审查。有时要特别关照哪位纳税人，他不直接说，先找管户干部的茬儿，然后再去关照纳税人，玩些套路。干部摸清他的套路后，把跟他有关系的纳税人的收入查得彻彻底底，按税收政策核定，他想收人情税、关系税也不行，因此双方积累了很多矛盾。他的做法被干部们宣传演绎，在全局被当成笑话。

在全局半年收入攻坚动员会上，马千里对全局干部素质欠高作了批评，然后又指出了分局长怎样带队伍的问题。他经常宣扬自己总结出的绵羊部队和狮子部队的理论，他认为这是自己发现的一个不可颠覆的真理，是社会科学中的"万有引力定律"。他说："我们带队的中层骨干要明白，由绵羊率领的狮子部队一定打不过狮子率领的绵羊部队。所以中层骨干要以身示范，带好队伍。"易凡夫听得有点疑惑了，既然全局干部队伍素质差，那就是一支绵羊部队了，你马千里是一头狮子，为什么锅县地税局的各项工作在市局都落在后面呢？

马千里本来是个粗人，还硬要猪鼻子插葱——装象。他在强调工作纪律时，显得很文化地说："我们的干部有很多凶酒的，中午凶了晚上凶，晚上凶了宵夜凶，太不像话……"

干部们都忍着不敢笑出声来。易凡夫心想：当领导应当具备一定的文化素养，不然，就回到农会当家做主的时代了。不过回过头又想：刘邦、项羽不读书，也当了帝王，一个小小的县局局长说几个错别字也无所谓了。只不过马千里把"酗酒"变成"凶酒"的讲法被干部很形象地传来传去，荆北地税系统都知道锅县有一个"凶酒"局长。

对干部队伍素质，刘拥军是看得很明白的，因为是乐组长分管的，他不想说些多话，但是在业务这一块，他组织了多次竞赛，多次统考，让干部在业务学习上一直绷紧着神经。

每天喝茶练字，易凡夫上班变得很有规律，但偶尔也有打破规律的时候。

那天，易凡夫的一位同学想请他买一本发票，易凡夫去征管科发票管理所，问发票管理员小余："朋友要一本发票，有什么办法没有？"

小余说："我这里有关系户买票的，但是要曹科长批准。"

曹科长叫曹报恩，是这次人事变动从分局上来的，易凡夫与他交往不多。易凡夫找到他，可他打着官腔拒绝了易凡夫，还给易凡夫上了一堂课。

易凡夫又去找一分局副分局长徐飞龙，没想到徐飞龙也拒绝了。

易凡夫心里的火在猛烈燃烧，但是师出无名，自己既不能制约他们，也与他们没有利益牵扯，被拒绝也正常，暂时先把火窝着吧。最后，他给潘必成打个电话办好了。

周五中午，欧阳馨给易凡夫打电话，告诉他下午她要去林锐所在的碗县办一件事，问易凡夫有没有时间一起去，易凡夫说："行。"

下午上班后，易凡夫跟周主任说了一下，周主任说："周末了，没什么事，你去吧，我值班。"

易凡夫要欧阳馨开车来局里接，上车后，易凡夫给林锐打电话告诉他自己已在来碗县路上，林锐高兴地说："欢迎！欢迎！"

出城区走高速一路向西，四十分钟就到了碗县县城，在一个地方待久了，出门看一看，可以换一种心情。高速路大都在无人烟的地方，两旁的景随着车向前不断变换着，天高云淡，峰峦叠嶂，树茂花艳，人在车中，车在景中，景在心中，在短短的时间内，就达到天人合一的境界。

碗县县城是在国家级森林公园大景区内，自然风光当然不用说了，易凡夫要欧阳馨把车停在能俯瞰全城的一个高地，指着对面的山峰问欧阳馨："你看那山，像什么？"

欧阳馨顺着手望去，几个连绵的山头，也没什么特别的，她摇摇头。

易凡夫说："横看，横看成乳侧成峰，那不像一个仰卧的少女吗？"

欧阳馨仔细一看，还真有一点味道，一座山峰像倒垂的头，一座山峰像高耸的胸部。越看越像。

欧阳馨转过头问："谁发现的？"

却看到易凡夫盯着她的胸。她骂道："流氓！"

易凡夫说："你的曲线比她还美。"

把欧阳馨哄安静后他接着说："大学时我跟林锐来过，我们无意中发现的，像吧？"

欧阳馨点点头说："还真像。"她侧过头，很认真地对易凡夫说："回去了你到桃花溪看看，说不定会有好的创意。"

"好啊，我还欠你很多，能帮你肯定帮。"

县城在建设中，很多道路还是雏形，有一种原始的气息。两人慢慢走到城内，有很多青石板铺成的小巷，石板已被磨得光亮，显现出它存在的时间久远。小巷内有古老的木板房，摆放些土家蜡染，土家自制的米酒，山货等，这就是原始的店铺吧。

两人在小巷内穿行，不知不觉，她挽住了他的胳膊。易凡夫抬头望望天，心想：这时候下几点小雨，就是走在雨巷了。我一定会撑一把油纸伞，为丁香一样的姑娘遮风挡雨。诗人的优美、伤感、惆怅、朦胧全展现在《雨巷》，丁香一样的颜色、丁香一样的芬芳、丁香一样的忧愁。本来，欧阳馨有丁香一样的气质，但命运剥夺了她拥有丁香一样的情怀。易凡夫为她诅咒上天的不公平，也为自己的境遇伤感。两人踱在石板路上，脚步节奏一致而清脆，让静静的小巷平添一份动感。

两人穿过小巷，来到河边，这是省内四条水系之一的梅水河。这里是上游，水面不宽，清澈见底。在这山水之间，人的思想会被淘洗得干干净净，心情也会变得明亮。

欧阳馨看着缓缓流动的河水，对易凡夫感慨道："这条河流经我的老家时，已是浑浊不堪了，这里却这么干净，这一路的污染越到下游越重，河如人生。"

易凡夫也有同感，少年时期的单纯，青年时期的激情，都变成了成年时期的世故，环境迫使人改变自己，这种改变是为了适应环境，环境污染越来越严重，人性也变得越来越污浊。

在这陌生的世界，没有熟悉的面孔，两人像热恋中的恋人，相依相偎，漫步小城。

林锐从乡里赶到县城时，已经是下午五点了，他要王彦订好了晚餐，在一个极有特色的农家小屋，最纯正的土家菜，最上等的土家酒，最热烈的氛围，最浓的友情，一切尽在小屋中。

易凡夫问王彦："小王，据说今年遴选考试的题比前两年更刁，你考试的结果出来了吗？"

"入围了，还要面试。"

"选上之后就隔远了。"

"我们之间本没有结果的，不如逃避。"王彦显得很理智。

欧阳馨用手拍了拍王彦的肩说："小王，你去荆北后可以经常去我那里玩，我们没事了聊聊天也很好哦。"

王彦点点头。

易凡夫发现王彦有着与她年龄不一般的成熟。

回宾馆后，易凡夫问欧阳馨："你来办什么事？今天没办，明天、后天人家休息了。"

欧阳馨说："本来有事的，但是能在这么美丽的风景中与你同行，其他的事都不重要了。在荆北，在锅县，在花溪楼，除了待在房间里，也不敢出来抛头露面，只有在这种别人不认识我们的地方，才能有自由的呼吸。"

"要不，我们就在这里玩两天吧。"易凡夫说，"我给林锐打电话，告诉他。"

"急什么啊？"欧阳馨拦住易凡夫，"明天早上告诉他也不迟，我不想再惊动他了。"

易凡夫知道欧阳馨想两人在一起，没说什么了。

夜里，伴随着电闪雷鸣，下了一场大雨，风把雨点刮到窗户上，很有力度，雨点敲窗，如钢琴的和音，始终伴随着主旋律，是《致爱丽丝》，是《田园》，是《命运》……

早上，雨停了，雨后山里的空气质量好，易凡夫拉开窗帘，推开窗户，让户外的空气源源不断地涌进，感受着那份自然的鲜香。

欧阳馨问："到什么时候了？"

易凡夫看了看表，说："七点不到，你还睡一会儿吧。"

欧阳馨说："新鲜空气进来了，神清气爽，睡不着。"

易凡夫坐在床边，问："林锐等会儿才过来，到这里了，他肯定要陪同，说不定小王也会一起，客随主便吧？"

欧阳馨点头说："是的，你们见面也不多，一起走走吧。"

易凡夫喜欢欧阳馨的善解人意，他在她的额头轻吻一下，欧阳馨一个鹞子翻身，搂住易凡夫的脖子，索要了一个长吻才罢休。

林锐来了，果然跟王彦一起，几个人到宾馆旁边的一个小巷里吃了早餐。

林锐说："兄弟，既来之，则安之。我已经规划了你们两天的行程，到各个景点看一看。"

易凡夫跟欧阳馨相视一笑，不出易凡夫所料。沿着中心景区的那条溪，几人走走停停，很休闲。景色很美，洁净的溪水流淌着，有时悄无声息，有时脆声喧哗，像一个有生命的个体，向世界展示自己的万方仪态。原始的参天树木遮天蔽日，在树下的小径行走，有着跟天气不匹配的凉爽。溪的两边岩石，有壁立千仞的气势，大自然的鬼斧神工，把岩石进行了精细雕琢，形态各异，中间有几处瀑布，飞流直下，从空中飘落的水珠，点点滴滴亲近着游人，湿润了人的头发和衣服，凉爽了人的心情。男人在前面走着，女人在后面随着。欧阳馨边和王彦聊天，边欣赏着美景，两人的浪漫之旅变成四人的浪漫之旅，别有一番情趣。

两天的时间很快就过去了，四个人双双对对享受快乐的时光，临回前，四人吃了一个晚餐，王彦喝了点酒，她流着泪说："山水作证，易哥和欧阳姐姐作证，今天算是我跟林锐最后的晚餐。"

土家妹子有着土家人的直爽。林锐也没有说话，只是跟易凡夫不停地碰杯，两人酒量差不多，林锐因为心情问题，很快就醉了，易凡夫问王彦："要不要送医院？"

王彦回答说："不要紧，平时喝得更多。"

易凡夫和欧阳馨向两人辞别时，林锐勉强打了个招呼，欧阳馨没喝酒，是因为要开车。

车上，易凡夫问欧阳馨："这两天你跟王彦谈得入港，说的些什么啊？"

"当然是谈我和你，她和林锐啊。"

王彦告诉欧阳馨，林锐以前蛮求上进，三次参加了市里面副处级干部选拔考试，三次入围，三次没选上，有点心灰意冷。后来沉迷喝酒，每次喝多之后给一位女人打电话。易凡夫知道那女人是林锐的高中同学，他的初恋。女同学的父亲是某海军基地司令员，发现女儿早恋后，把女儿送到部队，两人失去联系，林锐上学时对易凡夫提起过，他一直深深地思念着她，直到参加工作。林锐结婚几年后，初恋在回来看父亲时打听到林锐的工作单位，见了一面。其时，她也嫁作他人妇。王彦是林锐的部下，平时林锐很关照她，林锐把自己和初恋的故事讲给王彦听，王彦是个很好的受听者，慢慢被林锐的痴情感动了，不管不顾投入林锐的怀抱。虽然已婚，一直在情感空窗期的他也顺其自然。但每次喝多了之后，他当着王彦的面给初恋打电话，王彦实在受不了，为此事哭了几次，伤心之余，决定调离这个伤心地，来逃避现实。

易凡夫对欧阳馨说，"我们俩像掘墓者，埋葬了他们美好的爱情。"

欧阳馨不承认，说："什么呀？我们不来，他们能持久吗？林锐的家不要了吗？王彦是个有心机求上进的女孩，林锐这么消沉她接受得了吗？"

"我们不来，她也不会宣布她的决定啊。"

"作为一个女人，谁受得了林锐的行为？要是我，早就宣布了。太没把王彦当人吧。"

易凡夫望了望欧阳馨说："开车，别激动。"

"还好你跟林锐有区别。"

"他是贵族血统，我是平民血统，区别大呢。"

"凤凰男也有春天，呵呵！"欧阳馨开起了玩笑。

易凡夫告诉欧阳馨，发现景区的人就是典型的凤凰男。

欧阳馨不解，易凡夫讲了一个故事：邻省某主要领导的女儿恋上了一位摄影记者，领导认为出身卑微的记者不能登堂入室，动用权力把记者下放到景区林场。但是领导不想赶尽杀绝，给当场长的朋友打了个招呼，于是记者就有到处闲逛的自由。他游走在天地间，醉心在山水中，终于，他把景区这深闺中姑娘的红盖头揭开了。一亮相，便惊艳全世界。

易凡夫说："托尔斯泰在《安娜卡列尼娜》的前言中说过，幸福的家庭总是相似，不幸的家庭各有不同。我一直以为是真理，但是林锐跟记者的不幸就很相似，被同一种观念，同一种行为棒打鸳鸯，出手的方式都一样，只是作用的对象不同。"

欧阳馨问："真有这事啊，简直是传奇哦。"

"传奇都是有不平凡的经历的。"易凡夫说，"在我的心中，你更是一个传奇。"

说着，左手拉住了欧阳馨的右手，欧阳馨就这样单手开了六十公里的高速公路，下高速公路后，她停下车，活动了一下酸疼的胳膊，说："你好坏，我的左手疼死了。"

易凡夫说："我来开吧。"

"算了，喝酒了不安全，不远了，我坚持一下吧。"

周一，三分局又发生了一件大事。

因为财税体制的原因，县委县政府要求各乡镇督促完成税收任务，把税收任务等同计划生育，一票否决。所以很多乡镇领导对税收工作很重视，客观上抬高了税收的地位。

周名扬去到分局后，以为自己很了不起，每次去所辖的乡镇，都像皇帝巡游，拿腔作势，督促乡镇抓紧税收，那副睥睨天下，唯我独尊的做派早引起乡镇领导的不满。

那天，分局干部到某乡镇办证，在一个理发店被围攻，干部报告给周名扬，周名扬打电话给乡镇领导，请他们出面调解，领导都推说不在家。周名扬只好亲自去到现场，老百姓不买账。周名扬给县局打电话求援，办公室吕主任接电话后，报告给马千里，马千里冷漠地说："自己处理。"吕主任不好直说，只告诉周名扬领导都出去了。周名扬在现场不知所措，好在副分局长很灵活，他对纳税人说："你应该办证，今天就不办了，明天你把资料带起，去分局办，只要40元钱的工本费。办证是表示接受税务部门管理，也不一定今后就会交税，交税是按你的营业额算的，达不到起征点，就不要交税了。"

纳税人见僵持了很久，一怕影响生意，二怕税务部门报复，答应说："今天还没收到钱，明天我一定去。"

在众多老百姓的注视下，税务部门灰溜溜地退出了，乡镇领导看到老百姓挤兑到周名扬，心里叫好。

随后，马千里在分局长会议上批评说："什么事都往局里推，我要你分局长干什么？"

分局长们都知道了，县局的后盾变成了遁后，有什么事都要自己担着。

其实也不一定，马千里不担当，刘拥军还是愿意担当的，他在会后跟几个分局长说："大胆工作，只要不是错误执法，县局还是会积极支持的。"

当然几个分局长不包括周名扬。刘拥军从心里就看不起他，本来就没有金刚钻，硬要揽个瓷器活，落下许多笑柄。

历史总是惊人的相似，又一次的局党组会研究的是关于三分局基建和对刘璐的处理。

马千里上位后，一直没有基建项目，前不久连续的雨水，把三分局的围墙冲垮了一截，院子里存了大量淤泥，分局所在地镇党委书记笑话马千里说："马局长，你的分局要修了，我给你一块地，你建个好点的分局，我们都有面子。"

马千里见有这么好的机会，召开党组会研究。刘拥军心想：严俊修一分局时，你马千里反对的态度那么坚决，现在又要修农村分局了，真是无利不早起。他志不在此，也没有提出反对意见。定下来由计财科负责整理危房资料，办公室向市局、省局打报告。

刘璐真不是省油的灯，在征收某建筑公司税款时，用税票收了6万元的现金，解款时已经全部挪用，打牌赌博输光了。

乐组长是个眼里揉不进沙子的人，他发言说："这种行为按有关规定，是要开除的。"

但乐组长不知晓以前的状况，严俊保刘璐时，马千里是坚决要重处的。

这次马千里不想在自己手里开除人，免得被记恨，于是说："要老刘把这六万元赔进去，刘璐继续跟班学习吧，自己的孩子，不要做得太绝了。"

乐组长是军人出身，服从意识很强，见马千里这样说，就没有提出异议了。

刘拥军一直没说话，他参加了两次党组会，看了马千里的表演，心想：这就是典型的到哪个山头唱哪个山头的歌啊。

三分局所在的镇党委书记跟马千里达成了协议，分局由镇里建筑公司承建，因为严俊的调离，袁大头退出了地税局的建筑项目竞争。资金还没到位，乙方就已经垫资动工了。

省市的资金下来后，荆北市局一位王副局长跟踪视察建设情况，周名扬又闹出了一个笑话，他要项目经理买来一条烟，在建筑工地上给视察的领导发烟，众目睽睽之下，领导接也不是，不接也不是。

等周名扬一转身，王副局长对陪同的马千里说："这人怎么能当分局长？"

马千里摇了摇头，苦笑着说："干部队伍素质真不高。"

回到县局，市局王副局长告诉马千里他们，市局一把手何存淼已经到龄，马上要退下来，何存淼没向省局推荐接班人，很有可能会从地方行政单位调来一位一把手，他对何存淼表示了强烈的不满，说："地税系统没人了吗？人在地税心不为地税着想。地方行政上的人就是上得快，七挪八挪，就把位置占住了。"

马千里他们还是很少听到领导发牢骚，对权力的觊觎让人原形毕露，稍微不如自己的意，个别当领导的人也牢骚满腹，有时候思想境界还赶不上普通老百姓。

晚上，马千里叫周名扬到自己家里来，周名扬见马千里召见，立马带上两条烟去到马千里家。

马千里说："你姐夫为你的事专门给所有的党组成员单独做工作，你才有机会当这个分局长，当上了就要有个分局长的样子。"

周名扬像小鸡啄米样，不停地点着头，像听懂了。

九月，荆北市局监察室发了一个书面通知，要求各区、县局监察室检查代征单位的票证和代征税款。老周安排易凡夫处理这事。

全县两个大的代征单位就是交通局下面的车管所代征交通运输的税款和劳动局下面的劳动服务公司代开劳务发票。易凡夫知道代征税款有很多猫腻，有很多机会腐败，代征协议是征管科与车管所、征管科与劳动服务公司签的，征管科是腐败的轴心。征管科长曹报恩算个半边户家庭，妻子下岗多年，但日子过得很殷实，抽好烟、喝好酒、打大牌。难免不会有些问题。

易凡夫觉得自己是双职工，日子还过得紧巴巴的，人家一个人养活一家人，还尽过的高档生活，脑子想不明白。上次为买发票，易凡夫被曹报恩上了一堂教育课。心中一直有个疙瘩，想趁这次检查的机会好好查一查。

易凡夫决定先去劳动服务公司，公司李经理是老朋友了，易凡夫给他打电话通知他，他表示非常欢迎。易凡夫去局办公室开了个介绍信，一个人到了李经理的办公室。

李经理要内勤泡了一杯茶，易凡夫简单把来意告诉他，说："市局的一项对内监察工作，跟企业没关系。"

李经理说："我们接受检查也是应该的。"

易凡夫到财务室，要财务人员拿来代开劳务发票的台账，一到八月，劳动服务公司共开出2700多万额度的劳务票，共应缴税款80多万，已经缴了60万，还有20多万没缴。

易凡夫对李经理说："这剩下的税款，尽快入库吧，免得上级追查。"

李经理说："我已经安排资金了，国庆节上班后就缴完，当时没缴是因为局里面财务向公司借了一笔钱，我们向曹科长报告过。"

"有书面缓交的报告吗？"

"没有，关系好，没办那些手续。"

易凡夫又要财务人员把缴税凭证拿出来，财务人员把缴税凭证一一折好，易凡夫翻看时，发现在六月份，有一张 20 万的缴税凭证，是六分局的票证章和六分局一名干部的签名，显然有问题。

他不露声色，问李经理："你们的劳务票有开到下面乡镇吗？"

"没有，我们劳动服务公司只在城关镇设开票点。"

"那下面乡镇劳务站归谁管？"

"归乡镇管，与我们没关系。"

"他们在你们公司领发票吗？"

"没有，应该是在税务所领的票吧。我们是在县局发票管理所直接领的。"

易凡夫对财务人员说："把所有缴税凭证都复印一份，盖上公章，上面写：复印属实，此税款为城关镇代开劳务票的税款。"

六分局收走的那笔税款，实质上是转引税款，说白了就是买税卖税。买卖税款也是县政府严格考核，一票否决后产生的不正常现象，买方是那些没有税源的乡镇，卖方是掌握有充足税源的分局，那些买方乡镇领导为了完成任务保住乌纱，常常要给卖方很高比例的买税的钱，有的甚至高达税款额度的 50%，这笔钱归买方乡镇财政支出。有些买卖分局内部在所辖乡镇之间调摆，有些买卖是两个分局之间做，如果从代征单位收税，除分局外，一定要通过征管科。易凡夫估算了一下，六分局这笔买卖除开花销外，至少可以从乡镇财政拿到 8 万元。如果是曹报恩、王超前、潘必成、徐飞龙四个人分，平均每人都可以分 2 万元，相当于一个税务干部大半年的收入。

易凡夫是下午去的，办完事已快下班了，李经理留他吃晚饭，说已经定好了，易凡夫也就随便了。

李经理又问："要不，把曹科长叫来？"

易凡夫不置可否地点点头。在餐桌上，谁都没谈检查的事，看得出曹报恩还是有点不淡定。

餐后，李经理说："洗个脚吧。"

易凡夫说："算了吧，不麻烦了。"

曹报恩说："洗个脚吧，时间还早。"

易凡夫知道曹报恩想从自己这里打探点消息，于是就答应了，看他有什么说法。

曹报恩把易凡夫的位子安排在自己的旁边，轻声问："查完了？"

"完了。"

"有什么情况？"

易凡夫说："20多万欠税是你同意了的吧？"

当着李经理的面，曹报恩没有说什么，爽快地承认，并说："李经理够哥们，他说有困难，我和王超前局长商量后答应他了，没办手续，反正国庆节后就解完。"

"六分局从一分局收走了20万税款。"易凡夫扭头看了一下曹报恩，说："你们管票证的，没复查票证吗？"

曹报恩不说话了，这事本来就是他和王超前、潘必成、徐飞龙联手搞的，钱都到口袋里了。

但是他口气很硬地说："税款是分局收的，我不知道，票证复查是有点问题。"

洗完脚，李经理还要安排其他的活动，易凡夫坚决拒绝了。他也没要车送，慢慢走回去。路上，手机响了，他一看，是一分局局长王超前打过来的。他明白是曹报恩通风报信了，但是这也是易凡夫想要的效果。

王超前跟马千里关系好，又是一分局局长，在县局骨干中常常以大哥自居，有很多骨干对他都有微词。不过，他跟易凡夫关系还可以。他个人和单位的先进材料，都是易凡夫捉刀，有时候，分局的半年总结，年终总结也是易凡夫代笔。当然这只是一方面，另一方面，易凡夫跟他没一点利益冲突。

王超前问易凡夫："劳动服务公司的票有什么问题没有？"

"六分局从你们那里收走了 20 万税款，你们知道吗？"

"可以啊。"王超前显得很有底气，"像电力系统，邮政系统都是在我们一分局统一缴纳，然后划拨到农村分局。"

易凡夫心想：这不是欺负我从办公室到监察室，不懂征管业务吗？我虽然对业务不熟，但还是懂套路的。

于是他对王超前说："那就没问题啊，反正要向市局交一份调查报告的，我就如实反映调查情况了。"

王超前急了，在电话里忙说道："别急、别急，你现在在哪里？"

"我在回家的路上。"

"别回去了，到红河茶楼来。"

易凡夫来到茶楼，王超前正在跟徐飞龙还有两名分局的干部打牌，见易凡夫到了，王超前忙打招呼要易凡夫坐，要服务员拿了一包极品芙蓉王，并要易凡夫自己点茶。

易凡夫要了一杯龙井，对他们说："你们玩，别管我。"

十一点钟，牌局散了，两名干部走后，王超前问易凡夫："准备怎么搞？"

易凡夫故意问："据实写调查报告行不行？"

王超前说："还是不写吧。"

易凡夫端着架子说："这么大的额度，我也拍不了板。"

"那我去跟老周说说。"

"想投案自首啊。"易凡夫说，"这次就是针对转引税款搞的检查。"

"那怎么办？"

"我给乐组长汇报时会避重就轻，让他也担点担子，你们要好好安排一下乐组长和周主任。"

"行。"

易凡夫又对徐飞龙说："我那同学要的发票还没搞到。"

徐飞龙说："我明天给你送过去。"

易凡夫把失去的面子找回了，其实他早想好了向上报的对策：这次检查上报要到十月中旬，那时候20多万的欠税已经入库了，重点写一下欠税，最后用截止几月几日欠税已催缴入库。至于转引税款，太普遍了，整个荆北地区大部分乡镇都有这个现象，财政体制不变，一票否决不变，这种现象是消除不了的。自己还要在锅县地税局生存，把问题暴露出来，还怎么混？何况还牵涉到好兄弟潘必成。再者，问题暴露了，县局会怎么处理？马千里会拍什么样的板？即使免掉几个人的职，也轮不到自己上位。

第二天，他给潘必成打电话说："从一分局收了20万税款啊。"

潘必成马上明白了，在电话里说："明天接你和老周、乐组长来分局。"

易凡夫说："我来不了，但我会转告他们。"

乐组长和老周两人在六分局玩了一天，回来后易凡夫问乐组长："潘必成接你过去有什么事？"

乐组长回答说："好像没说什么事，老周跟他核了一下年中报的几个数字。"

易凡夫知道潘必成没透露什么，心想：这潘必成是个人才，日后必成大器。

晚上，潘必成打电话给易凡夫说："兄弟，担待点，县局给分局的经费不够，我只好想点其他办法，每到过年过节，全分局的人都望着我，不想点办法不行啦。"

易凡夫说："你的那份入公家的账，他们的都落到自己腰包了，如果不是你在里面，我也可能会如实上报了。毕竟这次查的就是转引税款，你们性质都一样。"

"谢谢了哦！"

易凡夫按自己原来的设想酝酿调查报告。一分局安排乐组长活动的时候，易凡夫也参加了，王超前、徐飞龙、易凡夫几个人心照不宣，在热烈的气氛中迎接国庆节的到来。

机关院子里的桂花香了，香气很浓郁，沁人心脾。易凡夫很喜欢这种香，在院子里溜达时，反复地深呼吸，要用这香气熏陶自己的身体，熏陶自己的灵魂。老家屋后有一棵大桂花树，有些年代了，每年这个时候，香气四溢，整个村子都被笼罩在香气里。儿时的易凡夫嗅到这香就知道，马上有野果享受了。秋收季节，在江南山区的农村，农民们收摘油茶，收割晚稻，很忙，但是他们都是喜悦地忙碌着，希望地忙碌着，一年的总结就在这段日子里。孩子们感兴趣的是大山里各种各样成熟的野果，那是农村孩子们的零食，是难得的奢侈品。易凡夫他们一群玩伴集体上山，集体分配，实现了孩子们的共产主义。孩子的无忧无虑并不能改变大人的担忧，就像《多收了三五斗》中描述的那样，丰收，米贱伤农，歉收，天道伤农。秋收后，农民们希望谷子、茶油能卖个好价钱，但是往往不能如愿。多年后易凡夫才知道，农产品的生产周期太长，跟不上市场价格波动的节奏，受伤的总是农民。易凡夫决定这个长假回家帮父母采摘油茶，并把儿子鸣鸣也带回去，感受一下乡里乡情，不忘自己的根本。

在上山的路上，易凡夫和鸣鸣遇到很多采摘油茶的老人、孩子，易凡夫告诉鸣鸣叫爷爷、奶奶，鸣鸣很乖巧地照办，鸣鸣问易凡夫："怎么全都是爷爷、奶奶啊？"

易凡夫说:"伯伯、叔叔、阿姨、大哥哥、大姐姐都出去打工了,现在只能见到爷爷、奶奶和跟你年纪相差不大的小学生、中学生。"

鸣鸣又问:"大哥哥、大姐姐都不用上学吗?"

易凡夫说:"他们上学成绩都很好,上大学之后就没回农村,直接在城里上班了。"

鸣鸣充满稚气地说:"爸爸,我也要上大学。"

易凡夫说:"要想上大学,从小学就要努力。"

鸣鸣从未参加过农村的劳作,在山上有一种新奇感,他兴奋地蹦蹦跳跳,一不留神,滑到一丛荆棘里面,哇哇大叫。父亲忙把鸣鸣从荆棘中解脱出来,采点草药嚼碎,敷在鸣鸣被划伤的手和腿上。在很多同龄人面前,鸣鸣表现得很坚强,成长,总是要有些经历的。父亲告诉易凡夫,农产品价格低、成本高,农村的青壮年劳动力都外出打工挣钱,很多作物都没能够及时收获。易凡夫心想:农民的收入低是农村劳动力流出的主要原因,如果收入高,条件好,又有谁愿意背井离乡呢?

节后上班不久,三分局又出事了。

周名扬常常摆谱,最喜欢在纳税人面前表现出自己的分局长身份,或许他是按马千里交代的要有分局长的样子,可是干部并不买账。那天他当着几位纳税人询问一名干部,那干部没理他,他觉得丢面子,于是又当着纳税人找另一名干部的茬子,没想到那名干部更不买账,当面顶起来,激得他当场发飙,能摔的东西都摔了,办公室一片狼藉,把纳税人吓得不轻。干部把他的丑态用手机录下来,发给几位局领导,又写了一份要求调动的报告,除副分局长外,集体签名,交到县局人事科。

局党组觉得事情严重了,把三分局的干部找到局里一个个谈话，了解情况。最后觉得周名扬实在没有能力带队，于是进行一个小的人事调整，信息中心主任暂代三分局分局长，周名扬暂到县局工会，以平息分局干部的不满。周名扬确实有了分局长的样子，但没有分局长的才干，他成了锅县地税局最短命的分局长。虽然现在的官好当，但也不是每个人都能当好，有人凭德行可以带好队，有人凭能力可以带好队，但无德无才的人是永远不行的，即使通过另外的途径上去了，德不配位，能不配位，也待不长久，上得越高，跌得越惨。

稽查局自查征稽所后，信心大增，一段时间来，又查了几个重大案子，其中一个上市公司在锅县投资建的生产基地，有市里领导打招呼，但是稽查局没有接到县局领导的指示，还是严格按照税法查处，征缴税款、罚款入库。殊不知，这个案子对锅县地税局的影响无异于是一场大地震。

上市公司的基地投资是位市领导招商招过来的，来之前答应给予税费上优惠，并通知了锅县县委书记周更三。周更三跟荆北市地税局新任皇局长是过去的同事，两人通了电话，皇局长也答应周更三了。但因为事多，皇局长忘记通知马千里了，马千里见到突然增加了上百万的税收，稽查部门查得漂亮，税款入库足额及时，真正做到了快、准、狠。他要办公室写了一篇信息，上报县委、县政府和市局，显示一下锅县地税的工作力度。信息摆上周更三的案头，周书记认为马千里不仅目无自己，更是要挑战自己的权威，于是下定决心，给地税局一个教训。

县政府对财税工作很重视，专门成立了一个"财税工作领导小组"，由一位县级领导负责，办公室设在地税局。县财政局每年给财税工作领导小组拨付40万经费，单设账户，主要处理国税、地税、财政三家在征收过程中的一些突发事件，协调与公、检、法等执法部门的关系，保证全县的财政收入。马千里上任后，对县局的财务进行审计，顺带把财税工作领导小组的账务也审计了一番。县级领导大光其火，骂马千里狗拿耗子多管闲事。马千里听到别人传话后，对县级领导心存不满，但也不好发作。双方心中都有了隔阂。年底财税收入吃紧时，常务副县长来到地税局督促，马千里当着所有分局长的面跟两位领导干了一仗，事情传到周更三书记那里，书记决定要立刻收拾地税局，杀杀马千里的骄横之气。

马千里自以为能经天纬地、纵横捭阖。但是跟周更三比，还只是幼儿园的水平。完成全年税收任务后，周更三为地税局的班子成员和所有分局长摆了一个庆功宴，高度赞扬了地税局。在敬酒后，周书记对所有人说："谢谢你们，明年的税收任务拜托在座的各位了！"

马千里代表地税局表态，明年一定更上一层楼。

酒后，周更三回到办公室，给县检察院张检察长打电话，要他马上赶到县委常委楼。张检察长到后，周更三对他说："有人举报地税局修办公楼时用税款抵工程款，你们查一查。"

第二天，张检察长就周更三布置的任务进行了周密部署，立案侦查。反贪局先把袁大头请进了检察院，袁大头对检察人员说："地税局欠我40多万工程款，我在建市场时欠40多万税款，我是准备对冲，但地税局不同意，他们没有用税款抵工程款。"

检察人员问袁大头是否有行贿的行为，袁大头表示是通过建筑公司正常竞标，没有任何违纪、违规行为，然后不管检察人员以何种方式讯问，他都一言不发，算是一条汉子。检察人员向张检察长报告后，张检察长决定把案子移交渎职侦查局，以渎职的罪名抓人。首先把一分局局长王超前逮进了县公安看守所，接着又把分管基建的领导乐组长送进去了，并通知当时的一把手严俊，马上到县检察院来接受调查。

知道俩人被抓是在下午上班后，这消息像晴空霹雳在锅县地税局引起震动。刘拥军把中层骨干正副职都通知到局里来，简单介绍了一下情况，研究应对方案。中层骨干们七嘴八舌说了很多，没有谁能出个好点子，这时，徐飞龙说："我跟检察院先联系一下，据说是我高中同学办的案。"

联系上后，对方说："今天先把欠税补上，后面的事我们再向上级汇报。"

骨干们有的拿银行卡，有的打电话问家里有多少现金，还有的找有钱的朋友借，短短二十分钟，资金就凑齐了，充分展示了锅县地税局骨干的团结意识。马千里坐在那里，什么也没说，也没能力说什么，平时的高声大气、雄才大略在此时早被丢到爪哇国，只表露出一种深深的绝望，心里觉得被县委书记狠狠玩了一把。刘拥军在总体指挥着，表现出处惊不乱的素质。

事情反映到市局，市局皇局长才想起具委书记周更三打招呼的事情，但是都是同级别的领导，他也不会去求书记，何况依法征收税款是税务部门的天职。问清事情的来龙去脉后，他跟市检察院的郭检察长联系，请郭检察长关照。然后他又隔空喊话说："锅县的干部军心不稳了，今后几年锅县的地税收入怎么能完成？"

第三天一上班，马千里办公室传来一个女人的吵闹声，监察室距离局长室较近，易凡夫下楼一看，原来是严俊的老婆胡姐，胡姐指着马千里说："马千里，县局党组集体的决议，你让严俊去承担，你是什么人咯，不把人弄出来，我跟你没完。你的屁股也只那么干净。要不就都亮一亮。"

颇有陈璧君在汪精卫中枪后痛骂蒋介石的风范。易凡夫心想：

是不是胡姐抓住了马千里的什么把柄。

马千里见胡姐发怒了，忙给她倒杯茶，解释说："我们正在想办法，严俊也没进看守所，他是在检察院的会议室接受调查。"

胡姐说："你为什么不去接受调查，你不知道吗？"

马千里本来还是积极斡旋的，看到胡姐咄咄逼人，心里突然有一种想法：让检察院查个透彻，说不定还能查出个人问题，县局和一分局这么大的基建项目，自己没捞到什么好处，反正查不到自己头上来。看到胡姐的威风，易凡夫明白为什么严俊不把父母亲接到身边来了。

玩政治的人都懂妥协艺术，有荆北市郭检察长从中调和，周更三没继续追击了。他教训地税局的目的已经达到，何况自己只要还在锅县任职，财政收入还要靠地税这个半边天。

四天后，乐组长和王超前被放出来，地税干部像迎接凯旋的英雄一样，把他们接回到局里。

回来后，乐组长冲进马千里的办公室，怒不可遏地质问马千里："你过去分管业务，现在是一把手，凭什么要我帮你承担渎职的责任，这就是你的做人吗？这就是你的担当吗？"

马千里被骂得无言以对。

乐组长、王超前两人谈起在检察院和看守所的经历，有一种从没有过的刺激，也是一种难得的人生经历，连连称不虚此行。

乐组长被叫到检察院后，检察人员对他态度不好，他拍案而起，把检察人员吓到了。他说："我个人有问题，我负法律责任，渎职的事别找我，我既没有直接征收，也没有分管征收。"

检察人员讲不过他，但是因为与基建有关，还是把他投进看守所。王超前比他早进去一点，要说渎职，王超前还是有责任的，毕竟他是分局长。进看守所后，两人分别被关在不同的号子里，在那里有那里的游戏规则，先进去的人叫老号子，后进去的叫新号子，老号子对新号子有一顿杀威的体罚，然后新号子要孝敬老号子生活费、烟等等。号子里按进去的顺序排座次，时间最久的是头号，依次往下排，睡的通铺，新进的睡在靠马桶位置，味道实在难闻。乐组长进去后，发现号子里的头号是县建筑公司的一名项目经理，袁大头的小兄弟，涉嫌买凶致人重伤，以前经常跟着袁大头与乐组长喝杯小酒。见乐组长进来了，马上把头号的位置让给他。乐组长也没客气。

乐组长把进来的原因简单说了一下。

那项目经理说："不要紧的，你们很快就会出去，你们这种人叫'油桶'，有钱，时间短，看守所最欢迎了。"

乐组长有了一个头号照应，没吃什么苦头。

王超前就斯人独寂寞了。出来后，人们问他挨揍没有，他不说，估计被潜规则了。

两人在号子里的时候，干部们去看他们，不能见面，干部就给他们上生活费，短短两天就在看守所上了6000多元钱，放出来时，乐组长给项目经理拨了300元，约定以后请他吃饭，在看守所结了1000多元的伙食费，易凡夫这些在外面的人给两人添置了全身的衣物，乐组长很潇洒地把在号子里面穿的棉大衣一抛，扔进了垃圾堆，彻底告别了看守所。

袁大头被抓后，省局袁副局长表示了高度关注，市局皇局长把情况向袁副局长汇报后表态说："领导放心，我们会尽快处理好。"

袁副局长说："锅县的那个局长是不是协调能力有问题呀，你们市局用这种人自己也很麻烦的。"

一句话，已经对马千里盖棺论定。

易凡夫打电话给欧阳馨，问她是否在花溪楼，欧阳馨说在，易凡夫说："你不会出去吧？下午我过来，有点事。"

欧阳馨说："要不要搞个仪式，夹道欢迎？"

易凡夫呵呵一笑道："那倒不必，太隆重了，低调点好。"

两人在电话里调笑了一回。

下午，易凡夫到花溪楼酒店时，欧阳馨正在办公室等他，欧阳馨问："有什么事啊？这么慎重。"

易凡夫说："我把从办公室出来以后签的单子拢一下坨，要过年了，还是不要拖到年后。"

欧阳馨说："好解决吗？要不公司帮你解决吧。"

易凡夫说："先统计一下吧，看有多少。"

欧阳馨要财务人员把易凡夫签的单子拿过来，平时签的时候不觉得，算总账已经有 10000 元出头了。

易凡夫给粟晓阳打电话说："我在花溪楼还有点单子，分局帮我解决一部分？"

粟晓阳问："有多少？"

"你那里解决三千吧。"

"行。"粟晓阳爽快地答应了。

接着他又给潘必成打电话，说："我在花溪楼签的单，帮我消化三千，剩下的四千多你给王超前说一下，要他结完。"

潘必成答应了。

易凡夫对欧阳馨说："要餐饮部把我签名的码单重新誊抄一份，分局来买单时给抄的单子，我的签名是不能报销的。"

欧阳馨笑着说："我会吩咐的，我的这些人都很精明，一点就通。"

接着，欧阳馨又问："前不久，乐组长出事了吗？"

易凡夫说："你听说了？单位上的事，与他个人没什么关系。"

"检察院的几个人来这里吃饭时说的,说乐组长很强硬,跟办案人员对着干。"

"是啊,乐组长如果不是考虑怕对单位不利,还会更强硬,他个人光明磊落,不像有些当领导的,心里阴暗,行事也见不得阳光,他是个好人。"

"从来没见你这么高度评价一个领导。"

"我只是代表老百姓的心声,上级领导的评价才有用。"

欧阳馨说:"你误解我的意思了,我是说你还是个有傲骨的人,但对乐组长却这么佩服,说明他是真的不错。"

易凡夫说:"你接触过,对他印象怎样?"

"蛮好。"

俩人闲扯了一会儿,易凡夫问:"今年春节怎样安排?"

欧阳馨说:"我正准备告诉你,伯父、伯母的身体不太好,我要去澳洲看看他们。"

"手机开个国际长途吧,好联系。"

"要联系干嘛,相见不如怀念。"

易凡夫明白,欧阳馨是在说他很久没来了。

他关上办公室的门,抱住欧阳馨,在她耳边轻声说:"有时候,怀念不如相见。"

说着,吻住了她的耳垂。她像被电击一般,怔在那里,宽大的老板桌成了战场,她强忍着欢愉,把所有的声音都闷进肚子里。事后,她的办公室弥漫着荷尔蒙的气息。

她用抽纸清理了一下自己,说:"讨厌!好脏。"

把钥匙递给易凡夫说:"你先去别墅,我安排点事就来。"

欧阳馨叫餐饮部送了几个菜到别墅,两人边喝酒边聊天,一夜温存自不必说。

几天后，王超前给易凡夫打电话，告诉易凡夫说花溪楼所有的单子都结完了，易凡夫在电话里淡淡地说了一声"谢谢"。

欧阳馨在去澳洲前，要易凡夫请刘开智、于圆圆和姚鲁吃饭，易凡夫联系后都表示要为欧阳馨送行，几个人在花溪楼聚会，欧阳馨很动情地敬大家，语言和行为有一种永别的感觉。易凡夫发现了异样，不好问，只盼着快点结束饭局后好向欧阳馨讨个明白，但欧阳馨还安排了唱歌，快过春节了，大家都没什么事，玩得很嗨。欧阳馨自己主动点了好几首，大都是宋祖英、张也原唱的歌曲。她的音质特适合唱两人的歌，听了让人有听原声的感觉，中间还有一首《让我再看你一眼》，很明显是倾注了深深的情感。

刘开智问易凡夫是不是欧阳馨有什么事，易凡夫说："不清楚，没听她说，应该没什么事。"

欧阳馨把自己点的歌唱完后，拿着话筒说："这次去澳洲，时间比前年要长一点，估计要到五月份才回来，所以请大家聚一聚，没别的意思。"

欧阳馨留大家住在宾馆，大家都不住，只有易凡夫送走几位后，跟着欧阳馨回到了别墅。

易凡夫总觉得欧阳馨有什么事瞒着他，一定要问个明白，欧阳馨只告诉他，伯父病了，她心里很牵挂，想尽快回到澳洲，照顾老人。

欧阳馨问易凡夫是否还有兴趣喝点红酒，易凡夫点点头说："陪你，美女。"

欧阳馨很兴奋，酒精让她面色微红，迷离的大眼睛有点色色的，那种神态有一种易凡夫从没见过的风骚。

她靠在他的肩上说："这次分别时间太久，我不能控制我不想你，但是远在天涯，山水相隔，所以要你今晚好好陪我。"

易凡夫捧着她的脸，凝望着她的眼睛，说："不管蓬山几万重，我的心一直会陪着你。"

一夜的疯狂，都是欧阳馨在主动，她一次次索取，他一次次给予，没有被干扰的二人世界是多么美好，可惜春宵苦短，不知不觉就已经天亮了。

易凡夫去上班前问欧阳馨："什么时候动身？火车还是飞机？"

欧阳馨说："今晚的火车到深圳，明晚从香港走。"并对易凡夫说："你不要管我，没什么行李，要小熊送一下就行了。"

易凡夫点点头说："宝贝，等你回来。"吻别了她。


市局党组对马千里已经失去了信任和耐心，他在上位之前的信誓旦旦已成空谈，春节一过，市局就宣布刘拥军为常务副局长、党组副书记，很明显是要准备接班了。

当市局一位领导询问马千里时，马千里说："拥军太年轻，我怕他放得开，收不拢。"言语中有不愿放弃手中权力的期待。

市局领导说："要给年轻人一个展示的平台吧？"

马千里很有一种紧迫感，知道自己在政治舞台上没有太长的时间了。果然，四月底，市局通知他，刘拥军接任局长，他任专职党组书记。对权力的欲望能让人挣扎，就像快要被淹死的人抓住了河中的一块小泡沫板，明知不能承受身体的重量，却还要拼命地扑腾。在五一放假前，他召开了一个分局长会，强调要发挥党小组的战斗堡垒作用，分局长们当时还云里雾里，五一假期之后的第一天，五月八日，在全局干部大会上，市局宣布了人事决定，才明白马千里强调战斗堡垒的意思，地税局历来都是局长负责制，马千里的强调等于白说。

刘拥军担任局长后，马千里又有点恢复到严俊当局长期间的状态，总想着掣肘刘拥军，刘拥军可不像严俊那样软弱，对征稽所的处理就是先例。他向市局汇报，要求市局尽快免掉或调走马千里，自己好开展工作。市局也没位子给马千里安排，但锅县地税局的工作还得继续，所以，六月初，免职文件就下来了。当马千里看到文件时，心里一阵悲凉，事前一点消息都没有，相比铁月皓和严俊，自己在市局领导的心中更不值钱。

当易凡夫从办公室窗口看到走出地税局大门马千里落寞的背影时，想起了老家山神庙被山洪冲垮的情形，竹底泥塑的土地老爷子，只在水中漂浮片刻，便被洪水冲得无影无踪了。此刻的马千里就像泥塑的土地老爷子，免不了灭顶的命运。易凡夫心里忽然有一种可怜他的感觉，转而又想到他对自己的打压，心里又有一种报复成功后的快感，虽然免职决定不是自己签发的，他轻轻地吟着："青山遮不住，毕竟东流去。"

五月八日，易凡夫把茶具和笔墨都收捡起来，并不是害怕什么，而是要表明态度。

借这次人事变动，市局把锅县地税局的班子配齐了，从锅县提拔了一位分局长进班子，从外单位调入一位副局长，从市局机关下派一位副局长，搭建了一正三副一纪检组组长的格局。

市局定县局的盘子，县局定中层的盘子，因为提拔了一位分局长，免掉了周名扬，还有监察室周主任和人事科的龙科长已到龄，需要递补，锅县地税局又有了人事变动的机会，位子多，很多人都跃跃欲试，刘拥军说："组织业务考试，按考试成绩一比三的比例入围，市局有规定，凡提拔必考。"

易凡夫也进了考场，同样也是表明态度，支持县局人事改革。不过他只写上自己的姓名，胡乱做了几个选择题就出考场了，因为不爱学业务，所以这种考试肯定不行，他不想浪费自己的感情。考试成绩没公布，只公布入围的人，竞争演讲也没公布打分，刘拥军吸取了马千里的教训，把主动权牢牢抓在自己的手中，从后来的解密知道提拔的四个正职中综合成绩第四名被第五名挤掉了，这充分体现了民主集中制原则。

小张和小李也参加了竞争，易凡夫依然为他们润色稿子，可是两人都没上，改革结束后，三人聚到一起小酌，不免谈论起这事，俩人说谁谁谁上料到了，谁谁谁上没料到，谁谁谁不应该上。

易凡夫说："你们看问题还有点浅，这次上的主要还是看资历。"

俩人一思索，真是这样，不过对个别人的提拔表示不理解，易凡夫说："领导用人，有自己的需要，既要干实事的人，也要吹吹拍拍的人，既要把工作任务完成，也要听到让自己舒服的颂歌。"

易凡夫眠了一小口，接着说："考试，就是排除掉像我一样有资历而没学问的人，论资历，就是排除掉像你们一样资历较浅的年轻人。"

俩人听易凡夫说得有道理，连连点头。本来还有点想法，但对比易凡夫，就什么想法都没有了。

易凡夫说："我把领导选人、用人用两个成语简单分了一下，任人唯贤和任人唯亲。一种是既贤且亲的人，是领导最喜欢的，也是最好用的；二种是只贤不亲的人，领导会有选择性地用，在有艰巨任务时，这种人肯定跑不掉；三种是只亲不贤的人，领导需要这种人在身边转悠，和珅就是很好的典范；四种是不贤不亲的人，这种人是挨批评被淘汰的对象，是那只吓唬猴子的鸡。"

易凡夫举了一下杯，又说了一个官与菩萨的比方。他说："我把官比作菩萨，有好官，有不好的官，就像菩萨有不同的材质一样，有贵重金属黄金、紫铜做的，有木雕的，还有泥捏的。放在供桌上，都是菩萨，人们膜拜的时候，虔诚态度是不同的，各种菩萨的结局也是有区别的。有些当官的人，自带光环，言行展现出高尚的人格，让老百姓景仰；另一些当官的人，从骨子里坏，遗祸老百姓，总有一天会被愤怒的老百姓从供桌上掀下来，敲碎了再踹上几脚。"

易凡夫的神侃把俩人忽悠得一愣一愣的，小张说："易哥，你真的是个人才。"

易凡夫摇摇头说："我不是什么人才，只是对生活的一种理解和总结。"

欧阳馨已经从澳洲回到锅县了，准确地说回到了花溪楼。同来的还有澳洲总公司的财务老总，一位年过五旬精明干练的旅澳华侨，受董事会的委托，来中国对旅游公司的账务进行审计。她和欧阳馨一起找了一家审计事务所，由第三方来执行。欧阳馨把她安排在自己住的别墅里起居，经常陪她在桃林散步，财务老总看着这遍地的桃林，满山的绿树，水库的水洁净清澈，把山影树影都纳入怀中，满眼全是风景。兴奋地对欧阳馨说："这么个好地方，难怪你愿意常年在这里。"

欧阳馨说："距这里仅仅二十公里的邻县景区大门有一副对联：'红树青山斜阳古道，桃花流水福地洞天'，描绘的就是我们这里，董事长的老家也距这里不远，他的投资决定是带有故乡情结的。"

财务老总说："我的祖籍在内蒙，茫茫大草原，一望无边，孕育出的都是像我一样粗犷的女汉子，只有江南灵秀的山水，才能产生像你这样的温婉美人。所以一方山水养一方人。"

老总流连忘返，乐不思澳了。

这期间，因为要陪老总，欧阳馨很少跟易凡夫见面，易凡夫因为局里的一些变动，也很少去花溪楼，两人只是信息联系着。一天，易凡夫没什么事，一个人开车去花溪楼，把车停在停车坪后，给欧阳馨打电话，欧阳馨在办公室，她说："我在陪审计组，没时间接待你。"

易凡夫说："你把窗户打开，让我看看你。"

欧阳馨打开窗，探出半个身子，见易凡夫坐在车里，两人相视一笑，欧阳馨在电话里说："这种方式很好，以后可以延续，呵呵！"

易凡夫说："好啊，美人倚窗，画面优雅，你忙的时候我就这样见你。"

"还有一个月。"

自那以后，只要有时间，易凡夫就给欧阳馨发个信息告知，欧阳馨总是在办公室的窗口等着，两人边遥望着，边通着话，着实浪漫。


刘拥军集党政一把手于一身后，开始推行他的施政方案。他是个有远大抱负的人，自从参加工作就一直韬光养晦，等待着这一天。进入县局党组后，他看清了全局历史以来的积弊。比如一分局收入任务盘子过大，尾大不掉；比如干部队伍的潜能一直未被有效激发；比如取消代征员后干部私自聘请；比如行业税收管理混乱。他决心把这一切都要扭转过来，让锅县地税局而今迈步从头越。

一天下午，刘拥军给易凡夫打电话要他去局长室，易凡夫到后，刘拥军对他说："你是学历史的，说说中国历史上关于治理国家的一些典故听听。"

易凡夫摸不清刘拥军是什么意图，问："具体的还是抽象的？全面的还是个体的？"

"都说说，随便扯谈。"

易凡夫说："刑新国用轻典，刑乱国用重典，刑平国用中典。"易凡夫停了一下说，"像萧规曹随主要是让老百姓休养生息从秦末的战乱中恢复过来，像明朝初朱元璋就是用严格的处罚来矫正吏治，转变社会风气。因时而异，因事而异。"

"你是个老人了，觉得局里现在处于什么状况？"

"乱国与平国之间吧，偏乱。"

刘拥军点点头，表示有同感。

前几任局长在任期间，锅县地税局在市地税系统是出了名的落后，一次，一位兄弟县局的局长说要到锅县学习，市局一位领导说："去那里能学什么？"在全市地税系统成为经典笑谈。几任局长都把责任往干部身上推，一开口就说干部素质差，全不想自己带队的能力、水平。说多了，干部自己也觉得自己不行，工作疲沓，作风懒散。刘拥军决定以干部队伍素质为切入点，践行自己的方案。

刘拥军拟从三个方面激发干部队伍潜能。一是狠抓业务学习，不间断的培训，不定时的考试，不通知的比武，多管齐下，全局干部的业务素质整体提高了几个档次；二是提高干部福利待遇，加大奖惩力度。当头的只顾及个人利益时，就把老百姓的利益置之度外甚至搜刮老百姓，刘拥军年轻，有鸿鹄之志，所以自己不贪不占。全市干部福利待遇普遍提高了，特别是市区的几个城区局，年收入已经有 8 万元以上了，而锅县局还在 3-4 万元徘徊，惹得锅县干部议论纷纷。刘拥军一上位，就要计财科清理家当，查找相关文件，大幅提高干部收入。对干部参加注册会计师、注册税务师的学习、考试开各种绿灯，对考过的给予重奖，进一步刺激干部的学习兴趣。对年终评选出来的先进工作者、优秀税收管理员给予重奖，弘扬敬业精神。对好人好事给予奖励，弘扬正能量。对违规、违纪、工作不作为给予重罚，以达到惩前毖后的效果；第三个方面也是最重要的方面，市局每次干部遴选，备选对象都是在城区的几个分局，城区被锅县紧紧包围着，但锅县一直不能享受城区待遇。刘拥军专门向市局皇局长做了汇报，请求市局考虑。

皇局长说："市局的遴选，还考虑到家属调动问题，家属是内部的干部还好处理，如果是外单位的人，市局就给自己添麻烦了。"

刘拥军说："锅县地理位置特殊，我们有很多干部都住在市区，不需要考虑家属调动。另外，还有一批年轻的干部，未婚，没有拖累，完全可以参加市局遴选。"

皇局长听了，也觉得有道理，在市局党组会上提出来，得到所有市局领导的认可。刘拥军把这个消息向干部通报后，干部们觉得有奔头，于是更加努力学习，机会总是留给有准备的人，在随后的市局遴选考试中，锅县的年轻干部入围十人，选上六人，成为市局历史上从一个基层县局进人最多的一次。锅县前几任领导说的干部队伍素质不行的说法被全盘否了，反过来看，还是领导的思路不行，观念陈旧，同样的人，呈现不一样的状态，外环境起到重要作用。

锅县地税局有人说："一些优秀的都调走了，今后的工作怎么开展？"

刘拥军说："一个平凡的人通过学习可以变优秀，一个优秀的人不学习，不与时俱进，也会变平庸。我预测，锅县地税局的优秀人才会不断涌现，锅县地税局的前景一片光明。"

这些措施一实施，锅县地税局立刻有了天翻地覆的变化，那些受处罚的人，被罚掉年收入的10%，也是很大一笔钱，有的人心疼了，痛改前非，有的人认为刘拥军心太毒，罚款太重，但也是敢怒不敢言。

易凡夫只是对遴选感到有些遗憾，自己一直想往上调，但是年轻时不考试，只讲关系，自己没有一丝一毫关系；现在通过考试选拔，但自己年龄又超过了，这是天意，命中注定。

通过提升素质，一大批年轻人脱颖而出，席娟，是年轻人中具有代表性的。一个没有背景、没有关系的农村女孩子，通过自己努力考上税务学校，毕业后分到地税局，又通过学习考上了注册税务师和注册会计师，竞争上岗时很顺利地走上了中层副职的岗位，接着又被市局选调。易凡夫联想到小王辞职，也只有短短五六年时间，时移世易，风云突变。小王也是很优秀的，但是不用你，你有天大的本事又何如，还要被那些无德无才的人如黄金求之流指手画脚，当然会萌生去意，当时小王可以很豪迈地说声：此处不留爷，自有留爷处。如果小王坚持一下，忍耐一下，现在也应该有所出息了。易凡夫替别人想了很多，回想自己在地税局近二十年，年龄已到不惑，可是自己的惑还太多，有时迷茫，有时彷徨，有时黯然。但一想到自己是来自农村，与儿时的伙伴们一比较，自己还混得人模狗样的，心中顿时有了一种满足感，恨不能像阿Q那样高唱一句：除尽奸贼庙堂宽……

小妹新荷回来了，她中专毕业后分到省茶叶公司，本来应该一级分配到省棉麻公司的，可是被别人把指标占去了，平民老百姓无任何能力抗争，只能默默忍受。她的男友杨李是中专同系的同学，校学生会主席，毕业分配到省烟草公司，也被有关系的人挤掉了。两人一商量，决定自己在省城创业，于是杨李辞职开了一个会计公司。这次回来是准备婚事，要征得父母的同意。

易凡夫对小伙子印象很好，把小两口请到花溪楼吃饭。新荷对易凡夫说："大哥，以前我们都好佩服你，现在你在小县城，眼界不开阔，思维不开阔，建议你出去看看，即使你安于现状，也应该有不同的感受。"

易凡夫觉得新荷已经很成熟，接受了新荷的建议，说："确实，在这里像井底之蛙，只看到头顶那片小天，公务员身份束缚了自己，年龄大了，也没什么斗志了，但开阔眼界是可以的。"

易凡夫把车给杨李，方便他们回乡下。

新荷问："这是谁的车？"

易凡夫说："朋友的，放在我这里。"

这时，欧阳馨来桌上打招呼，易凡夫介绍了双方，欧阳馨说："妹妹来了，易主任要早通知啊，这次归公司买单，不要说多话了。"

见欧阳馨态度明朗，易凡夫也就同意了。

送走了新荷，易凡夫回到宾馆，谢过欧阳馨，欧阳馨说："谁跟谁呀，不要这么客气。"

易凡夫乘机问她："这次审计是有什么变故吗？"

欧阳馨说："例行审计。"

易凡夫点点头，说："公司的运作没问题，前景很好。"

欧阳馨笑着说："要看是谁在运作啊。"

易凡夫说："谦虚点好不好。"

两人说笑了一会，易凡夫要小熊送自己回家。

新荷的话提醒了易凡夫，易凡夫觉得有必要带鸣鸣出去玩一玩了，自己一辈子浑浑噩噩，总不能让鸣鸣也跟自己一样见识短浅。待鸣鸣放暑假，易凡夫和林丽静请了公休假，三人一起去南方海边画了一个圈。

走之前，易凡夫到花溪楼告诉欧阳馨，欧阳馨眼里有些哀怨，问道："去多久啊？"

"大概一个星期吧。"

"会不方便联系啊。"

"不要紧，跟在家里一样。"

鸣鸣第一次在海边，看到一望无际的海天，一阵阵波浪涌向海滩，兴奋得大叫，直接扑向海水，林丽静拉都拉不住，易凡夫说："别拉，随他去吧。"

鸣鸣冲到深水区，一波浪把他送回来，呛了几口咸咸的海水，对海有点畏惧了，林丽静换上泳装，陪鸣鸣在浅水中玩耍。看到林丽静的背影，易凡夫觉得，那是一个典型对生活操劳过多的中年妇女的背影，她虽然与易凡夫交流不多，但把所有的爱都倾注在鸣鸣身上，自己可以不吃不穿，鸣鸣对生活的要求只要不过分，她都满足，是一个合格的母亲。易凡夫想到自己既没有给这个女人物质上的幸福，也没有心灵的契合，心里有一种浅浅的歉意。

这时，手机响了，易凡夫一看，是欧阳馨打来的。

欧阳馨问他："在哪里玩？"

易凡夫说："在海边。"把手机对着大海，大声问："听到涛声了吗？"

欧阳馨在电话里显得很落寞，说："我又见不到，没什么意思。"

易凡夫说："下次我们一起看海。"

欧阳馨在那头叹了一口气，把电话挂了。

易凡夫在心里把欧阳馨和丽静做了比较，她们是不同风格的女人。老师的训诫犹在耳边，他不想再伤害林丽静了，但不知道怎样对欧阳馨说。


三季度，是税务部门休整的时间，大部分的人休公休假都在这个时候，孩子放假了，可以带孩子出门，县局各项工作慢慢恢复到正轨上，已到九月初。刘拥军把收入进度表仔细看了一遍，全局的进度还可以，八月底结账只差三个百分点。常务副县长和财政局长来到地税局，要求地税局超收1000万元。这几年，随着经济的发展，各地的地税收入都是呈几何级次增长，锅县地税收入从建局的1450万元增长到接近1亿元了。

刘拥军强调了地税的困难，没答应。

财政局宋局长说："刘局长，困难肯定有，但是潜力也有，你收得越多，分成也越多。"

刘拥军对分成不是很看重，心里对周更三安排检察院整治地税局有想法，虽然客观上加速了马千里的倒台，让自己提前就位，但地税局的面子上也不好看，想找回来。

果然，常务副县长乔大年说："拥军，我们是来打前站的，周更三书记还会亲自找你的。"

刘拥军说："两位领导，地税局的现状是这个样子，超收的额度太大，我答应你们了，最后完成不了，也是空谈啊，周书记来也是一样。"

后来，周更三书记把财政局宋局长和常务副县长乔大年带到地税局，又跟刘拥军谈了一次，刘拥军还是没松口，最后讨价还价，把超收任务定在800万。周书记走之前对刘拥军说："拥军，过去的事永远过去了，人都要着眼未来。"

既然已经对县委县政府有承诺，刘拥军就分配超收任务了。他安排一分局超收600万。王超前马上跳起来了，跟刘拥军吵得很凶，刘拥军当着所有分局长说："这是县局党组的决定，必须服从。"

在刘拥军的高压下，王超前只能接受。刘拥军早就对王超前托大有看法了，决定有机会了要给王超前一点颜色看。

一天，易凡夫正在街上走着，一台小车慢慢在他的身旁随着，副驾驶位的玻璃缓缓下来，探出一个头叫道："真的是你哦！"

易凡夫定睛一看，是大学同学钟沁众。

钟沁众下车拉着易凡夫的手说："看背影很熟悉，我叫司机开慢点，果然是你。"

易凡夫很意外，说："你不是在深圳吗？怎么回来了？"

钟沁众把易凡夫拉到一个茶楼里，说："说来话长，我在做江南市场的加层。"

"江南市场加层是你做的吗？做工程？"

"不是，是做投资。"

"是吗？不错啊，总投资1亿多吧？我看到报税务的资料。投资方好像是一个信息工程公司。"

"那是我的公司。"

"哦。"

"我的一个合伙人跟政府扯上关系后，接下了这个项目，开始向我报告说只要几千万，后来摊子越铺越大，我把公司的流动资金都抽完了，还贷了 7000 万。现在自己公司的运营都有点问题了。"

"十多年不见，你搞这么大的事了。"

"现在很麻烦。"

易凡夫喝了一口茶，问："工程快完工了吧？"

"主体工程已完了，现在正和银行协调商户的按揭的事。"

"你来这么久了，没跟我联系？"

"都是合伙人在操办，只是银行这一块搞不定，我才回来的。"钟沁众边喝茶边忧心忡忡地对易凡夫说："销售形势不好，很多门面只能出租，贷款利息负担太重。"

他边摇头边叹气。

易凡夫说："你早告诉我，我会建议你不做。"

坐了一会儿，易凡夫要回局里，钟沁众说："有空了约老师和同学聚聚？"

易凡夫笑着说："衣锦还乡了，你当然要主动约一下。"

钟沁众对易凡夫挥了挥手，苦笑了一下。

江南市场是锅县的一个工贸市场，初始时是几个小商小贩自发地在跨江大桥的桥头一块空地上卖服装和小商品形成的，后来发展得越来越好，那点地方已经不能满足市场的需求了，县政府对市场进行了统一规划，建设了江南市场，辐射到邻近地市和邻省，市场主要以经营服装和小日用品为主，市场显现出欣欣向荣的景象。政府意识到还要扩大规模，但是再征地也不容易，且会分散市场的人气，于是决定引进资金在市场原有的基础上加层，易凡夫的这个同学接了这个项目，却有了一个心病。

转眼就到年底了，市场的生意特别好，熙熙攘攘的购物人群，让市场拥挤不堪，在市场的经营者却高兴异常，今年一定有一个好的收获。

可是，一场灾难不期而至，那天中午，从市场的一角冒出一阵烟，不久之后慢慢扩大，市场有了明火。离火近的经营户见势不妙，马上逃离，边跑边呼喊："起火了！快跑！"

离得远的经营户和购物者还在观望，市场的烟越来越浓，所有人像潮水般涌出市场。有人给消防队打了报警电话，县消防大队的两台消防车到市场后，望火兴叹，真正体会到杯水车薪的感受。荆北市委、市政府接到警报后，调集了全市所有的消防人员和消防车，并请求邻市支援，可是火魔的肆虐让消防战士无能为力，几个小时就把整个市场吞噬了，当时的天被黑烟笼罩，白天如黑夜。县委书记周更三当场流泪，一方面是为县委县政府费尽心血的市场，另一方面应该是为自己的仕途。大火之后，进市委常委呼声很高的周更三引咎辞职，市里派了一位市委常委来锅县代县委书记善后。消防调查火灾原因是电路老化起火，但是市场管委会在对经营户收取的保险费中截留了90%，保险公司只按实际保费支付，在经营户中起了轩然大波。市里给保险公司做工作，要求保险公司多付点赔款，以安抚经营户，县里撤掉市场管委会主任，追究其刑事责任，抓了人。发生这么大的事，总要有几只替罪羊被宰杀，何况这个主任口碑不怎么样，经济上不清不白，集体贪污保费就是他拍的板。

县里召开全县各科局的一把手会议，要全县所有单位有钱出钱，有力出力，共渡难关。刘拥军在会上表态，在原有超收基础上再超收500万，以解政府燃眉之急，大出风头。

代县委书记说："各单位都要像地税局一样，有高姿态，下大力气，确保稳定。"

刘拥军表态后，回到局里，马上做安排，一分局又加了300万任务。

王超前说："我不当这个分局长了。"

刘拥军说："行，把任务完成后我批准你辞职，任务完成不了就撤你的职。"

刘拥军觉得要削弱王超前的权力才能杀灭他的威风。

市场起火的时候，易凡夫第一时间给钟沁众打电话，问他是否知道了这个消息。钟沁众回答说合伙人已经告诉他了。

易凡夫问他"这么大的损失，你投保了吗？"

钟沁众说："没有啊，谁知道会起火啊？"

"你现在在锅县吗？"

"在深圳，晚上的飞机赶回来。"

"回来了你还要处理这些事，有空了聚聚。"

"好的。"

欧阳馨给易凡夫打电话问："市场起火了？"

"是啊，天空被烟笼罩，一片漆黑，像夜晚。"

欧阳馨说："这下政府损失大了，不知道有多少人要受牵连？"

易凡夫问："不会牵涉到欧阳县长吧？"

欧阳馨说："我怎么知道啊，但愿不会。"

易凡夫说："建市场时欧阳县长是副书记，没分管，我想应该不会受牵连。"

易凡夫心想：一场大火，烧掉了很多东西，或许会掩盖很多罪恶，或许会暴露很多罪恶，当老百姓的不想看到这种惨象，当官的更不愿看到这种不可控的局面，他们会有很多麻烦的。

县里把受损失的经营户集中起来，搭建临时市场，让他们有暂时的经营场所，趁年关多做点生意，减少损失，最重要的是经营户不要去上访，大家先过个安静年。

春节快到了，易凡夫抽空带林丽静和鸣鸣回了一趟老家，看望了父母亲。

回来的路上，他对林丽静说："几个大学同学约好了，春节期间去海南聚会，你就带着鸣鸣在你父母那里过年吧，我们多买点物资去。"

林丽静问："团年饭都不吃吗？"

"应该是腊月二十七左右出发，正月初几回来。"

向家里请好假后，易凡夫打电话告诉欧阳馨，说要践行一起去看海的承诺。另外，易凡夫也想借机会跟她谈谈，有些事正如老师说的，要做个了断了。

欧阳馨很高兴，把公司的事情安排好，两人各自乘飞机，在腊月二十七先后到达海口。

海南的冬天很暖和，这个中国南方的海岛，有一种天然的妩媚。一下飞机，易凡夫就嗅到一种淡淡的海腥味，这在其他的海边还没体验过，"是情欲的弥漫吧。"易凡夫心想。

在市中心选定了一个宾馆，易凡夫在房间里等着欧阳馨。电视里的节目没什么有吸引力的，易凡夫胡乱调着频道，终于，手机响了，欧阳馨乘坐的飞机到了，易凡夫把宾馆的名称和房间号告诉她，要她自己打的过来。

两人在宾馆上网查了海南的旅游攻略，决定先去宋庆龄的故乡文昌。

文昌在海南省的东边，是个县级市，小城就在海边，躺在椰树下，听着海涛，甚是惬意。或许是春节期间，又或许是个小地方，游人不多，易凡夫下到海里，海水还有点凉，他向欧阳馨招手，欧阳馨也下海了，两人牵着手向大海的深处走去，易凡夫对水有一种天然的亲近，从小在家门前的小溪里摸爬滚打，练就了一副好水性，欧阳馨从小娇生惯养，虽然老家有条大河，但她一直在城里生活，没接触水，是典型的旱鸭子。她搭着他的肩膀，任由海浪把自己漂浮，易凡夫像一棵大树，牢牢地立在海水里，目光遥望着海天相接的远方。

在海水中嬉戏，激起了欧阳馨童心，她把海水捧起来，淋在易凡夫的头上，易凡夫眼睛看不见远方了，索性把眼闭上，一头扎进海水里，一口气潜去十多米，在水下屏住呼吸，好一会儿不见出水，欧阳馨吓坏了，大声呼叫他，眼里满是泪水，正害怕，突然易凡夫钻入她的双腿间，把她从水里一下扛起来，她被吓得失声尖叫。

易凡夫把她放到水里后，调戏她说："幸好没人，太不淑女了。"

欧阳馨依偎在易凡夫的怀里撒娇道："这么吓我，能淑女得了吗？现在淑女了吧？"

说完，她闭上眼睛，噘着嘴，等着易凡夫来亲吻，易凡夫说："来人了。"

说着跑开，欧阳馨睁眼环顾，发现易凡夫在骗她，追着易凡夫，四溅的水花见证了两人的快乐时光。

来到三亚是年三十了，越靠近赤道越热，虽是北半球的冬天，但这里温度也高达30℃，文昌的海水让人有凉意，这里的海水给人的感觉就是凉爽了。不愧是国际旅游胜地，这里的游客和避寒的人很多，特别是西方国家的人们，他们是不过春节的，在这美丽的海滨城市，享受着暖暖的阳光和美景，自己也成了中国城市中少见的一道风景。

西方的女孩很开放，大街上，海滩上，常有着泳装和比基尼的美女，很炫目。

欧阳馨问易凡夫："是不是乱花迷了眼睛？"

易凡夫说："哪能啊，有你这朵花在身边，其他的花都黯然失色。"

"就会花言巧语，言不由衷吧？"

"我花开后百花杀。"

"什么？把我比作路边的野菊花，我宁愿做凌霜傲雪的梅花。"

"哦，已是悬崖百丈冰，犹有花枝俏。"易凡夫忙把伟人赞美梅花的诗句说出，免得欧阳馨不高兴。

在南山，欧阳馨很虔诚地拜佛，易凡夫本是无神论者，只在寺外看着香炉中轻轻飘起的烟，眼前一片虚无。

欧阳馨出寺后，易凡夫问她："许了几个愿？"

"三个。"

"许的什么愿啊？"

"第一个是祈求伯父伯母身体安康。第二个是我们永远快乐，第三个不告诉你。"

"不说就不说，南海观音知道。"两人远远望着海中的观音雕塑，沐浴在佛光中。

欧阳馨对易凡夫说："回去前要不要看望你的女同学？"

易凡夫侧头看看欧阳馨，说："算了吧，我跟她关系并不深，你不要疑神疑鬼。"

"她接过我啊。"

"那就去吧，他们也可能回老家了。"

"才不去呢，不给你机会。"俩人边斗嘴边享受着海风的抚慰，洋溢着同行的愉快。

正月初二，易凡夫给姚鲁打电话，姚鲁在机场接到他们，把欧阳馨送到花溪楼后，易凡夫和姚鲁去到易凡夫的老家，易凡夫给父母亲一些从海南带回的水果，把父母亲为姚鲁父母亲准备的腊味捎上车，回到了县城。

在飞机上，欧阳馨对易凡夫说了实话，原来伯父的病已经很重了，两老对她恩重如山，她实在放心不下，决定回澳洲专门陪伴照顾老人，前面的审计是为了理清账务，南方文化旅游集团公司是深圳的一家专门经营旅游产业的上市公司，有收购桃花溪旅游股份有限公司的意向，欧阳馨作为公司全权代表，要与南方文化旅游集团公司谈收购事宜。

易凡夫问："时间长吗？"

"基本方向定了，具体操作三到五个月。"

"完了就去澳洲了吗？"

"是啊，伯父卧床，请的保姆，我不放心。"

易凡夫没说话了，他本来准备在这次旅游后做个了断的，现在不需要自己说出来，如释重负。他闭上眼睛，感觉自己像对欧阳馨有一个重大的阴谋，有点羞愧，有点挣扎。

上班前几天，易凡夫处理了一些琐事，做好上班的准备。上班后不久，钟沁众给易凡夫打了个电话，请易凡夫约老师和同学们一聚。

易凡夫问："有邀约名单吗？"

"没有，你约吧，把城区和锅县的老师同学都约上吧。"钟沁众的话音显得很高兴，"要不把能来的同学都叫上？"

易凡夫说："行。"心想，钟沁众啊钟沁众，你真是有个大心脏吧，出了这么大的事，还这么淡定。

春节后刚上班，一般单位上的事情不多，教育战线的同学还在假期，总共来了二十几位老师、同学。易凡夫帮钟沁众在花溪楼订了一个大包间，钟沁众要司机从车上搬下来两件白酒，两件红酒，对易凡夫说："今天高兴，兄弟姐妹们好好喝几杯。"

易凡夫也不知道他为啥高兴，两人进包间时，已经有老师和同学在那里了，钟沁众——打招呼，边等没到的人。

所有人到齐后，钟沁众举着酒杯，颇有豪情地说："感谢大家的光临，感谢大家给我带来好运！"

仰头一饮而尽。接着，他告诉大家，市场火灾后，他以为自己踏入了泥沼，永远没有翻身之日。从深圳飞回来后，他才想起要财务查了总公司的保险合同，财务向他报告保险合同包含了分公司和投资权益。让他有了柳暗花明又一村的爽快。年前年后他主要是跟银行和保险公司处理善后事宜，直到昨天，才基本忙完。他如释重负地说："谢天谢地！"

在座的除易凡夫外，都不知道市场加层是他投资的，听了他的叙说，纷纷向他表示祝贺，钟沁众频频起立举杯答谢着，坐在他身边的易凡夫在热闹的气氛中陷入沉思：你是谢天谢地了，可市场上那么多受损失的经营户怎么办？后来又想，他也是受害者，何况还吃着人家的，喝着人家的，却腹诽人家，自己也太不地道了吧。于是回过神来，融入到更热烈的气氛中。


上班后一周，刘拥军开了一个党组会，把三个税收规模较小的农村分局合成一个分局，把一分局一分为三，一个行业管理分局，一个大企业分局，一个个体分局，为了照顾王超前的面子，定他为行业管理分局局长，但是县局安排一个副局长专门分管、协调，彻底削掉了王超前的权力。

刘拥军想听一听群众的反应，三月八日，他把全局的女同志请到花溪楼，为她们过节。

席上，他的高中同学肖依虹说："刘局长，这次的征管范围划分，我觉得蛮好的，把任务压力分解了，以前我们忙的人会忙死，闲的人会闲死。"

刘拥军问："这是代表原一分局所有干部的想法？"

肖依虹说："大部分人都觉得分开了好，也有以前不干事的人，突然有了工作压力，不适应，慢慢就会好的。"

在座的除肖依虹外，还有几位原一分局的女同志，她们都赞同肖依虹说的，刘拥军很高兴，端着酒杯说："干杯！"

肖依虹不答应，她说："一杯酒干什么？要干就干一瓶。"

一口干一瓶红酒，不大喝酒的刘拥军有点难，但见所有女同志都看着自己，他接受了肖依虹的挑战，一口气喝下了一瓶红酒，不等酒劲上来，他就离席回局机关了。

王超前明白刘拥军是在找自己的麻烦，但是人家是一把手，他无可奈何，只能伺机稍作反抗，但毕竟实力的悬殊摆在那里，他过去一家独大的风光也不再，想在仕途上进一步更无可能，夹着尾巴做人是他最好的归宿。


临时市场就搭建在原市场外的街道上，眼看着大火后的残垣断壁，守望着来市场稀稀拉拉的购物者，经营户的心在流血。本以为趁年关可以小有收成，可那场无情的大火，烧掉了他们赖以谋生的市场，也烧掉了希望。自从火灾后，经营户原有的老客户纷纷寻找新的货源，一时间，临时市场有门可罗雀的荒凉。反正是生意不好，经营户们无事可做，对政府的怨恨不断积累，再加上市场管委会贪污代收的保费致使保险赔偿一直不到位，终于，市场的经营户们自发地组织了上访团，直接到省里和北京去了。县委、县政府接到消息后急了，派人把上访的经营户接回来，然后给各科局、各乡镇分配任务，给上访人员做工作，如果哪个单位负责的上访对象再上访，免除该单位一把手的职务。这道死命令一下，很多单位的一把手都积极行动起来，有的请上访对象吃饭，有的请上访对象的亲戚朋友做工作，目的除了完成上级交办的工作任务外，更重要的是保住自己的乌纱帽。地税局被分配了两个对象，刘拥军打听了一下，那两个人都不是省油的灯。

于是他找到代理县委书记说："书记，我们地税局就不要安排这种中心工作了吧，我们集中精力抓好收入，政府急需的就是钱呢。"

由于在火灾后地税局表态硬，超收任务完成得出色，刘拥军在县领导那里说话很有底气，代县委书记对他印象很好，见刘拥军提出了要求，并以抓税收收入作为回报，大手一挥说："地税局把收入及时搞上来，今后的中心工作除防汛外都可以不参加。"

见书记爽快，刘拥军也表态说："地税局一定会保质保量完成税收任务。"

书记说："关键时候还要有担当。"

刘拥军知道书记说的是年底的超收，说："一定竭尽全力，请县委放心。"

时间在人的感觉中各有差异，对即将长期分离的人来说，光阴似箭，日月如梭。因为欧阳馨要处理公司的事，易凡夫也没怎么打扰她，当全部处理完，已经到了七月初了。在这几个月里，易凡夫不断回忆两人所有的交往。觉得这段恋情就像一场夏雨，来得快，去得疾，淋在身上很凉爽，但是衣服湿了，还是要换掉的。欧阳馨要走，此情可待成追忆了。处理完收购事宜后，欧阳馨因牵挂着两位老人，没有驻留，简单向易凡夫告别一下，飞去了大洋彼岸。只是走之前留给易凡夫一只小手提箱，叮嘱易凡夫保管好。

欧阳馨走后，易凡夫惆怅了许多日，经常魂不守舍，总是在不经意间觉得她就在附近的某个地方。

七月底，于圆圆给易凡夫打了个电话，说孩子们的留学办得差不多了，请他和姚鲁吃饭，易凡夫问她是不是升学宴，她说是，于是他俩接上刘开智，一同到了办宴席的宾馆随喜。于圆圆很忙，跟他们几个人打了个招呼，说："你们找个地方坐，午饭完了留下来。"

下午四人在宾馆的包房里喝茶聊天。于圆圆首先问起欧阳馨，回澳洲了易凡夫有没有联系她。

易凡夫说："她去之后给我发了几条信息，安排了几件事情，然后就联系不上了，不知道是不是换了手机号。"

于圆圆说："我还没来得及感谢她，当然也要感谢刘开智老师跟你们俩。"

易凡夫说："师姐，不要感谢我们，感谢老师就行了。如果没有老师在我们中间，我们还是路人，更不要说帮你了。"

于圆圆说："是啊，开智老师在我的生命中很重要，剃头挑子一头热的爱很贱，我也要走了。"

刘开智问："是去陪读吗？"

于圆圆说："是的，从小到大，没给孩子们一个好的家庭环境，这两年做酒有了些积蓄，给孩子们提供一个好的大学环境也是做母亲的义务。"

刘开智说："也好。"

于圆圆说："当然好，免得我缠着你。"

"没有感情纠葛，也不叫缠，再说，缠着我有什么意义，级别高了，实权没了，要帮你有心无力了。"

"我就是那种认钱不认人的吗？这么久没要你联系业务我也过来了，我对你的感情，对你的爱恋都被你扼杀了。"

在两人面前，于圆圆也不回避自己对刘开智的爱，她觉得马上要天各一方了，她有心向明月，明月不照她，很伤心。刘开智觉得两人虽无瓜葛，但她对自己是一片真心，她的遭遇确实值得同情，也由她说去。

于圆圆动了情，眼眶也湿润了，说："一个女人很难，一个拖儿带女的女人更难，一个离婚又拖儿带女的女人最难。经济上紧张，感情上痛苦，每时每刻都感觉到自己生活在夹缝中，被狭窄的空间挤压得透不过气。我出国，也不一定是好事，在家都要饱尝人间冷暖，在外就更不用说了，或许我是一种逃避，或许对开智也是一种解脱，我不想成为相看两相厌的状态。我要走了，这一去，不知能否有个全尸回来，我做好了一切准备。我会想你们的。"

易凡夫问："酒的业务怎么办？"

"本来准备要我的朋友接手的，但一想，还是要麻烦你们，算了，彻底收手。等我去国外安定下来后，考察一下市场，看看有什么投资不大、比较好做的，再去想。"

易凡夫想：你去国外了，国内的人还是否给面子，不好说，至少自己肯定不会像于圆圆做酒时那么上心，毕竟这些都是要耗费资源的。

于圆圆还有客，对他们说："在这里吃晚饭，晚上可以陪你们喝酒，你们先聊，我去安排，完了就来。"

易凡夫目视刘开智，意思很明显：听老师的。

刘开智说："师姐是真心留你们，就客随主便吧，我们再聊会儿。"

易凡夫跟姚鲁陪着刘开智闲聊着。

刘开智当着姚鲁问易凡夫："总觉得这些年你在工作上没什么成就，这不像你啊！"

易凡夫看了看刘开智说："是的，工作没搞好，更没混个一官半职，辜负老师培养了。"

刘开智说："关键是你要体现自己的人生价值，听说姚鲁进步很大，你要奋起直追啊。"

姚鲁见刘开智表扬自己，谦虚地说："老师过奖了。"但是他话锋一转，对易凡夫说："凡夫，老师说得对，以前我们同学都认为你会很有出息，到今天，你在事业上真说不起硬话。"

"二十三年折太多"，刘开智用白居易评价刘禹锡的诗来评价易凡夫。易凡夫连说不敢，说自己达不到那样的高度。刘开智说："你当然达不到那样的高度，但你要有千帆齐发、万木同春的情怀，不要只看寂寞风光，虚度岁月，一定要脚踏实地，不要随波逐流。"

易凡夫脸红了，他知道俩人最了解他，也能切中肯綮。韶华易逝，人生苦短，四十出头的人了，真的会一事无成吗？他有了焦虑感，有了紧迫感，他不想自己成为一具瞬间化为灰烬的僵尸，他急切盼望着自己有用武之地。

欧阳馨发信息交待了三件事，一是手提箱里有她写的一点东西，易凡夫有空且自己安静的时候再拿出来看；二是车子随便易凡夫怎么处置，与她无关，不需要请示她，也不需要告知结果；三是没有向朋友们告别，请易凡夫解释一下。

老师和姚鲁已经从师姐那里知道消息，不需要解释了，这种关系，本来就在暗处不能见光，没有很大圈子，易凡夫觉得不需要用礼貌展示真相，既然过去了，就让时间慢慢抹去一切吧。

手提箱里有一个很精致的笔记本，易凡夫没有翻开，他知道欧阳馨只给他一个人看，他想等有时间了找一个安静的地方，一个人慢慢欣赏。


一分局一分为三后，王超前担任行业管理分局局长，管的是房地产行业和建筑安装行业，在局里也是有举足轻重的地位的，不过刘拥军专门安排一位副局长分管，就是要掣肘他，他心里很明白，人在矮檐下，不得不低头。他有什么事都向分管副局长汇报，等候指示后再办，他知道他的任何行为都会通过分管副局长传到刘拥军那里，即使有怨恨，也深深埋在心底，自己的年龄也不能像小王那样一走了之，何况除了收税，什么本事都没有，好歹现在还有个位子混着，好死不如赖活着。正因为王超前的示弱，刘拥军才没有赶尽杀绝。当一个强势的统治者在位时，有人想挑战他的权威，绝对是没有好下场的。

大企业管理分局局长由原征管科长曹报恩担任，算是平调。曹报恩上任后把在农村分局的一套管理方法带到城镇来，干部都不适应，慢慢反映也多起来，干部们发现他除了夸夸其谈，其实并没有真本事，于是暗地里称呼他为"草包"，但是，因为曹报恩拿公款巴结领导，在领导心目中印象还可以，所以在市局、县局上层有市场。但是有一些像易凡夫一样能把他看穿的人就对他嗤之以鼻。

虽然很草包，但是也不尽然，在处理分局被盗的事上，他就显示了他的小聪明。那年，县局几个单位的电脑被盗，包括大企业分局。另外的分局长都报告县局，被刘拥军一顿好骂，曹报恩没有向县局报告，指使一名管理员到其管的单位上索要了几台电脑，躲过了这一劫。但是在年终任务完成上就无计可施了，毕竟格局太小，草包就是草包。

别的分局都完成任务了，大企业分局还差上千万，刘拥军没办法了，只能通过政府调控，把行业管理分局所属单位的税款提前入库，总算完成了全局收入任务。

曹报恩虽然各方面能力都不怎么样，但是得志便猖狂，把自己看得很高大，经常挤兑王超前，全不记得几个人一起转引税款共同牟利的事，典型的落井下石。王超前也没办法，对这种人，只能尽量回避，但是在朋友圈中王超前把曹报恩贬得一钱不值，在曹报恩面前，王超前有种虎落平阳被犬欺的感受，但也无可奈何。

动物的嗅觉很敏锐，刘拥军天生是个政治动物，有很强的政治嗅觉。

省局开始做地税文化，提出了全省地税系统的核心价值观。刘拥军马上就开始行动了。他联系了香港一家专门做文化的公司，率先在全省基层地税局开始了文化建设。县局把全县干部组织起来，听文化公司的专家讲课，开展县地税系统核心价值观的大讨论。很多干部虽然云里雾里，也只能按照县局的部署，讨论起来。但是干部一般都是讨论具体的问题，跟专家们做抽象的文化有太大的距离，专家们提出了几个文化方案，也在中层骨干讨论的会上被否了，因为他们以前做企业文化，有很多方案并不适合行政单位。最后文化公司出了一本文化手册，草草收兵。

文化手册上出现了概念性的错误，易凡夫发现后，告诉专家，专家说："很多人都不知道。"

易凡夫说："别人不知道不能代表你们可以搞错。"

心里觉得专家并不专，纯粹糊弄人，从心里把专家看扁了。

专家们撤出后，县局还在继续做文化，刘拥军又从干部中抽了几个人，在人事科的领导下，做后续文化建设，易凡夫被抽中了。

县局决定把文化建设具体化，根据局里的实际，建一面文化墙，一条文化走廊，一个荣誉室。党组开了几次会，易凡夫他们都参加了。领导们的发言各有千秋，弄得分管的程副局长不知所措。

末了，程副局长问易凡夫："意见没有统一，老板没有拍板，到底怎么办？"

易凡夫说："听他们发言，都是专家，但是具体的事还是要我们做。要不你到网上搜一下陆文夫的一个短篇《围墙》看看，明天再商量。"

程副局长回家后搜了，第二天一上班，就把易凡夫叫到办公室，说："我们做我们的。"

《围墙》写的是一个建筑设计院的一面围墙垮塌后重修的故事。建筑设计院都是一些设计专家，对围墙的重修提出了很多意见，这个要按这样修，那个要按那样修，总定不下来，最后，办公室一位叫马而立的办事员在休息时间又快又省地把围墙修好了，完工后，专家们七嘴八舌地发表意见，这个是按我说的，那个是按他说的，纷纷争功邀赏，而具体经办的马而立同志却因为太累，睡在办公室了。程副局长很受启发，要易凡夫直接去做。易凡夫的意思就是告诉程副局长，专家也只是动口不动手的空谈，何况还不是专家，一个个装有文化，却有很多信口雌黄，他们的意见只做参考就行了。

程副局长读懂了《围墙》，也懂了易凡夫的意思。

易凡夫几个人在程副局长和人事科杨科长的率领下，定了一个广告公司和一个装饰公司，做了有县局特色的文化墙、文化走廊和荣誉室。个中辛苦不必说，在短时间内让县局机关有了一个大的改观。

或许是少见多怪，有人对文化墙、文化走廊、荣誉室指指点点，却又说不出个所以然，就提了墙的颜色太暗了，字太小了等一些无关痛痒的幼稚意见。

易凡夫听到一些，告诉了杨科长，杨科长说："这是嫉妒，他有本事他怎么不来弄，屁多，别管他。"

刘拥军是个很会来事的人，他把锅县文化建设的成果向市局和省局汇报，很谦虚地请领导们来锅县批评、指导。领导们答应了。回来后刘拥军通知了程副局长，程副局长把杨科长和易凡夫他们几个召集起来，商量迎接视察事宜。

程副局长说："省里的领导要来看看我们的文化建设，我们要有解说员，你们看谁合适？"

杨科长推荐了几位普通话说得比较好的女同志，总觉得有的形象不好，有的在农村分局不方便。

这时，人事科的办事员小陈说："我来吧。"

程副局长一拍脑袋，说："真是灯下黑，我们怎么忘了你。"

小陈说："我听到别人对我们做的文化指指点点，心里早就不痛快了，这是我们人事科和易主任他们的共同心血，可不能让别人抢了风头。"

小陈长相甜美，身材高挑，有做解说员的基本条件。程副局长对易凡夫说："你一直在从事文化建设，解说词就非你莫属了，搞一个有深度、有力度、有热度的解说词怎么样？"

易凡夫因为做了这么久，跟程副局长很熟悉了，假装谦虚地说："领导要求这么高，我不知道能不能达到要求，尽力而为吧。"

"莫神。"杨科长怼了易凡夫一句，说："快点搞好，完了陪你喝杯酒。"

易凡夫其实早就在构思打腹稿，第二天他就拿出了初稿，给小陈试着读，对拗口的地方进行修改，这一读，发现了大问题，小陈的普通话太不标准了，他和杨科长对视了一下，觉得很悬，这么紧的时间，不知小陈能否背熟稿子，纠正读音。

小陈知道自己的普通话不好，但是强烈的使命感和荣誉感，让她下定决心，要完美地完成任务。

下班回到家里，她大声诵读，请老公和儿子帮她纠错，白天在局里，杨科长和易凡夫陪着她排练，也帮着纠错，渐渐地，她的普通话越来越好了，解说也越来越熟悉流利了，脸上的表情也自然丰富了，不时有自信的微笑，自信的女人是最漂亮的。

省局的一把手如约而至，市局的全体党组成员作陪，一溜小车驶进锅县县局院内，刘拥军率领县局班子早就在大门口恭候着。

领导们在小陈的带领下，参观了系列文化建设的内容，小陈抑扬顿挫的解说获得领导们的称赞，有位领导问刘拥军："是请的专业解说员吧？"

刘拥军骄傲地说："不是，这是我们人事科的干部。"

领导们参观完后，到会议室喝茶休息去了。

小陈对杨科长和易凡夫说："刚刚我好紧张，都出汗了。"

杨科长说："不错，刚才程副局长对我说，效果很好，市局一位领导还以为是请的专业解说员。"

"都是易主任的解说词写得好。"

易凡夫见小陈表扬他，忙摆摆手说："因为你的艰辛付出，才有令领导满意的效果。"

程副局长到人事科的办公室，对在座的人说："效果蛮好。"

易凡夫说："因为小陈挺身而出，铁肩担道义，所以我们没有成为马而立。"他与程副局长相视而乐。

省局一把手对锅县的文化建设给予了很高的评价，并高屋建瓴地题了词。

省局的常务副局长来了，她在省局主抓意识形态，对锅县的文化建设赞不绝口，并概括性地、切中肯綮地题了词。

省局的其他副局长来了，处长们来了，外地市的同行来了，外省的同行来了，地税的来了，国税的也来了，其他预备做文化的单位也来了，一时间，锅县地税局门庭若市，把解说员小陈忙得不亦乐乎，锅县地税文化建设彻底改变了单位形象，刘拥军通过文化建设，进入了省局领导的视线，心情大好。

有省、市领导的首肯，那些装有文化的人沉默了，那些妄加批评的人闭嘴了。程副局长、杨科长、易凡夫以及参与文化建设的人一段时间来紧张的神经终于可以放松放松。易凡夫觉得小陈是个有远见的女孩子，人事科主办的工作由人事科来推介是天经地义的，人事科对文化建设更熟悉，小陈做解说更方便。

易凡夫忙完后，请了几天公休假，准备一个人静一静，好好看看欧阳馨写的东西。

柳湖的初夏，景色很好。放眼望去，湖水微波荡漾，吞云含山。绕湖一周的湖滨大道有很多骑行的人，还有三三两两散步的人，易凡夫闹中取静，坐在湖边的椅子上，任凭微风拂面，心中波澜不惊。他打开欧阳馨的笔记本，发现她写了十多篇日记。

之一

这是怎么了？我怎么有了一种心动的感觉？

他也就是一个平常的人，没有什么过人之处。他不是领导，每次陪领导来的时候，那种不卑不亢的态度显得很清爽；他只是一个普通公务员，但那种富贵不能淫、贫贱不能移、威武不能屈的气质让人难忘。有人是用自尊掩饰自卑，而他是用自卑掩饰高傲，他是个骨子里与众不同的人。

想这些干什么？一个浪迹天涯的人，一颗孤独漂泊的心，归宿不在这里。

不过第一次见到他的时候，走得太匆忙，应该留下来了解了解，这人，做一个蓝颜知己也挺好的。

今天是腊月二十九了，除几个值班的人外，宾馆的员工大都放假回家过年了，还有两个客人，因为业务上的经济纠葛，住了快一个月了，又续了房，要他们跟员工一起过个年吧，他们在外也不容易，准备春节期间用方便面对付，看着都令人心酸。

伯父伯母还好吧，每次打电话，伯父都说好，以前身体上的毛病也没听他提起，难道是两老报喜不报忧？每逢佳节倍思亲，越来越想他们了。

看日记后，易凡夫知道了第一篇日记写于两人第一次激情的前一天。

之四

是他撩动了我的心弦。几次见面，并没有接收到热烈的回应，但是我分明捕捉到他眼中稍纵即逝的火焰。这种男人，很会掩饰自己的感情，但不是工于心计的坏人，从他的言语行为还是感觉得到他是一个没受很多污染的正人君子。

孤独总是在黑夜，讨厌的神经官能症折磨人，让我总在黑夜中孤独。

我承认是我撩拨的他。《越人歌》只是表达自己的一种内心世界，被他洞察到了。那一刻，我觉得自己在他面前是一个透明的人。在一个特别的时间有一个喜欢的人陪，也是一种享受。

一切都是水到渠成，这是天意。想潜心修佛，却被扰得心不平静，他是个坏人，我喜欢的坏人。味道，他有一种男人的味道，淡淡的体香让我迷醉，浅浅的坏笑让我欢喜。

他说他第一次接触我时不敢看我，不敢跟我说话，我信。他说他喜欢嗅着我的体香拥抱我，我信。他说从未见到我这么精致的女人，我信。我是他眼中的仙子。即使他是骗我的我也信。

现在，我除了睡觉，无时无刻不在想他，不对，经常在梦中见到他，他已经满满地进入我的生活。

已经不是情窦初开的年纪了，却有了初恋的感觉，这是过去从来没有的感觉。是什么打动了我？应该是大年三十的晚上陪我，在那个特殊的时间，只有他陪我，陪我一起寂寞，陪我一起孤独。在那一刻，我只有感激，我只能与他一起逃避寂寞，驱赶孤独。那一刻，他是夏夜空中的萤火虫，用那有限的光吸引着我，让我向往着那一缕荧光，我靠近了，我迷失了，我不由自主，我情不自禁，我心甘情愿。他是一块外表平常，内质优秀的玉石，如果有一天被一刀开出，必定有炫目的光辉。我算是慧眼识珠吧，可惜他不是我的。

### 之五

王彦是对的。今天她给我打电话，说是调到团市委了，衷心地祝福她。

当她把 QQ 签名由"锐不可当"改成"坚不可摧"时，我知道她跟林锐已经结束了。当女人决心已下，就不会回头，她也不需要回头，向前走吧，走好自己的路。

在有痛苦的时候可以逃避，有地方逃避，也是一种幸福。现在的王彦就是过去的我，靠上一个不可靠的人，被感动冲昏了头脑，如飞蛾扑火般，不管不顾地一意孤行，结局可以预见。为什么人总是在错误的时间遇见对的人？

我不想回忆过去，过去的所有痛苦打个包置于心灵的角落罢了。

我也不想憧憬未来，未来遥不可期。

行走在山水中，感受原始的清新的气息，让人的心情豁然开朗。

但是情感的困惑无处不在，即使在再好看的景中，也无法自拔，所以她只能放弃自然的恬静，面对城市的喧嚣。而我在城市的边缘，静静地享受恬静，也不失一种惬意，有鸟语花香，无喜怒哀乐……

### 之七

她是个可怜的女人，明显缺少男人滋润的女人。和他在一起很少谈起她，但是能感受到他对她的忽略。我们没有经济的羁绊，没有未来的期冀，只有身心的交合，能算得上纯洁的感情。但是肯定是不道德的感情。我是一个不折不扣的小偷，偷来了他的心，但不是全部，他还有一部分心思是对家庭的愧疚，虽然埋藏得很深很深，但我也能感受得到。我不需要寄托，但我需要慰藉，只有他，才是最适合我的人。我破坏着道义，也坚守着道义，他背叛着家庭，也维护着家庭。在这点上，我们都是自私的人。

我是女人，知道当一个女人知晓丈夫背叛自己后的伤心、失望，背叛可以使女人冷静，也可以使女人疯狂，她肯定受不了，如果换作我，更受不了。在一起时的快乐让我欲罢不能，我不会拥有他，但我不能失去他。我不想独占他，但我希望他经常陪伴我。一次的碰面让我知道自己错了，他是对的。她是那么弱势，那么贤惠，那么让人不忍心伤害。我不想伤害她，但是我离不开他。

我什么时候变成了一个极度自私的女人？我要疯了，不是我自己要疯狂，是世界要我疯狂。如果我疯了，是不是可以用疯狂来对待世界？是不是可以用疯狂来对待每一个人？

不想那么多吧，有快乐的时候享受快乐，失去快乐的时候回忆快乐，总比在回忆痛苦中痛苦要好。

之九

那一缕清风，有他的气息；那一片白云，有他的身影；那一阵细雨，有他的声音。我渴望被他强健的臂膀环绕，我渴望被他温暖的怀抱包围。谁说的不在乎天长地久，只在乎曾经拥有。太准确了，太贴切了，太对了。如果他（她）不说出来，我也会说出来……

这时，手机铃声响起，是办公室打来的，说有人找他，电话那头传来成富焦急的声音，易凡夫叫他别急，自己马上赶回办公室。

原来成富的父亲为了减轻家里的负担，自己一个人在城关镇租了一间小房子，买了一辆破三轮车，干起了沿街收破烂的小生意。那天，三轮车避让不及，擦到了一台小车，车上下来两个凶神恶煞般的小伙子，要老人赔钱，老人哪里拿得出来，被两个小伙子拳打脚踢，晕倒在街道上。好心人送他住进了医院，并给成富打了电话，成富火急火燎从外地赶回来。医院检查的结果是两根肋骨骨折，成富慌神了，跑到易凡夫的单位找他。

易凡夫初步了解情况后，决定先去看看成富的父亲。

他要成富上车，问成富："报案了吗？"

"还没有。"

"知道车牌号吗？"

"知道，旁边的人记下来告诉我了。"

易凡夫包了个红包，对老人说："叔，别多想了，安心养伤。"

从医院出来，他给姚鲁打电话说有事找他，姚鲁要他去办公室，于是两人驱车到了县委办。姚鲁听易凡夫讲了情况后，抓起座机给交警大队大队长打电话，请他查一下车主，一会儿，电话回过来，是一辆保时捷，车主是锅县有名的金太阳房地产公司的老板洪亮。洪亮是锅县先富起来的一批人之一，据说起家是靠放高利贷，原金太阳房地产公司找他借款，因销售形势不好，导致还不出本息，他把公司百分之90%的股份吃了，摇身一变，成了大公司的老板，又洗白了自己，一举两得。姚鲁给公安局分管治安的孙副局长打电话，简单地说了情况，问是否需要报案，孙副局长说："我给金太阳那边说一下，再给你回话。"电话回过来说是洪老板安排一起吃晚饭，商量医药费及赔偿。

易凡夫知道孙副局长给洪亮施加了压力，但是能把事情办好也未尝不可，姚鲁的面子大大的。

洪亮早早地等在餐馆，孙副局长、姚鲁、易凡夫、成富几个人到的时候，他热情地站起来握手，介绍后他对成富说："对不起，那天我不在车上，医药费的事好说，我会要财务打到医院。"

易凡夫觉得，洪亮不仅不像黑社会，甚至有点儒雅，不知他原始积累是怎么来的。

洪亮对孙副局长说："孙哥，谢谢你，如果报案了，我的手下肯定要负刑事责任，对公司的形象也有影响。"

当他知道易凡夫是地税局的，马上起身敬了一杯酒，说："我刚刚接手公司，知道地税局是我们的直管单位，请多关照。"

然后又对姚鲁客气了一番。

饭后姚鲁告诉易凡夫，洪亮在放高利贷时涉嫌非法拘禁，被孙副局长处理过，怕孙副局长，所以显得低调，平时是很威风的，看他手下的嚣张气焰就知道。易凡夫心想：现在能抓到老鼠就是好猫，黑白一点都不分明。

把这事处理完，易凡夫安慰了成富几句，成富回医院陪护了。


易凡夫也没心思再细看欧阳馨的日记，粗略翻了一下，后面全是以女性的眼光看他们之间的这段恋情。她有理性的一面，更有感性的一面。

他给潘必成打个电话，说是明天去他们分局，潘必成立马表示欢迎。第二天，易凡夫把车和箱子日记一并存入了分局的车库，也想把这段感情尘封。


提拔必考是市局皇局长提出来的，这也是求者众多，摆不平才搞的方案，初试之后就作为成例和制度沿袭下来了。如果有领导或亲朋打招呼，对象又不是自己想提拔的，就可以推脱说考试没通过。

这次的提拔考试，曹报恩成了主角。他除了学习备考之外，花了不少金钱和精力，从出卷的一位市局副局长那里得到了些许暗示，在锅县参与考试的人中名列前茅，市局把下派的程副局长调回后，曹报恩接了上来，成了县局党组成员。人员调整后，杨科长为了方便后续的文化建设，在研究人事的党组会上，把易凡夫要到了人事科。

配合省局的文化建设，荆北市局在争先创优的创品牌活动中增设了一个"文化品牌"。

刘拥军觉得锅县的文化建设本来就先走一步，说什么也要把"文化品牌"的牌子背回来。对杨科长说："要人给人，要钱给钱，拿'文化品牌'的任务是铁板一块。"

杨科长领了任务，回来跟易凡夫商量，易凡夫说："地税系统的内部潜力已经挖掘得差不多了，不如出去看看外单位的文化建设，找找灵感吧。"

几个人一合计，决定去县里的一家上市公司看看，学学人家的文化建设。

公司的总部在省城荆阳，在锅县工业园区有五个分公司，主营机械制造，生产建筑设备如塔吊、吊车等。杨科长跟易凡夫一行到工业园时，四分局局长李杉和一个分公司的经理已经等在大门口了。

总公司在工业园设了一个派出管理机关，协调和管理五个分公司。他们边往机关走边聊边观察，公司的文化氛围很浓。沿途布置有公司自己的核心价值观，有自己的行为规范，有自己的职业操守。公司把传统的儒家文化"礼、义、廉、耻"融入到企业文化，并结合自身的工作特点进行解读，直观、通达、雅俗共赏。在机关会议室，杨科长和易凡夫听了几位分公司负责人的介绍，浅谈了自己对该公司文化的感受，介绍了地税文化，说了此次来的意图。几位分公司的领导都表态说没问题，并安排专干小郭与地税局联系，策划方案，上报总公司。

小郭对易凡夫说："易哥，我这里有点忙，你们先策划，我有时间了再参与，方案形成后，我跟你们一起去总公司报告。你们放心，对这种活动，总公司是很支持的。你们把经费打个预算，归几个分公司分摊，反正今天几位分公司老板都在场。"

易凡夫觉得，上市公司办事就是有气魄，一个小小专干，就能洞悉这么多，其实他不知道，上市公司，办事都有自己的固定程式，只要符合规定，事就办好。至于钱，每年进出几百亿的资金，拿点小钱出来为员工开展工会和文化活动，不足挂齿。杨科长和易凡夫知道这次的文化策划基本上以地税局为主了。

回到局里，两人商量，策划一个大一点的税企文化交流活动。他们把初步设想提交局党组，党组专门开局务会研究。曹报恩刚刚进入班子，想表现一下，对人事科策划的活动方案提出了很多意见，但是大多与刘拥军的想法不一致，虽然刘拥军没说什么，杨科长已经明白，于是在局务会上坚持了自己的意见，最后基本按原方案执行。易凡夫也列席了会议，看着曹报恩拙劣的表演，心想：清风不识字，硬要乱翻书。


衣、食、住、行，是人的基本需求，古人按照礼来排序，而易凡夫觉得在很多时候食要排在最前面，儿时的乡下，很多人的最高目标是吃饱，衣不蔽体的人多的是。现在随着社会的发展，衣食基本有保障了。刘拥军待县局各项工作走上正轨后，开始考虑干部的福利，从住着手。他跟某房产开发公司联系，联合开发，让干部集资建房。当然，相比市场价格，集资建房的价格优惠很大，干部也欣然接受。

集资建房归曹报恩分管，他每天与几个开发商泡在一起，喝着小酒，打着大牌，好不风光。曹报恩虽然工作能力差，但搞点歪门邪道的脑子很活络，趁开发商需要资金，他偷偷地向一些干部集资，答应给二分的利息，然后借给开发商，收五分的利息，空手套白狼。钱多了，出气也粗了，走路也轻飘飘了，整一副中山狼的嘴脸。

那天下午，姚鲁给易凡夫打个电话，说是晚上一起坐一下，聊聊。

易凡夫在电话里笑道："什么事啊，这么正规，电话里不能说？"

姚鲁没理他，直接挂了。

两人约到一个安静的小茶楼，服务员上好茶后，姚鲁关上门，对易凡夫说："我跟青萍离婚了。"

易凡夫很震惊，问："怎么从没听你说过？"

"一个女人的心太大，是不能经营好家庭的。"姚鲁叹着气说，"她要调到省委老干局去了。"

"一定要离婚吗？"

易凡夫知道青萍要强，但平时跟姚鲁也很少谈家事，只知道姚鲁在家里是弱势一方。姚鲁告诉易凡夫，是自己主动提出来的。

易凡夫问姚鲁："小石头是怎么安排的？"

"没告诉他，反正青萍回市里后肯定会来看他，他刚上初中，不影响他。监护权归青萍，在我这里上学，我还没给我父母亲说，怕两老受不了。"

姚鲁告诉易凡夫，青萍在县委老干局上班，表现优秀，市委老干局把她借调去工作了两年，就正式调过去了。后来省委老干局又抽她去办理一项中心工作，预计三个人半年做完的事，她一个人三个月就高质量地完成了，省委老干局领导特别欣赏她，要调她，她想去，征求姚鲁的意见，姚鲁知道她心大，又有能力，不想拖累她，于是提出离婚，青萍考虑到自己的前途，同意了，两人商量好，不告诉老人和孩子。

姚鲁苦笑着说："也好，在这个拼爹的时代，我这个爹没用，还有一个有用的妈，她的位置越高，对小石头越好，自己的孩子总不会不管吧。"

易凡夫说："你们又不是感情不好，现在离婚了今后还可以复合的。"

"不会了，我已经跟青萍说了，她在那么大的机关，眼界更开阔了，我们的差距越来越大，希望她有好的归宿。"姚鲁说，"她走之前，我们一起吃个饭，她想跟你聊聊。"

易凡夫说："好的，你们最好不要让老人知道真相。"

三人约在同一个茶楼，点了几个煲仔。青萍跟易凡夫谈的并不是自己，而是易凡夫。她说："我们的事，姚鲁已经给你说了，也就这样，我们之间并没有原则性的问题。对姚鲁来说，他是因为爱；对我来说，是因为自己的追求。"

易凡夫笑着说："我早跟姚鲁说过，金鳞本非池中物，一遇风云便化龙。你是个有理想，有能力的人，当然要抓住机会，毕竟人在一生中可以有的机会不多，只是可惜了一个完美的家。"

"我想跟你说的是你和丽静。"易凡夫感到有点诧异，征询地望着青萍。

青萍接着说："不是姚鲁告诉我的，我知道问他他也不可能告诉我什么，我也不会问，但是外面有一些传言，更重要的是丽静问我了。"

易凡夫说："是关于欧阳馨？"

青萍点点头，问易凡夫："丽静跟踪过你，你知道吗？"

易凡夫摇摇头。

"但是她并没有抓到什么，所以专门给我打电话。"

易凡夫望着青萍，眼里充满着信任，他知道像她这种官场上的女人是很智慧的。果然，青萍说："我对丽静说永远不要相信传言，但是你跟欧阳馨是真实的吧？"

易凡夫点点头说："是的，已经都过去了。"

青萍笑着说："正因为过去了，我才跟你谈，如果是正在进行时，我也不会说，说了你也不会接受。"

这时姚鲁插话说："欧阳馨还会回来吗？"

易凡夫摇头说："应该不会回来了，这边的公司已经处理完，她的伯父伯母身体不好，伯父卧床，她要照顾他们。"

姚鲁说："欧阳馨回澳洲后，我跟青萍谈了你们的事，所以青萍基本了解。"

青萍说："本来，我跟姚鲁离婚了，还来做不离婚人的工作，道理上都说不通，但是看到丽静很可怜，和你谈一谈，其实你也很可怜。"

青萍顿了一会儿，接着说："丽静的可怜是因为她是一个女人，全身心投入家庭，心无旁骛，换来的却是男人的背叛。另外她把鸣鸣带得特别好，这点我比她差多了。你可怜是因为丽静不懂你，在家里曲高和寡，在单位上也不受人重视，有一个欣赏你的女人，并且是一个各方面都优秀的女人，当然就有一种英雄相惜的感觉。"

易凡夫沉默着，静静地听青萍说，心里很认同她说的。

"过去的已经过去了，我劝你还是回归家庭，丽静对我说，她很伤心，总觉得你从心底里看不起她，你们没什么交流。"

易凡夫点头说："是没多交流，但我并没有看不起她，我一个农村人，没资格看不起别人。"

青萍摆摆手："别说这些，我也是来自农村，我们的经历有些相似之处。通过自己的努力，跳出了农门，进入到社会后才发现现实是多么的不公平。有的人明明是大字不识几个的白丁，却沐猴而冠、滥竽充数，满口荒唐语，还振振有词，不知哪里来的底气。这种人难道你看得起？我们没有资源的优势，只有靠自身的低调做人、勤奋做事来与那些有关系没能力的人竞争，是很辛苦的。但是我们骨子里的高傲还在那里；我们诚实、勤奋的态度还在那里；我们优秀的工作业绩还在那里。我不信所有领导都看不见，这次我的调动印证了我们农村的一句俗语——鹅卵石也有翻身之日。其实我知道你很不错，你们局里的文化建设搞得风生水起，你功不可没，没必要妄自菲薄。"

青萍喝了一口茶，接着说："外面是外面，家里就没必要自傲了，毕竟是自由恋爱，你自己看上了才结婚的，有什么缺点相互包容一下就过去了。"

易凡夫点点头，觉得青萍确实有大领导风范，应该去她该去的地方。于是表态说："是的，有些事，曾经沧海难为水，再不会了。"

"有你这句话我就觉得今天没白来，我知道你是个有情有义的男人，我对丽静有个交代，你也要对丽静有个交代。"

"我会处理好的。"易凡夫答应青萍，并发自内心地对姚鲁和青萍说："青萍，你是个最明白的人，姚鲁也是一个真男人，希望你们都好！"

青萍说："我们都要好，要好好地活着，活着才能有追求，有追求人生才有意义！"

结束聊天后，易凡夫回到家里，鸣鸣已经睡熟了，丽静还在晾衣服，易夫凡问了一句："鸣鸣作业完成了吗？"

"做完了，你给检查一下。"丽静边抖着衣服边吩咐易凡夫。

易凡夫拿着鸣鸣的作业本仔细看了一下，都做对了，特别是两道思考题，有一定的难度，鸣鸣也给出了正确答案，易凡夫很欣慰，这孩子念书还行，肯定比自己有出息。

丽静还在悉悉索索地做着家务，易凡夫简单洗漱了一下，半躺在床上看书，边回忆青萍说的话。这么多年，自己跟丽静的交流确实太少，思维总不在一个频道。有时候意见不合，两人争吵几句，易凡夫就不吭声了，做了战略退却。久了，连争吵的兴趣都没有了。对鸣鸣，丽静管生活，自己管学习，配合很好，也没什么好交流的。双方家庭，丽静的父母也没给自己添麻烦，自己的父母更不会添麻烦。易凡夫觉得，自己在外面跟同事、同学、朋友常常谈笑风生，但是跟丽静在一起，无话可说。并没有什么矛盾，却也没有什么激情，就像年至耄耋的老夫妻一样，太平淡了。或许这就是生活，大多数中国家庭的生活。生活的平淡，不能成为出轨的借口，每次跟欧阳馨在一起时，那种激情无以言表，只怨时间不够用，过后回到家里，易凡夫又有一种负罪感。他本来是个负责任的男人，却做着不负责任的事。有人说，婚外情像吸毒，陷入了就欲罢不能，他有了切身的体会，如果欧阳馨不走，也可能会继续下去。他从没想过结果，或许身败名裂，或许妻离子散，但是一切都过去了，就让过去永远过去吧。

在策划文化活动之前，易凡夫给刘开智打电话，向他请教。老师是荆北市民间文化传播方案的撰稿人和总策划，他给出了建议：结合单位实际，整合社会资源，突出行业、地域文化特点、大力弘扬正能量。易凡夫听了，茅塞顿开，马上向杨科长报告了自己的想法。

文化活动还在紧锣密鼓地策划中，杨科长和易凡夫策定办一个税企文化交流周，三项具体内容：举办篮球锦标赛，上市公司的五个分公司和机关各组一支队，特邀市局篮球队，加上县局自己的队伍，共八支，分两小组循环再交叉淘汰最后决出一、二、三名；双方中层骨干座谈与交流；办一台文化交流汇报演出，双方各出了几个节目，县局还邀请了县花鼓剧团、中国移动锅县公司、锅县土生土长的上市公司益丰大药房等几个单位友情演出。策划方案经县局和总公司批准后，杨科长、易凡夫、李杉和小郭等人就具体操作了。易凡夫负责篮球赛，赛事办了一个简短而隆重的开幕式，各个队都呈现出了很强的团队意识和集体荣誉感，赛出了风格，赛出了水平。李杉和小郭组织骨干交流也取得了空前的效果，双方的人员通过参观、座谈，加深了税企之间的了解，骨干们感觉形式新颖、内容丰富多彩，受益颇多。杨科长为主组织的汇报演出在这两个活动之后开展，很复杂。

活动是在公司停车场露天举办，公司的吊车吊着条幅把场地围起来，六个方阵不同颜色的彩色塑料凳已摆好，舞台也是用吊车做背景，用吊车有序排列搭建舞台，雏形显得非常大气；杨科长去到各个节目排练现场检查，生怕出什么漏洞；县局领导邀请了两位市局领导，总公司工会主席也接到分公司的邀请，来观摩汇演并为篮球赛优胜队颁奖。活动前一天上午，县局再一次召开局务会，梳理一下，发现刘拥军的致辞还没准备好，新的办公室主任往人事科推，刘拥军把桌子一拍，说："把会议记录拿来。"办公室文秘把记录本递给刘拥军看后，刘拥军说："乱弹琴，上次定的致辞归办公室组织，干什么去了，这么大的活动，谁出纰漏我追究谁的责任！"

办公室主任受到严正警告，灰溜溜地去安排写致辞了。

场地布置完后，已到傍晚，望着气势恢宏的场地，杨科长、李杉、易凡夫心里暗暗得意，三人相邀小酌一杯去了。

深夜，刮起了风，下起了雨，有几个人睡不着了。

刘拥军考虑的是领导来，露天场地怎么安排；杨科长考虑的是舞台上铺的地毯被淋湿了，很多舞蹈动作会受影响；李杉考虑的是作为一个实际承办单位因为风雨而筐瓢，很没面子。

凌晨，刘拥军给杨科长打电话，询问天气情况，杨科长告诉刘拥军，天气预报是晴天，但是晚上的大风大雨对布置好的场地可能有破坏，刘拥军要杨科长明天早点到现场，如果有问题，及时补救。几个人一夜无眠。

早上，雨停了，风还在刮，杨科长叫上李杉和易凡夫，急急驱车赶到演出场地，还好，风没刮坏布置好的场地，只是舞台地毯湿漉漉的。李杉忙叫了几个人把地毯上的水挤干，展开后在风中晾着。看看天，已渐渐开了，雨应该不会再下了，只是风有点大，关注天气的人在心里默默祈祷，希望老天给个脸。

下午三时整，演出正式开始，说来也怪，当时的天空万里无云，并显出湛蓝的底色，成为舞台硕大的背景；风停了，很彻底，所有悬挂在吊车上的标语都笔挺地立着，分外整齐；午后的阳光没有灼烧感，反而让人觉得暖暖的、润润的。

演出完全按计划进行，自编自演的精彩节目，贴近自己的生活，让在场的税务干部和工人们产生强烈的共鸣，掌声、欢呼声、呐喊声此起彼伏，高潮迭起。演出在"歌唱祖国"的歌声中落幕，经久不息的掌声表示所有人对文化活动的认可，散场后人群议论纷纷，对活动称赞有加，期待这种凝心聚力的活动多开展。

易凡夫在人群中听到的都是正面的评议，很高兴，他想：刘拥军是个有福之人，有天相助，就像蜀、吴在赤壁大战中顺利获胜一样，只不过蜀、吴是要风，他是不要风雨，天遂其愿。

年底，人事科从市局把"文化品牌"的牌子背回来。据说，另外的县也想争这块牌子，市局一位领导说："锅县的文化建设有高度、有力度、有深度、有广度，高出其他县不止一个档次。"领导的话让人再没有觊觎之心。拿到"文化品牌"牌匾后，刘拥军把具体运作这个活动的几个人叫到一起，表达了赞扬和感谢的意思。

易凡夫通过文化建设，也跟刘拥军走近了，他觉得刘拥军是同龄人，好沟通；刘拥军出生于草根，担任领导后仍然接地气。于是在刘拥军有空的时候，约到一起喝喝茶，聊聊天。

忙了好一阵子，易凡夫没跟刘开智联系了。打电话过去，刘开智在办公室。

易凡夫问："最近不会出门吧？"

刘开智说："不会，有什么事吗？"

易凡夫说："没事，想跟你聊聊。"

刘开智说："来吧，我等你。"

易凡夫向杨科长请了假，打个的到了荆北大学，刘开智果然在办公室。易凡夫与刘开智闲聊中，说到了文化建设，把取得的成绩简短地向刘开智报告了一下。

刘开智说："恭喜你呀，功成事遂，百姓皆谓我自然。这是道家的总结。你就是这样一个人，按你的本性去做事，当然能做得很好。违背你的本性的话你不会说，违背你的本性的事你不会做，在做人这方面，当然很好，但是这种性格在工作、生活中不是都行得通，有时候会很累，你有感觉吗？"

"是啊，改不了，也没想改。"易凡夫说，"经历也很多了，年纪也老大不小了，看得很淡。"

"所以我与你谈谈道家嘛。"刘开智继续说："如果感觉到累，就说明还没完全悟道，但是，人不可能生活在世外桃源，有些人和事要适应，适者生存嘛。你如果不累的生存，就是得道了。"

刘开智开玩笑说："到时候我要向你学道了。"

易凡夫摇摇头说："都说四十不惑，我四十多了，还是有很多惑，经常感觉脑子里像一团浆糊，或许是天资愚钝，来请老师点拨的。"

刘开智哈哈大笑："谦虚了，你有无欲的天性，必有道家的慧根。"

易凡夫说："人生没有一点机会，所以欲望随着时间一点点消失，过去，主观上还是有想法的，但是自己不能主宰，所以只能想些自己能主宰的；现在，发现自己能主宰的东西也不多，于是什么都不想了；未来，也许真不累了。"

"符合辩证法。"刘开智笑笑说，"其实我还羡慕你，思想上的淡然若定，行为上的云淡风轻，达到一定的境界了。"

易凡夫知道老师才是得道之人，他博学多识，虽主攻刘禹锡研究，但在儒家，道家，法家等领域也有很深的造诣。老师的职位事不多，一个下午也没几个人来打扰，两人聊得很愉快。刘开智留易凡夫吃饭，易凡夫推辞了。临出门前，刘开智送给易凡夫一本书，说："这是我最近出的一本书，你批评指正一下吧。"

易凡夫哈哈一笑："我必须接受继续教育。"

告别刘开智出门，在街上漫无目的地走着，人有些恍惚，脑子里回忆着与刘开智的谈话，有点似懂非懂，又有点大彻大悟。


日子就这样过着，现在的状态在很久以前易凡夫就预见到了，相差不大。

秋意浓浓，天气凉爽，人的心情也随着天气舒爽了。

姚鲁给易凡夫打电话，易凡夫开口就问："什么好事？请我吃饭？我是坚强的共产党员，拒吃请，哈哈哈！"

姚鲁说："还真是，不过不是我请，是洪亮请，他想向你咨询几个税收上的问题。"

成富父亲的事处理完后，洪亮给易凡夫打了两个电话，都是约他吃饭。易凡夫淡淡地表示了谢意，也淡淡地拒绝了，他觉得自己跟洪亮不是一类人，刻意保持了距离。

听姚鲁说是洪亮，易凡夫对姚鲁说："姚大主任，不要政商勾结哦，我不想上你的船，呵呵！"

"说那么难听干嘛？我跟洪亮又没局，是孙副局长委托我约的，他说洪亮约你不愿意出来。"姚鲁说，"我也是坚强的共产党员，腐蚀不了我的，你来吧，吃个饭不会上纲上线的，何况是咨询服务，服务纳税人是税务局的工作职责。"

姚鲁这样说了，又有孙副局长在，易凡夫不能推了，于是赴约。

洪亮办的产业很多，但是过去因为自己做的是上不了台面的事，所以躲在背后，法定代表人都是他安排的人担任，这次是他的一个建筑公司，由三级企业升为二级企业后，他儿子取代原法定代表人，涉及股权转让的税收，额度蛮大。

洪亮对易凡夫说："可以少交点税吗？我愿意跟税务局交朋友。"

易凡夫听了洪亮的介绍，摇摇头说："交朋友就扯远了，但是我觉得可以走另外的路，税负会大大降低。"

洪亮马上请教，易凡夫说："别急，具体的办法我会给你找个专家指导你的财务人员办理，其他需要税务部门通融的，孙局长、姚主任和我一起做工作。"

易凡夫把孙副局长和姚鲁拉进来，也是感谢他们在上次的交通事故处理中出力，为他们挣面子。洪亮是个很精明的人，马上说："好的，好的，我一并感谢。"

易凡夫觉得自己的想法被洪亮看穿了，显得自己浅薄，脸有点热。

第二天，易凡夫给席娟打电话，将洪亮公司股权转让的事情简单说了一下，席娟说："不走转让，走入股，路就通了。"

易凡夫说："我也这样想，具体怎么走，你来指导一下。"

席娟问："是个什么人咯，这么上心？"

易凡夫又简单说了原因，席娟说："我这几天正好在家备课，准备给国、地税稽查部门和公安经侦部门上课，你来接我，陪你走一趟。”

易凡夫忙给杨科长说了一声，立马把席娟接到洪亮的公司。

洪亮和财务人员早就等在那里了，席娟直接去财务室，洪亮在自己办公室跟易凡夫聊天。

洪亮告诉易凡夫，财务人员咨询过税务管理员，按股权转让要交近100万的税款，洪亮对易凡夫说：“交税都可以，但太多了，有点吃不消，请你帮忙出主意。”

易凡夫说：“等席科长‘诊断’的结果吧。”

半小时后，席娟告诉易凡夫：“我看了一下，就按我说的走，没多少税款，我告知财务了。”

洪亮拉着易凡夫的手千恩万谢，临走时，他把易凡夫叫到一边，塞了一个红包。

上车后，易凡夫把红包给席娟，席娟还要推，易凡夫说：“别推了，这是你劳动所得，你知道，我也只是还他个人情。”

“你这个人情还得蛮大哦。”席娟笑着说。

两人都刻意避开谈这件事，易凡夫说：“娟子，凭你的本事，完全可以脱离单位，自谋出路，何必吊死在这根藤上？”

“我也三十多岁的人了，另起炉灶是很辛苦的，自己去办实体，要看别人的脸色，看看我们单位上有些人的嘴脸就恶心。在单位混着，不敢把你怎样，不在单位要去求他们了，他们不狠狠地卡你的喉咙才怪。”

“我有预感，今后的税收筹划这一块，应该很有市场。你属于专家级别的，可以在这方面深入研究，说不定转过来又是另一道风景。”

席娟认同地点点头。

秋去冬来，农历的冬月，已是公历2008年的元月。这个公历年注定是个不平凡的一年。冬天的那场雪，飘飘扬扬洒遍了神州大地，连南方从未下雪的地方都被盖上了厚厚的一层。就在南方的人们为就近赏雪而欢呼雀跃时，从西伯利亚刮来的寒流加强了它的攻势，朔风呼啸着南下，气温陡然下降，把整个神州大地冻成白皑皑的一个冰块，这就是要写入历史的冰灾。京珠高速大部分路段都成了停车场，所谓的交通大动脉到处都有"栓塞"，出行的人们在高速路上进退不得，又冷又饿，高速路旁的小贩们趁机把方便面卖到五十元一桶。而南方某些政府部门对这种罕见的冰冻没有应急经验，交通中断，电力中断，冰冻的前期，抗冰救灾情况显得有些乱了章法。这场灾害惊动了中央，总理几次飞赴南方视察，对抗冰救灾作出重要指示。好在中央措施得力，地方军民齐心，用热血融化坚冰，灾难过去了。那些发国难财的小贩们成了抗冰救灾主旋律中弱弱的不和谐音符。

易凡夫担心父母亲，经常打电话回家问候，母亲告诉他俩老很好，叫他不要牵挂，并吩咐如果天气不好，春节不要回去，等天气好了再回去也行。易凡夫拿着电话，眼眶湿润了，这世界上最理解自己的，只有父母。

话说祸不单行，那一年的五月十二日，那惊天的一震，那震动中国、震惊世界的一震，那让所有华人揪心的一震。汶川，这个中国西部的小地方，一下进入全世界人们的视野。那些残垣断壁，那些血肉模糊的尸体，让人惨不忍睹、肝肠寸断。中国，又一次进入到了非常时期。举国上下，坚守着不抛弃、不放弃的信念，全部投入了抗震救灾。刘拥军在分局长会上，强调了半年税收收入任务，另外，着重布置了救灾捐款和物资捐赠等有关事宜。

在这特殊时刻，锅县地税局的干部表现出了高度的自觉性和强烈的同情心。捐款捐物源源不断地上交到人事科，把杨科长和易凡夫、小陈几个人忙得晕头转向。

杨科长给民政部门打电话询问钱物交到哪里，那边说："你们行动得好快啊，我们都还没接到上级的通知呢，暂时放到你们局里吧。"

易凡夫笑着对杨科长说："我们税务干部的境界太高了，那些大机关、大单位都还没准备呢。"

杨科长说："没政治敏锐性，这么大的事，还水不动、鱼不跳。这种事，本来应该归民政部门向社会发出倡议，我们主动了，他们还不收，不知道我们捐的钱物能不能到灾区，能不能到灾民的手中。"

小陈插话说："就是，网上报道说有人怕捐款不能到灾民手中，专门开车到灾区，给灾民们发现金。"

几个人在办公室边整理打包，边聊着。


地震不仅震动了汶川，还波及到很远的地方，锅县地税局也有很强的震感，震后，办公楼的墙壁上出现了多处裂缝。机关的干部把情况反映到局党组，刘拥军发话说："我又不瞎，看到了。"他要办公室请专业人员做了一个检测，结论是基础和结构没问题，没到危房的程度。但是大家都知道，原办公楼是预制件和砖混结构，小震动不会垮，大震动肯定有问题。

刘拥军自己坐在办公楼也不是很踏实，但在最近的党组会上关于房子的事只字未提，只是宣布了几个小的人事变动，易凡夫被安排到稽查局任副局长。

在宣布人事变动前，易凡夫跟刘拥军在茶楼闲聊，在座的还有局里与刘拥军走得近的三两个中层骨干，刘拥军对易凡夫说："你在人事科也干这么久了，文化建设也告一段落了，换个地方吧。"

易凡夫说："听安排，最好不去办公室。"

刘拥军说："去稽查局吧。"

稽查局长也在座，说："欢迎、欢迎，正好为稽查文书把把关。"

易凡夫心想：反正自己不能做主，你们安排了算。但是他没想到分管稽查局的副局长是曹报恩，虽然有稽查局长挡在前面，但免不了有正面接触，而他本来就跟曹报恩不对付，更不会去委曲求全，所以有很多麻烦在等着他。

树欲静而风不止。

易凡夫到稽查局报到后，跟干部见了面，熟悉熟悉稽查流程，然后把以前的稽查案卷拿了几个出来，学习了解稽查案卷的结构、法律依据等，平平淡淡地过了两周。

期间，杨科长和小陈把他和稽查局长叫到一起小聚。

杨科长说："你出人事科，是为小陈让出位置，但在文化建设这方面，县局还没有一个比你更全面更合适的人选，如果有需要，还是要请你帮忙的，不能推脱哦。"

易凡夫说："小陈不错，早该走上中层岗位了。至于我，达不上你说的高度，勉为其难而已。"

小陈说："易局长谦虚了，每次解说的时候，觉得你的解说词与文化建设的内容紧密贴合，该低调时平稳，该高亢时奔放，引经据典，深入浅出，既有深奥的文化理论，也有通俗易懂的俚语方言。我越解说越放松，现在可以信手拈来，真得益于你的解说词。"

易凡夫笑着说："夸我啊，写得好有什么用，如果没有你的倾情投入，没有杨科长的坚强后盾，要么就是明珠暗投，要么就是被别人抢去了果实。"

小陈笑了笑，接着说："与你共事，有时候觉得你举重若轻，有时候觉得你举轻若重，特别是在文化建设中，让我见识到了。"

易凡夫笑着说："举轻若重是一种态度，举重若轻是一种风格。"

小陈说："我还认为举重若轻是一种能力。"

稽查局长跟杨科长和易凡夫也是机关老人，关系不错，也知道人事科在文化建设中做了大量工作，接过话题说："既有态度又有能力，你们的工作摆在那里，领导和全体干部都认可呀，确实为局里的外在形象树立出了大力。"

杨科长说："程副局长虽然调走了，但是他在文化建设上为我们排除了不小阻力，消除了不少杂音，是值得我们尊重的。"

杨科长转过头对稽查局长说："凡夫去你那里了，兄弟之间，多多照应。"

稽查局长哈哈一笑："不用吩咐，多年的兄弟，太了解了。最近还是抽个时间欢迎凡夫吧，时间、地点、人员归凡夫定。"

易凡夫说："明天吧，除他们俩，我还邀一下乐组长。"

"那我就叫上稽查局全体人员吧，总共十多人，弄一大桌子就行了。"

几天后，稽查局召开了全体人员会议，曹报恩到会并讲了话，他随便说了几句，着重强调了廉政纪律。

他说："不要以人员调动的名义吃吃喝喝，要把心思用在工作上。"

稽查局长也是个老资格了，听了这话，脸上挂不住，脸色沉下来。稽查局的全体人员面面相觑，大家都知道，曹报恩在征管科时拿着发票管理所的公款请吃请喝，给上面的人行贿；在分局时把费用负担转嫁给企业。他是怎么上到这个位置的，全局干部都清楚。现在却来严格要求别人了。

易凡夫心里有一种莫名的厌恶，总觉得曹报恩说的话有针对性。这话传到乐组长耳朵里，乐组长说："是不应该。"

不知道乐组长指的是不该吃吃喝喝还是曹报恩不该说那些话。

稽查局是锅县地税局的拳头，有雷霆出击的威风。

易凡夫调到稽查局后，很快就有一个交办的案子。案子的来源也是出自稽查局，稽查局检查二组到一个家族企业去稽查，该企业名叫巨能公司，经营成品油，业务很好，短短几年时间，公司从一个加油站发展到六个加油站。检查二组进入后，公司董事长郭建牛和财务老总接待了他们。从账务上看，公司确实没什么问题。

财务老总是郭建牛的姐姐，她对稽查人员说："我们一直都是守法经营，账务也真实清楚，去年，国税稽查局来稽查，查了四个月，查出八分钱的问题，你们要相信我们。"

稽查人员说："从账面看是没有问题，但是请你们解释一下，你们既没有银行贷款，又没有借款，账面也没有利润。那么你们企业快速扩展的资金是从哪里来的？"

企业无话可答，但是就是不承认有违规行为。郭建牛的姐姐是县里一大型国有企业的主管会计退下来的，很有底气地说："反正账都在这里，你们随便查。"语气充满蔑视。

两名稽查人员一时抓不到企业违规的证据，只能给企业反复宣传政策。

郭建牛说："先不说了，我们吃饭了再谈。"

两名稽查人员看时间，已经过了中午，于是几个人到附近的一个小餐馆用了一顿便餐。饭后，稽查人员跟郭建牛做工作，要企业适当交几万元的企业所得税，但郭建牛坚决不同意，双方不欢而散。

第二天上班后，刘拥军接到市局皇局长的电话，说是有纳税人到市纪委举报锅县稽查局的人员打击报复。原来，郭建牛是市纪委聘请的行风评议监察员。他在稽查人员出门后，向市纪委举报，说是本来不需要缴税，但是因为接待不好，稽查人员要征收公司的税款。市局皇局长是非常重视单位形象的，他指示刘拥军，要彻底严肃查办，查办结果报市局。

刘拥军初步询问了一下情况，批评了两名稽查人员，要两人把伙食费每人一百元交到监察室，并写出深刻检查。

稽查人员向刘拥军汇报说："处理我们，我们心服，毕竟违反了廉政纪律。但是巨能公司实在有很大的疑点，如果不查清楚，税务部门要背一个报复的骂名，也助长了偷税行为，今后的稽查工作难开展。"

刘拥军对稽查局是比较信任的，他考虑了一下，在电话里向皇局长报告了对干部的处理情况，说："这个案子还在调查中，如果是干部的问题，我们会加重处理，请市局给我们时间。"

皇局长答复说："给你们一个月时间，向市局报文字材料，市局要报市纪委。"

刘拥军把曹报恩、稽查局的正副局长、检查二组的全体人员叫到局会议室，开了一个案情分析会。在检查人员说出巨能公司的财务疑点后，大家七嘴八舌展开讨论。最后决定兵分三路，一组人员继续从账面上找问题；一组人员与信息中心电脑专家从税控加油机着手查；一组人员从外围调查。几天后，从加油机上取得了突破，巨能公司故意偷税的事实初现端倪。原来，该公司批发卖掉的成品油，全部机外循环未进入税控加油机，税务部门监控不到。为了不体现销售税款和利润，公司财务在加油机内销售单价上做手脚，故意调低销售单价，偷增值税和企业所得税。

当真相渐渐浮现时，郭建牛慌了，他辩解道："销售价格低是因为公司做的促销活动，让利给消费者。"

虽然他给出的理由苍白无力，但稽查局本着以事实为依据的查案要求，对低价销售时间段进行了外围调查，这组归易凡夫带队，他们走访了上百名曾经在巨能公司加过油的司机，有的司机还留有加油的发票，并未有郭建牛所说的让利行为，司机们也配合稽查局做了笔录，提供发票复印件，有的司机还把发票原件交给办案人员。当一系列偷税证据固定形成证据链后，巨能公司偷税案水落石出。

这印证了一句话：再狡猾的狐狸也斗不过聪明的猎手。

当信息反馈到市局皇局长那里时，皇局长对巨能公司诬蔑税务局形象的行为很气愤，指示刘拥军："严格依法查办。"

查是查了，怎么办？刘拥军陷入了为难的境地。郭建牛在稽查局抓到偷税事实前很牛，在偷税事实清楚后就蔫了，先是到稽查局苦苦哀求，稽查局明确表示要依法依规补税罚款。后经人指点后，他去到刘拥军的办公室，进门就跪在地上，当着刘拥军的面抽自己的耳光，边抽边骂自己混蛋。刘拥军没理他，只是看着他无赖一样的表演形象，心里好笑，但对案子处理坚决不松口。心想：你就是披个监察员的皮，就可以肆意中伤税务局吗？决不能让这种歪风邪气风行。郭建牛见税务局水泼不进，就进一步要起了流氓，他放出话，要"黑摸"刘拥军的儿子。

这时，县政府的一位领导给刘拥军打电话说："拥军啊，听说巨能公司的老板对你个人有人身威胁。"

刘拥军说："是的，我已经被警告了，说是要断我的后。"

领导说："据我了解，他的一位亲戚是市公安局的领导，会提醒他，谅他不敢乱来。不过你处理这个案子要慎重，不要把麻烦撩到自己身上。"

领导的话一下点醒了刘拥军。虽然自己不怕威胁，但是儿子还是无任何防卫能力的中学生，如果为工作连累到家人，不值。于是，他要稽查局把案件的偷税事实查清楚，把偷税数字落实，把文书整理完善，然后移交给县公安局经济侦查大队。有市纪委的跟踪关注，不怕公安部门徇私舞弊，自己也扔掉了这个烫手的山芋。

荆北市国税稽查局听说后，派人到锅县地税稽查局了解情况，参考了查案方法，对巨能公司进行复查，如痛打落水狗一般。经多方夹击，巨能公司的能量也体现不出来了，郭建牛也不牛了，为了补交税款和罚款，公司卖掉了几个加油站，从此一蹶不振，郭建牛或许该明白，出来混，总是要还的。

案件移交后，稽查局开了一个小结会，曹报恩在会上批评了检查人员在纳税单位吃饭的违规行为，还指出在查案中效率不高，说得稽查局参会的人都愣了。大家明明加班加点、漂漂亮亮地完成了工作任务，被他轻描淡写地全盘否定了，都不高兴。刘拥军很客观地表扬了稽查局，让干部心里稍微平衡一点。

负责外围调查的几名干部暗地里对易凡夫说："曹报恩讲效率不高是指我们这组，那么多司机，我们要一个个落实，取证这一块都有几十人，怎么能效率高啊，但是我们是在市局规定的时间内做完的。"

易凡夫说："不一定是专指我们，查账的那组也没查出什么东西。"嘴上这样说，心里觉得曹报恩吹毛求疵，不得人心。好在刘拥军对这个案子查处过程和结果都认可。

房地产热，在北上广深一线城市热得发烫，慢慢蔓延到三、四线城市。与市区一河之隔的锅县城关镇也感受到这股热浪，三三两两的高楼不断地立起来了。作为没有资源和工业的锅县，房地产渐渐成长为财政支柱产业，税务部门把房地产列入了每年的稽查计划。易凡夫带一个检查组进驻一个房地产公司，清算土地增值税和企业所得税，在内部通气会上，曹报恩指示说："你们稽查局要把城关镇的容积率确定下来。"易凡夫听了一怔，容积率不是规划部门确定的吗？屁都不懂，还要充有知识，难怪大企业分局的干部说他是草包。心里这样想，但是没有表露出来，只是辩解说："容积率好像是规划局定的，跟税务局没什么关系。如果税务局定，也应该是税政部门定，稽查部门只按规定执行。"当着所有人的面，易凡夫说了实话。干部们听易凡夫跟曹报恩对话后，都窃笑。曹报恩的脸色当时就变了，心里恨易凡夫不给面子，只想找一个茬子，狠狠地收拾易凡夫。

每年都有的业务考试很快就要来临，以前易凡夫在机关时，还没怎么感受到考试的紧张，到稽查局后才发现，稽查局是很看重这些考试的，干部有很强的学习意识，学习氛围很浓，自己不爱学习，在这群人中间有点另类。考试成绩出来，易凡夫不及格，把稽查局的平均成绩拉下一大截。在稽查局的全体会议上，曹报恩对易凡夫发难了。他说："易凡夫你作为一个稽查局副局长，考试在稽查局倒数第一，拖稽查局的后腿。就你的业务水平，不适合在稽查局工作，也不适合在税务局工作。"易凡夫听曹报恩当着稽查局全体人员损自己，怒从心头起，回道："税务局的工作，是国家统一分配的，你说了不算；到稽查局来，有一把手，有分管人事的局长安排，你说了也不算。"当着那么多人，两人针锋相对。因为在会议上，也没有再纠缠下去，只是在心里聚集能量，等待下一次冲突。就像冷空气和暖空气相遇，总有电闪雷鸣。

事情反映到刘拥军那里，刘拥军把易凡夫叫到办公室，说："曹局长分管稽查局，你要尊重他。"

易凡夫说："刘局长，你应该了解我，他不找我的麻烦，我会主动挑起事端吗？"

易凡夫把冲突过程告诉刘拥军，但是没有说以前的过节。刘拥军听了，沉默不语。


刘拥军要办公室做危房检测，让机关干部在办公室安心办公，但又不考虑新修办公楼，是有苦衷的。

在上次为干部谋福利的建房中，刘拥军有过教训。房产公司在小区设计中，有几栋高层，多栋别墅，多栋普通住房。一位建筑商打皇局长的牌子托刘拥军揽一栋高层建筑业务，刘拥军知道他是皇局长的同学，说："工程发包是房产公司自己搞的，我没参与。我给他们说一下，应该没问题吧。"刘拥军马上与房产公司毛总联系，

毛总回答说："已经都发包出去了，既然是这种关系，我跟乙方龙总商量一下，看能不能让一栋出来。"

"皇局长的朋友姓姚，我把他的号码给你，你直接跟他联系，运作一下，尽量促成。"

"我尽力吧。"毛总回答并没有很大底气。

第二天，毛总把乙方龙总和皇局长的朋友姚总约到自己办公室，谈了很久，龙总的意思让出一栋可以，但是至少要转让费100万元。姚总算了一下账，按建筑行业的利润卡，1000多万的工程，交100万元的转让费，还有其他的一些费用，没几个钱赚，如果管理不好，还可能亏。他心里装着的最多出40万元转让费。

于是他对龙总和毛总说："可以少一点吗？你们的要求距离我们老板的心理预期有点大，我不好对他交代。"心想：这是想吃黑呀，难道不怕得罪皇局长吗？

龙总说："现在我们这里都是这个行情啊，毛总知道的。"

说着，目光转向毛总。

毛总说："龙总，姚总是诚心诚意来谈业务，再考虑一下，让一点。"

龙总说："我前期投入了很多费用，反正这些都是公开的秘密，好吧，既然毛总开口了，我退一步，让20万，一口价，80万。"

毛总见龙总态度坚决，前期费用又有自己的份，征询姚总说："龙总已经让了20万了，姚总你看呢？"

姚总摇摇头，笑了一下说："我们都是做这行的，还是有点大。"

三人沉默了，默默地喝着茶。

良久，姚总打破沉默，对毛总说："我知道消息太迟了，早点知道也不至于这样仰人鼻息，那就算了吧。我向老板报告一下，希望下次有机会跟毛总合作。"

他与两人辞别，毛总起身送他到电梯间，说："已经签合同，有法律约束了，我也只能尽力了。"

姚总连连说："理解、理解。"

毛总回到办公室，龙总对他说："我这里跟劳务公司签了合同，跟设备租赁公司签了合同，你违约我不会找你的麻烦，但是我违约了，他们会找我的麻烦。"

毛总说："本来是不合规的事，考虑到两个原因，一是这个项目有很大一部分是地税局集资团购；二是今后房产公司的税收方面还需要地税局关照。所以跟你谈，你不同意也就这样了，我向刘局长解释解释。"

毛总把谈盘子的过程详细报告给刘拥军。说双方谈不拢，没有达成转让协议。


刘拥军认为姚总一定会知会皇局长，准备在合适的时候向皇局长解释一下。

市局召开县、区局一把手会议，刘拥军抽空到皇局长的办公室，开口说："皇局长，那件事……"

"坐、坐、坐，先喝杯茶。"皇局长打断了刘拥军。

泡上茶后，皇局长说："你是说市局的廉政建设现场会吧？要好好准备哟，别人的只要先进材料，你作为东道主，不仅要有材料，还要有展示，你们的工作抓得好，市局准备向上推一推。"

见皇局长说的工作，刘拥军不好说皇局长朋友的事了。

刘拥军突然惊醒，皇局长从未向自己说起过揽工程的事，是自己自作多情了。

"我就是想向您汇报廉政建设现场会的事情。"刘拥军忙回答。

"要搞好,我准备请省局监察室的领导过来。具体的事跟监审科说吧。"说完,自顾自翻看起桌上的文件。

刘拥军明白皇局长已经送客了。从皇局长办公室出来,刘拥军觉得自己心里很敞亮了,走路的脚步也轻快起来。

地震后的办公楼外观并未有丝毫变动,但室内墙壁上的裂缝很不雅观。外面来局里办事的人看到后都说,你们的办公楼要维修了,于是说法变成了传言,传言变成了计划,地税局要修办公楼的消息逐渐散开。

那天,刘拥军正在办公室看文件,办公桌上的电话响起来,原来是县政府欧阳县长。他问刘拥军:"你们局里准备修办公楼吗?"

刘拥军笑了,问欧阳县长:"领导您给我批地了吗?您给我拨款了吗?这么大的领导还相信谣言啊。"

欧阳县长回答说:"我听人说起过,以为是真的。我是觉得你们局里修办公楼,省局、市局拨一部分,县财政配套一部分,在县里可以往招商引资靠,享受县里的财政返还政策。"

刘拥军惊叹当领导的反应快速,或许是要揽工程的,一下子把正事化为无形,还给地税局卖了一个人情。如果不是因为福利房的事情,刘拥军真的会考虑修建办公楼,有了前车之鉴,他知道自己不是能控制所有事情的,何况这种有重大利益的事,既然办公楼没有到非建不可的程度,他不愿把这些麻烦揽在自己身上。一个建筑项目,县长可能会打招呼,书记也可能会打招呼,或许还有更大的领导打招呼,打招呼的人相互之间不会通气,讨好一个人,得罪一批人,谁都可以轻易收拾自己。在仕途上,可谓步步惊心,自己还是走稳一点，从一介草民到局长，全靠自己兢兢业业地工作，没有背景，当官也不容易。

果然，市局一位副局长也给刘拥军打电话，刘拥军回道："别人问我我还回答，您问我我就不想回答了，县局是否修房子，是市局党组定的呀，你要表态发言的呀。"

副局长说："县局要打报告。"

刘拥军很正规地说："报告领导，我没准备打报告。"说完笑起来，"真的没准备修房子，有两个原因，一是政府没规划和土地，二是没钱。"

副局长说："如果有想法，市局可以在这几方面做工作。"

刘拥军摇摇头，忽然想到对方看不到自己摇头的这种肢体语言，又笑了，说："领导，我们这边还没这个计划，修建办公楼是外面的谣言。"

放下电话，刘拥军越发觉得办公楼不能在自己手里修了。

一个周末，刘拥军把易凡夫约到一个安静的茶楼，对他说："我有心抬一抬你，但是党组有不同的意见，你今后要注意处理好关系。"

易凡夫说："刘局长，谢谢你看得起。其实你不欠我点什么，不需要考虑我。我的年龄已经偏大，我的心态已经很淡。至于处理关系，我只能守住我的最低底线，那就是人格尊严，谁要侮辱我的人格，谁要践踏我的尊严，我会跟他拼命。我知道，我和曹报恩闹得不愉快，你肯定要维护你的副职，而我无欲则刚，他硬要找麻烦我也会接招。"

停了一会儿，易凡夫又说："曹报恩是什么德行大家都知道，我认为他是一条狗，不仅会咬我们这些老百姓，有机会了，他也会咬你。他不是个报恩的人，是条恩将仇报的疯狗。"

刘拥军不说话了，易凡夫已经表态，也无需再多说什么。

稽查局在清理房产公司税收的同时，也把城关镇私房联建的税收附带查了一些。所谓私房联建，就是有些人买城关镇原居民的住宅基地，搞的小型房产开发，没有土地使用证和房屋产权证。房屋销售价格比正规房产公司的低很多，在农民进城的群体中大有市场。

那天，易凡夫正在办公室整理资料，门被轻敲两下，易凡夫说："请进。"

抬头一看，是刘拥军的弟弟刘爱民，在县里一家银行担任中层干部。易凡夫忙招呼他坐下，边倒茶边问："有什么好事？"

刘爱民递给易凡夫一支烟，点上火，说："还真有事找你。"

原来他们行里几位行长合伙在城关镇西部买了一块农民宅基地，修了十多套房，除开自住的外，其他的都已卖掉，刚好被稽查局查到了。

易凡夫问："我们正在查的私房联建有五个地方，你们行长是哪一块？"

刘爱民也不清楚，他只知道买那块地是以钱行长父亲的名义买的。易凡夫把刚整理的资料打开说："我知道了，那块地土地面积398平方，共建了18套房，自用4套，已签合同交钱的有10套，合同价格均价每套25万左右。"

"你蛮清楚啊。"

"我刚刚清理完的资料。"

"有什么优惠没有？"

"有合同的都已经固定证据了，自住的还待查实。比照房产开发，建筑安装营业税，房屋销售营业税，土地增值税，还有附加，数额不小。"易凡夫简单说了一下情况，告诉刘爱民："因为没有两证，

自住也没有依据。你来了，我们肯定会酌情考虑，不过你自己跟曹报恩说一下，他分管的。"

"他在局里吗？"

"不知道，你去他办公室看看。"易凡夫叮嘱刘爱民，把跟曹报恩见面的情况通报一下。刘爱民点点头。

一会儿后，刘爱民又来到易凡夫办公室，说曹报恩答应帮忙。准备要行长们约曹报恩和稽查局的检查人员吃个饭，在饭桌上谈。易凡夫说："不吃饭，纪律严，就到办公室谈吧。"

刘爱民把易凡夫调笑了一回说："一家人，不办事也可以在一起吃个饭嘛。反正我约曹局长后再联系你。"

几天后，酒酣处，曹报恩拍着胸部表态，只管已销售房屋的营业税款。行长们纷纷敬酒感谢。当易凡夫把整理的资料交到曹报恩处时，曹报恩发飙了，质问易凡夫为什么不按政策办理。易凡夫一言不发，打开手机录音。曹报恩不说话了，示意易凡夫把资料放到办公桌上。易凡夫随便用一段录音，免掉了口舌之争，其实他并没有录音，但是不明真相的曹报恩对案子的考虑就不同了。本来，曹报恩准备借机狠狠屌一顿易凡夫，然后要刘拥军发话，给刘拥军一个人情，给自己留一个筹码。但是，录音了，就全是自己的责任了。别看他草包，在这些方面还是有很多弯弯拐拐，不然也坐不到那个位子。他要易凡夫按照税收政策重新做资料，易凡夫和检查人员早准备了，在办公室喝了一会儿茶后，易凡夫上交了另一套资料。

刘爱民打电话过来，问："易哥，你们怎么还没下结论啊？"

易凡夫说："已经报到曹报恩那里了，要他签字后才能出结论书。"

"结论是怎么下的？"

"报了两套资料，估计他会按正规的搞。"易凡夫压低一下声音，"别说我告诉你的，你再去找找他。"

刘爱民再一次联系曹报恩后，给易凡夫打电话有点垂头丧气，说："易哥，我很没面子。"

易凡夫说："不是你没面子，是你哥刘拥军没面子。我提醒过他，小心被疯狗咬。"

经历这件事，易凡夫觉得自己又增加了一些斗争经验，对曹报恩这种反复无常的人，不得不防。

随后，在稽查金龙房地产公司时，易凡夫发现一个重大问题。金龙房地产公司虚列打桩、车库、绿化成本2000多万元，故意偷土地增值税和企业所得税。易凡夫不露声色，问财务人员："分局做过土地增值税清算吗？"

"分局清算过了。"

"分局同意你们的申报吗？"

"当时分局不同意，我们金总向你们县局曹局长汇报后，曹局长给分局指示，分局照办的。"

又是曹报恩，易凡夫心想，这家伙胆子太大了，竟敢明目张胆地损害国家利益，帮助纳税人偷税。按理说曹报恩那么狡猾的人不会承担这么大的风险，除非有巨大的经济利益。易凡夫翻到企业的长期借款，发现有几笔向私人借的款项。问道："这些是什么人？代扣借款利息的个人所得税了吗？"

"有几个人是股东，还有一个曹建元是你们曹局长的弟弟，他有100万。"

易凡夫见财务人员不断抬出曹报恩，假装应付说："你们金总跟曹局长关系蛮好吧？"转移了财务人员的注意力。

财务人员说："蛮好啊，他们经常在一起打牌。"

易凡夫成功转移话题，闲谈了一会后，又对财务人员说："所有账本都拿出来看看吧。"

易凡夫翻到相关日期，银行账与现金账上并没有 100 万，但往来账上有 100 万。易凡夫心里明白了曹报恩为什么这么卖力为金龙公司站台，果然有猫腻。

易凡夫要检查人员把有关土地增值税数据核实，自己把这 100 万的相关内容记在笔记本上。他心想，曹报恩在训导别人时是多么冠冕堂皇，是多么正义凛然。他决定先把证据固定，回去跟稽查局长商量怎样下结论。

稽查局长看了检查的手稿，面露难色。他对易凡夫说："既然曹局长已经要分局这么做了，我们最好不要动，毕竟他分管稽查局。"

易凡夫说："你要考虑处理关系，我可以不考虑。建议稽查局先不做结论，稽查局不做结论可以免责，但这件事肯定要有一个结果的，我带队查的，不管什么结果，我个人承担。"

此时，易凡夫已经下定决心，要将曹报恩以权谋私的行为公之于众，要让曹报恩受到法律制裁。


姚鲁跟易凡夫已经很久不通信息了，一个稽查事多，一个办公室事更多，就像心有灵犀一样，易凡夫正准备给姚鲁打电话，姚鲁电话打过来了。

电话那边说："今天让你见见世面。"

易凡夫问："见什么世面？"

"别多问，下班了跟我走。"

捱到下班后，姚鲁开车来接易凡夫，孙副局长也在车上，打了个招呼，姚鲁对易凡夫说："现在要称孙政委了。"

易凡夫忙表示了祝贺。孙政委知道易凡夫跟姚鲁关系好，又帮了洪亮的忙，前面接触过两次，有印象，所以对易凡夫很亲近。姚鲁把车开到柳湖湖畔的一栋别墅，里面已经有几个人了，易凡夫只认识金太阳房地产公司的老板洪亮，点了点头。

四周打量了一下，易凡夫发现别墅面向柳湖，别墅被柳树环抱，很阴凉。外饰跟旁边的一些别墅相差无几，别墅内部装修可以说是金碧辉煌。进大门是客厅，至少50平方，地面是白色的花岗岩，从三楼顶部垂下来一个硕大的水晶吊灯，约有五、六米高，红木旋转楼梯像一条巨龙绕着吊灯盘旋而上，显得高贵而大气。一楼客厅旁边有一个餐厅，桌上已经上了一些易凡夫叫不上名的菜。姚鲁招呼易凡夫在客厅的大沙发上坐了一会儿，就入席了。

洪亮先介绍了来的客人，有文人、老板、官员，彼此认识了一下，洪亮举起酒杯说："这么多贵客光临寒舍，我蓬荜生辉。今天一是恭喜孙政委高升，二是感谢税务局易局长帮忙。"易凡夫听到这局和自己有关，有点诧异，也就是介绍做了一个税收筹划，自己早忘记了。

在众人的一片恭贺声中，孙政委干了一大杯白酒。洪亮带头敬孙政委，另外几个人好像跟孙政委很熟悉，也附和着，姚鲁和易凡夫最后敬，一轮下来，孙政委已经喝了不少，但是没一点事，前两次在一起可能没放开，今天才显露出英雄本色。

每人面前上了两例菜一例汤，洪亮介绍说："这是澳洲鱼翅和深海鲍，还有马来燕窝汤，大家尝尝。"

易凡夫以前只听说过，今天真开眼界了。

洪亮举着酒杯说："这是二十年茅台，大家尽兴，还有拉菲，白地搞完了再搞。"

话语有很深的底气，也有很浓的炫耀味。末了，他指着中间一大盆菜说："那是娃娃鱼，从张家界搞过来的，已过了人工饲养第三代了，不属于国家保护动物，大家放心吃。"

一众人品着好酒，吃着山珍海味。桌上的那些人像众星捧月一样敬着孙政委，易凡夫跟那些人不熟悉，只跟姚鲁说了几句话。

洪亮下席走向易凡夫，轻轻说："谢谢你，兄弟。"举了举杯。

易凡夫忙站起来，跟洪亮碰了一下，干了，只是不知道自己什么时候成为洪亮的兄弟了。

饭毕，孙政委留下来玩牌，洪亮要易凡夫和姚鲁也玩玩，姚鲁说："易局长不玩的，我们在柳湖边走走，消消酒。"

洪亮也没勉强，说："好吧，一会儿回来喝茶。"

两人在柳湖边，享受着湖风的抚慰，欣赏着美丽的夜景。姚鲁告诉易凡夫，欧阳县长已经接书记了，孙政委通过姚鲁的引荐与欧阳书记接上了关系，在这次提拔中顺利转正。

易凡夫问姚鲁："欧阳书记对你没安排吗？"

"他暗示过我，我觉得自己没能力、也没兴趣去乡镇当个头，现在的位置很好，准备还混几年，找个好点的科局退休算了。"

姚鲁还说出了自己的担心，"欧阳书记风头太盛，木秀于林，不是好事，我跟他的感情是一点点积累起来的，但是经我牵线搭桥的人大都心想事成了，肯定不是感情原因，我真怕欧阳书记栽跟头栽在这些人身上，那我的罪过就大了。"

易凡夫笑道："处江湖之远还忧其君，有必要吗？欧阳书记连这些都把握不住，还当书记？"

一边宽慰姚鲁一边想：现在反腐倡廉风声愈来愈紧，很多官员在工程项目、人员提拔上出事，保不定锅县也有不为人知的，还没有暴露的事。

但是易凡夫不想在这个话题深入下去，说："洪亮越来越风光了，在荆北市区最好的地段有这么一栋豪宅，我们工薪阶层几辈子的收入都买不起。"

"当然，这别墅区就是专门为那些老板们开发的，官员有钱也不敢住在这里。这几年房产市场看好，洪亮抓住了机会，狠赚了一些，有的钱来路也不见得很干净。"

易凡夫笑道："好酒好菜招待你，你还说人家坏话。"

"我说的是事实啊，在开发过程中强拆的事多的是，有多少老百姓欲哭无泪，上告无门。"姚鲁顿了一下，"今天是陪你，不然，我早走了。"

易凡夫挥手在姚鲁肩头一拍，说："早说啊，我们本来跟他们不是一路人，我也早想走了。"

两人一拍即合，回到别墅，给所有人打个招呼，开车走了。

车上，姚鲁说："洪亮给你两条烟，在尾箱里。"

易凡夫说："我不要，你抽吧。"

"我也有，拿着吧，不算大问题，何况你还帮他那么大的忙，我的烟都是搭你的车，呵呵！"

易凡夫说："洪亮都一并感谢了，我也不想与他有任何瓜葛，我劝你也注意点。"

姚鲁回答说："我们所见相同，这几次都是陪你，我也不会单独与他交往，孙政委与他是老关系，有瓜葛，我本来也不熟悉，更不想蹚浑水。"

只有时间是永不停止地向前，不知不觉，鸣鸣已经上完初中二年级了，这小子成绩一直都很好，在县一中初中部保持年级第一名，鸣鸣的班主任已经多次找易凡夫，要鸣鸣报考本校高中部。一中的校长还是原县委书记的同学，这么多年，校风日下，每次高考在全市的各区县一中对比都是名列末尾，社会上反映一中贻误了一代人。易凡夫准备把鸣鸣送到省城的名校，征求姚鲁的意见。

姚鲁激动地说："你不问我我也要告诉你的，千万不要在县一中上高中！"

易凡夫说："一中这么差，校长倒是做得稳当。"

姚鲁告诉易凡夫说："在位这么多年，校长在基建项目，学校食堂等方面捞了不少钱，然后用钱来打造关系网，这网愈来愈坚固，一般人动不了他，能动他的人都在网内，所以他做得稳。"

"欧阳书记也在网内？"

"不知道，我看到校长经常找欧阳书记。"姚鲁说："上梁不正下梁歪，校长不行，老师也就效仿了，不把心思用在教学、教研，成天想的是怎么捞钱，有几位老师在学校外面经营了一间茶楼，给学生家长打电话，要求捧场。还有更坏的，有的老师在课堂上该讲的知识点不讲，要学生补课收费后再讲，数学、物理尤为突出。"

易凡夫说："中学的理科老师看不起文科老师是有道理的，有经济后盾嘛，只可惜了孔圣人提出的'因材施教'被锅县一中篡改为'因财施教'，这种风气，如何办校？"

提到校风，姚鲁越发气愤，他说："师德太差了，我曾经请小石头的任课老师吃过一次饭，他们呼朋引伴一下来了十多人，饭后要去唱歌，我怕他们不方便，没有陪，只在歌厅订了一个包房，去买单的时候你能想象到是什么情况？每位男老师都搂着一位陪唱小姐，而现场还有两位女老师，我实在看不下去，把钱交给小石头的班主任，委托他买单。"

易凡夫笑道："食色，性也，你可以搂小姐，他就不可以吗？"

姚鲁说："有他们的女同事在啊，再怎么也要尊重一下嘛。"

姚鲁叹着气说，"我真后悔把小石头送到一中，下期就要高三了，转学也迟了。"

听了姚鲁的话，易凡夫本来还在观望的，一下子下定决心把鸣鸣送出去。他跟丽静商量时，丽静有点不舍，但听到关于一中的林林总总，也同意了易凡夫的决定。

当俩人把鸣鸣送到省城上学回来，林丽静从梳妆台抽屉里拿出两份离婚协议，往桌上一拍，说："签字吧。"

易凡夫拿过来看了一眼，轻声说了一句："发什么神经？"

林丽静说："我不是发神经，我想了很久，也忍了这么多年，今天我要好好跟你谈谈。"

易凡夫不说话，静静地望着窗外。

林丽静接着说："这么多年来，我自认为我做到了一个儿媳妇应做的一切，你想想你做到当女婿应做的没有？不要以为你上了几天学，就可以肆意妄为。你那骨子里的农民意识永远去不掉。自私自利，睚眦必报。你对我父母不尊重是不孝，而我对你父母从心里到语言到行动都没有一点不尊重。在事业上我从未对你有什么要求，我觉得我不配要求你做什么。但是你自己甘于沉沦，不求进步。虽然我管不了你，但是你也听听你同事对你的评价。最可恶的是对我，这么多年，你很少正眼看我，嫌我文化水平没你高是吧？你文化水平高，可做的尽是些没水平的事。在外面跟一些乱七八糟的女人鬼混，心从来不在家里。我可以很明确地告诉你，天鹅肉你这个癞蛤蟆吃不到，丑小鸭也要飞走了。这些年我一直隐忍不发，并不代表我不知道，而是为了鸣鸣。你伤害我，我不想伤害鸣鸣。"

林丽静一改过去火爆的性格，很平静地说出这些话，在易凡夫听来，却掷地有声。

易凡夫沉默了，他知道这是报应，终于来了，这是对他游戏人生的惩罚，他从未考虑这种结果，他不知所措了。

良久，他问林丽静："这是最终结果吗？"

林丽静斩钉截铁地说："结果不会变！"

易凡夫说："给我几天时间吧。"

易凡夫把姚鲁约到茶楼，对他说："我跟你遇到同样的事情了。"

姚鲁问："什么事？"

易凡夫说："丽静要跟我离婚。"

姚鲁说："在你跟欧阳馨交往时，自以为神鬼不知，你应该知道，若要人不知，除非己莫为。青萍找你谈话是在提醒你、警告你。当然，那时欧阳馨已经走了，但是，你的心也一直未回归家庭。丽静是很受伤的。"

易凡夫说："全都是我的错，可丽静连弥补过错的机会都不给我了，这是我感到最惭愧的，你和青萍还做做丽静的工作吧。"

姚鲁点点头。


自从跟易凡夫冲突两次后，曹报恩觉得易凡夫并不是软弱可欺，没事也不敢惹他。易凡夫落得逍遥，但是他觉得也没什么意思，虽然稽查局的兄弟姐妹们在一起很开心，但是自己时刻要提防曹报恩，有点累。在球场上，防守比进攻耗体力，在人际交往中也一样，袭击随时都可能来，令人防不胜防，筋疲力尽。易凡夫总想找机会放松放松。

近些年，说走就走的旅行很时尚，不经意易凡夫就开始了一次说走就走的旅行。

那天，几位朋友在聚餐时，谈起去西藏自驾游。几人一合计，两天后出发。易凡夫马上请公休假，买好装备，与朋友们一起踏上行程。

车行进在高速路，易凡夫有时间整理自己的心情。从税二十多年来，他经历了不少，总觉得自己在黑暗中摸索前行，没有明亮的指路明灯，没有明确的人生方向。向前看，前方的路快到了终点，只能向后看，看看身后走过的路，自我总结。

易凡夫是个愿意思考的人，也就是修道者所说的"悟"。他刚参加工作不久，参与一个稽查案子的调查时，发现税务所的结案权存在问题，跟局里的业务"尖子"讨论时，业务"尖子"说没问题，既是历史的沿袭，也习惯了操作。

易凡夫问："税务所的结案文书是法律文书，当纳税人按税务所的结算交清了所有税款，就是遵从了法律，那么稽查出来的税款，是要按偷税处理的，是要有处罚的，请问纳税人是主观故意偷税吗？纳税人愿意认罚吗？"

业务"尖子"说："这就是税务局的权力。"

易凡夫没有再争下去，心里觉得权不能大于法。多年以后，税务所和税务分局的结算果然取消了，代之以纳税人申报和税务管理部门开展纳税辅导，明晰了法律责任。

办税务登记证，要收工本费，先前收费标准是企业80元，个体40元。后来收费下降了一半。干部们喜笑颜开，都说今后办证更好收费了。易凡夫不以为然，他说："纳税人缴税了，税务登记证是他们应该享受的公共资源，为什么要收费？收费就是有利益，有一个利益链，我们都是乱收费的帮凶。"后来，办理税务登记证也不收费了。

税务部门是个执法部门，有国家赋予的权力，很多人就有一种高高在上的优越感，而易凡夫对这种优越感很有看法。比如，去纳税单位称为"下户"。易凡夫觉得征纳关系是一个平等的工作关系，没有上下之分。

他对纳税人说："对守法的纳税人，我们应该热情服务，对不守法的纳税人，我们当然会严格执法。"

后来，"下户"的称谓渐渐变成了"上门服务"。

易凡夫在局办公室就职时，马千里曾批评他打通知语气太和缓。他写了一篇文章，提出了三个观点：领导为群众服务；机关为基层服务；税务局为纳税人服务。后来税务部门由只重执法发展到执法与服务并重。有一段时间，县局征管科出台了一条规定：对个体户领发票的，按比例提供发票。理由是纳税人有未开票收入。易凡夫觉得，这是典型的"疑罪从有"，是与先进的法理相悖的，县局还要求扩开推广是行不通的。不久之后，这条规定因大面积的纳税人反对而夭折。能悟"道"而无"术"，这是易凡夫对自己人生的总结。

以道为本，易凡夫行，精于术，易凡夫不行，所以无论工作还是生活，凡需要勾心斗角的，他完全不懂，总是受伤者，甚至伤得刻骨铭心，体无完肤，因而也就能避则避了。

但是他在"悟"这方面还有点心得，2015 年 12 月 24 日，国家公布《深化国税、地税征管体制改革方案》，其中有加强国、地税建设，合作不合并的内容。

他武断地说："国税与地税应该合并了。"

有同事笑他："刚发的《通告》上还强调加强国、地税建设，你是在跟中央唱对台戏，乱弹琴。"

他说："等着吧，你我都能看到。"

2018 年初全国两会上，就传出了国、地两税合并的消息，六月，两税合并就开始了。

有人问他怎么预见到的，他慢条斯理地说："有三点，第一，分税制二十多年，已经完成了它的历史使命，国库殷实，国家经济已经充分发展。过去的入库级次问题可以由事后监督变成现代化大数据事前监控；第二，税务部门的征收成本和纳税人的负担亟待削减；第三，也是最重要的，一部法律，两个单位执行，作用于相同的对象，出现了标准不一的现象，是违背立法精神的。"

同事们觉得他说得有些道理，其实他心里认为，既然要合作，何必不合并，何况机构合并也是国家改革的大方向，那么多国家大部委都合并了，国、地税合并是所有单位合并中最简单的最有必要的，当然这是后话。

自驾游就是自由，想什么时候走就走，想什么时候停就停，想在哪里停就停在哪里。不需要开车的易凡夫很难得轻松地欣赏着沿途的景色。在锅县小城，人有一种说不出的感觉，天灰蒙蒙的，让人的心情长期压抑。相比大城市，县城就是农村，没有大城市的内质，却有大城市的虚荣，没有农村的纯朴，却有农村的小气。走出锅县，才知道外面的世界很精彩。没有纷繁的琐事扰心，易凡夫可以把脑子清空，把记忆清空，专门用来储存美丽的风景，储存愉悦的心情。

天府之国，不仅在于她的富饶，更在于她的优雅。一路上，叠翠直扑眼帘，近山的写实衬出远山的写意。从沿途半山高速公路上俯瞰山脚的城市，就像看航拍图片一样美丽，刹那间，易凡夫觉得自己像一只翱翔的雄鹰，在城市的上空掠过，悄无声息，却留下痕迹。

成都，天府之国的中心，有着传统的雍容华贵，也有着现代的夺目绚丽，但无论是哪种风格的渗入，都动摇不了她闲适的根基，中华文化的深厚底蕴和包容性在这里得到充分体现。一把遮阳伞，一碗盖碗茶，完全可以把人的身、心留在这里。易凡夫看着悠闲的人们悠闲地品着茶、聊着天，心想：难怪杜甫老先生都把茅屋建在这里，这是个适合人居的好地方，林立的高楼，也不怕秋风的强劲了，现代人也不需要像杜老爷子一样发愁了。在易凡夫的要求下，一行人专门去看了汶川地震震中映秀镇，高大的房屋像积木一样被一只无形的大手随意摆放，房屋下面，掩埋着五十多条生命，大都是映秀中学的学生。那一朵朵含苞待放的花儿，在一瞬间凋零，生命的脆弱昭示着大自然的残酷无情。托体同山阿是人生的结局，而那些孩子们的人生才刚刚开始就结束了，令人扼腕。人们立在地震纪念碑前，感叹自然的威力，祭奠逝去的生命，愿那些无辜的灵魂在天堂有一个好的位置安放。

行到邛崃，司马相如和卓文君的故事就发生在这里，易凡夫对这对历史上有名的才子佳人欣赏有加，为了爱情，冲破世俗的藩篱，终于修成正果，他们是千年传统意识的土壤里生长出的一朵反叛的奇葩，实在难得。触景生情，易凡夫想到了欧阳馨，伊人已经在水一方，杳无音讯，自己只能在回忆中感受她的美和睿智。欧阳馨是对的，即使再给一次机会，易凡夫也不可能像司马相如去市场上卖酒，易凡夫也曾想过，离开现在的单位，自己能干什么？没有经商的能力，运气比姜子牙还背；也没有司马相如的才华，只是一个手无缚鸡之力书生，一旦脱离单位，就只有穷困潦倒，流落街头，欧阳馨还会正眼瞧他吗？易凡夫自己摇摇头，转而又笑了，这都是一些无聊时的臆想，没什么意思。他扭头看着窗外，把自己想象成景中的一部分，把思维发散到无边无际的空间。

折多山，是进藏路上的第一座海拔四千米以上的山。山口有风有景，风很大，站在风中，易凡夫感到阵阵凉意，在盛夏的季节有无尽的舒适，景很美，漫山的格桑花在风中绽放。山口离天很近，朵朵白云就在头顶，似乎伸手可采撷，天空碧蓝，无一丝杂质，展现出一种阔大的空灵。过去只在书中看到高天上流云，身临其境，易凡夫有了结庐在这仙境的想法。

一路上，有徒步的，有骑行的，都是向着拉萨行进，或许那些人都跟易凡夫一样，只是以一种旅游者的心态，把拉萨当成一处途中的驻地，稍稍停留，还会奔向自己的远方。但是那些三步一叩首的朝圣者，却有着自己的信仰，拉萨，布达拉宫是他们的终点。这种虔诚，让人肃然起敬。易凡夫觉得自己是个没有信仰的人，混了几十年，一事无成，像一只得过且过的寒号鸟，与朝圣的人们相比，特惭愧。

进藏的 318 国道很险，沿途的风景很美，真是无限风光在险峰。在美景中穿行，人的心情也分外美丽。易凡夫通过对讲机，与另外一台车上的兄弟们说着段子，同行的人开怀大笑，欢乐的情绪相互感染，驱除了旅途的疲惫，增添了出行的快意。

藏区有藏区的特色，随处可见的经幡在风中飘荡，成群的牦牛在山上徜徉，游人带来时尚的气息撩动了藏区原始的风情，藏民们在国道沿线摆摊设点，做起了买卖，放上一些有民族特色的小饰品、小食品吸引着游人们。

几天来，易凡夫对这里最深的印象就是静和净。有熙熙攘攘的游人，有咆哮奔腾的河水，易凡夫也能从中取静，任思绪飞扬。他从未到过西藏，只从书本上和进藏回去的人那里了解一点枝枝叶叶，这次的旅行，让他有了亲身经历、直观感受。他是个不相信传言的人，他觉得这里没有有些人说的那样糟，从平原到高原，自己没有高原反应，满眼的无死角的景，让他心旷神怡，当他仰头看到展翅滑翔的雄鹰，觉得自己也要腾空而去，陪鹰起舞了。沿途的美景，可以净化人的心灵，那净，是一种由内到外的感觉，是一种净的最高层次，人们把拉萨当做圣地净土，趋之若鹜，这一路则是一个净化的过程，眼里只有缥缈的景，心里只有缥缈的神。

向往拉萨，易凡夫有一个心愿，寻觅诗人仓央嘉措的印记。那位雪域最高的王，那位拉萨街头最美的情郎，留下了许多脍炙人口的诗。易凡夫喜欢那种通达的意境："白云上失足，我跌入世俗之缘，转经筒转了又转，观音菩萨依旧夜夜观心。"易凡夫更喜欢那种超然的心态："笑那浮华落尽，月色如洗，笑那悄然而逝，飞花万盏。"在拉萨街头，易凡夫已找寻不到仓央嘉措的痕迹，只能在他的诗里感受任性和柔情。

站在布达拉宫的顶上，放眼四眺，易凡夫有一种君临天下的豪气。在这里倚天挥剑，可以任意裁剪世界。当奔涌的热血渐渐冷静下来，易凡夫又感受到一种佛的魔力，笼罩着远山的佛光里，分明有一个声音在呼唤：来吧，这里是你的归宿，你与佛有缘。他彷徨了，自己什么时候与佛有缘呢？前世？今生？来世？易凡夫忽然想到，自己的前世不会是仓央嘉措吧，反正自己没一点向佛的心思，今生也与佛无缘，要不只有来世了。待他凝神静气，佛光里的幻象已然不见。易凡夫的心一下子空荡荡的，眼前的一切都变得很虚幻，他觉得，人生能活在虚幻中是最理想的。虚幻的美好替代现实的无奈，就没有任何烦恼了。他又觉得，人生的无奈，是不是也可以化为虚幻呢，就让那些无奈随着雨打风吹消失吧。满城的藏香袅袅的烟，易凡夫接受了佛的洗礼。

从西藏回来的路上，易凡夫比较了道家的"无为"和佛家的"无嗔"，似乎有异曲同工之妙，自己的未来应该不是在"无为"中"无嗔"就是在"无嗔"中"无为"。


车上，易凡夫接到建国的电话，因为信号不好，易凡夫对建国说在外面，还有几天才能回来，并问建国是不是有急事。

建国说："不急，回来后再来找你。"

回到锅县，易凡夫把从西藏带回来的一把藏刀送给姚鲁，姚鲁顺便为易凡夫接风洗尘。这次参加的还有华小燕，看着两人在桌上眉目传情，易凡夫明白了。他笑着问："你们这对狗男女，是什么时候勾搭上的？"

华小燕羞涩地笑了一下，姚鲁说："在对的时间遇到对的人。"

易夫凡说："什么时候办事，送你们一副对联。"

姚鲁说："算了，狗嘴里吐不出象牙。"

说完，三个人哈哈大笑。华小燕陪了一会儿就走了。

易凡夫问姚鲁："青萍知道吗？"

姚鲁说："我告诉她了，她们之间也熟悉，我之所以走这一步，是让青萍没有任何负担地去发展。"

易凡夫笑道："小石头有福气，有一个当大官的亲妈，还有一个大款后妈。"

姚鲁回道："一个完整的家，才是福气，到这一步了，就只有这样走下去。我跟青萍、华小燕商量了，等小石头高中毕业后再告诉他。"

"当然，不影响小石头的学习是第一要务，呵呵。"停了一下，易凡夫又说："还好，华小燕那边不复杂，没有子女，好处理关系。"

"所以嘛，我们这年纪也经不起折腾了，安安稳稳地过吧。"

"家里两老还好吧？"

"其他都好，就是我妈还在买保健品，两个老的为这事偶尔扯皮。"

易凡夫笑着说："那些卖保健品的都是算命先生和心理学家，他们掐指一算，你妈是个有钱人，所以找上了，你看什么时候有卖保健品的找过我妈，经济基础决定生活品质。说他们是心理学家，他们很会打感情牌，像你爸妈在家，你们当子女的陪伴不多，然后那些人经常上门嘘寒问暖，让老人有一种暖心的感觉，更有甚者，有些卖保健品的还组织老人出去旅游，给老人洗脚，老人们被哄得高兴，自然就会买保健品了。还有的抓住老人爱面子、攀比心理，找些托儿现身说法，这种团队的、立体的、全方位的轰炸，正常有头脑的人都会上当，何况那些小脑萎缩，智力退化的老人。"

"那些人胆子天大，我们单位都不敢组织离、退休老干部出去旅游，老人们身体状况我们不了解，怕万一有个三长两短，负责不起。他们为了几个钱，敢承担这么大的责任。"

易凡夫说："他们本来就是非法的，会承担什么法律责任，万一老人出事了，他们就作鸟兽散了。"

姚鲁说："国家又不是不知道，这些非法的勾当怎么没人管？"

易凡夫说："还没出大事吧。像电信诈骗，自有电话、手机起就有，老百姓都知道，难道有关部门不知道？但如果不是那个女大学生因电信诈骗自杀，自媒体舆情沸腾，也不会引起有关部门重视。"

"我爸好像跟我妈达成协议，我妈可以用完她的退休工资买保健品，但不能用我爸的退休工资，我爸的退休工资要保证正常生活开支。另外，要买国家批准的，网上能查得到的正规品，不买假的。"

易凡夫笑道："这就是有钱人的烦恼。"姚鲁白了他一眼。

停了一会儿，姚鲁对易凡夫说："这次青萍回来，我跟她一起做了丽静的工作，丽静松口了，你去看看丽静吧，好自为之！"

当易凡夫把带回来的一些小礼品送给稽查局的兄弟姐妹时，他们都围过来，七嘴八舌地询问去西藏的事宜，有些年轻人已经有了自驾去西藏的规划。

易凡夫说："景色很美，但路很险，建议不要在雨季去，山洪暴发时把路毁掉，车辆通不过，水漫公路，可能有危险。"

听到有危险，有人心里敲起了鼓。

易凡夫又说："还等几年，全程通高速就方便了。"

他们把易凡夫自驾进藏当成了壮举，易凡夫心想：如果他们看到朝圣的人们会怎样地佩服啊。


待把一些杂事忙完，易凡夫给建国打电话，建国在电话里告诉易凡夫，说有个合同请他看看，乘车中午前能到，易凡夫说："来吧，我在局里等你。"

建国赶到易凡夫办公室，拿出一个合同，是一个承包合同。

易凡夫问："你准备承包荒山吗？"

建国说："不是，是有人想承包我们组里的荒山，我们心里没底，拿来给你看看。"

易凡夫仔细看了这份合同，对建国说："这个合同我觉得有点问题，关键是合同的双方权利和义务不对等，对甲方太苛刻。不过这是我的理解，我帮你去问一下律师。"

易凡夫给一位律师打电话，被挂掉了，估计他在开庭。于是易凡夫发了一条微信，并把合同拍下来传过去，等律师回话。然后他把建国带到局旁边的一个小餐馆，边吃饭边聊。

建国告诉易凡夫，农村现在的负担比以前轻好多了，国家不仅取消了农业税，还对种田有补贴，按耕种面积补，但是农民的收入还是不高。易凡夫回家时听父亲说过，也没了解很多。

建国说："凡夫，我给你算一笔账，一亩水田，种两季，不到两千斤谷，国家给的保护价格是五十元每百斤，一亩田的总收入千把元，扣除种子、农药，扣除机械租赁费，每亩纯收入不到六百元，还没算自己的人工工资。我们家人多，有二十多亩水田，每年收入一万多元，但是人太累了，划不来。"

易凡夫问："你什么时候回来种田的？"

建国说："今年春节后我就没出门了，爷爷奶奶还在，父母亲身体不好，还有一个弱智的弟弟，这些人都需要我去照顾的，没办法。"

"孩子们呢？"

"儿子和女儿都出去打工了，现在打工的收入比我们以前要高，孩子们每年省吃俭用把打工的钱寄回来，支撑这个家。"易凡夫知道建国的家境，支撑这么一大家子确实很不容易。

建国说："有人要承包荒地，我们家的田地最多，怕吃亏，所以来问问你。"

易凡夫说:"别急,等律师回话了再看。"

两人聊到家乡时,易凡夫对建国说:"我们那里可以发展乡村旅游和农家乐餐饮。"

建国说:"穷山恶水的,谁会去那儿?"

易凡夫说:"在山冲里的那些水稻田产出不多,可以考虑种植经济作物,比如种一条冲的玫瑰花。"

"种那个有什么用啊?"

"发展乡村旅游啊。"

建国不解地望着易凡夫。

易凡夫继续说:"在冲口的大枫树旁边立一块大石头,刻上'情花谷',把路修宽点,家家户户做民宿、农家乐餐饮,游人们大人可以赏花,小孩可以在小溪里抓鱼、捞虾、捉螃蟹。人们赏花后可以吃到可口的饭菜,住在安静的农家,有回归自然的享受。把红薯做成红薯粉,还有桂花糕、玫瑰花糕,游人走的时候都会带点土特产送人,不愁没有生意的。"

建国说:"修路要钱啊,种玫瑰花也要本钱啊,农民目光短浅,只看到眼前利益,现在每亩能有几百元的收入,改种玫瑰花后,如果一年没收入就会吵翻天,谁来承担啊?"

易凡夫说:"以合作社的方式,按土地多少入股,大家共同承担风险。再者,乡村旅游做好了,一个周末的收入可能有田里一年的产出。"

停顿了一下,易凡夫又说,"现在修路国家有拨款,自己出劳动力就行了。"

"那也要一个撑头的人啊,现在都是以家庭为单位,谁也不服谁,搞不拢来。"

"你和成富在外面这么多年，出来组织这个事不行吗？"

"我们还不是个农民，谁会服我们啊？要不，你来撑头，我们都服你。"

易凡夫心里一动，他曾经想过回农村帮帮生养他的那块土地上的农民，可是自己没那个本事，当初学历史真没一点用，不如学农学。公务员这块鸡肋，食之无味，弃之可惜。但是自己想回农村干事，首先父亲这关就通不过，父亲因为几兄妹的出息，在乡下有无上的威望和荣光，自己回农村这种抹黑的事父亲万万不会答应。林丽静也不会同意，一个人带鸣鸣，管得了生活管不了学习，太累。

易凡夫说："我肯定回不来，你们可以合计合计，或许可以走出一条脱贫致富的路来。"心想：农村落后最关键的是意识落后和观念落后。

律师回话时已经快到下午一点了，他说了几点：一是合同是否合法，特别指出根据土地承包法第四十八条，将荒山给村外人承包，应经三分之二的村民同意，并报乡镇人民政府批准。二是合同第十条明显不对等。三是第十一条与发包方无关。

易凡夫结合律师的回复，对建国说："村里召集你们开会了吗？报批了吗？如果没走程序，这个合同是可以被推翻的。你们违约了罚款五万元，乙方违约了只罚承包款额度，你们承包款是多少啊？"

建国说："我们家的山地算起来是一万两千元。"

"这么便宜啊？三十年呢。"易凡夫很惊讶，"在违约处罚上差距太大了。"

建国说："在我们那地方，有人租就不错了。"

停了一会儿，建国又问："如果不签，我们不就什么收入都没有了吗？"

易凡夫说："是啊，合同要体现甲乙双方权利义务平等的原则，不然就是跟中日《马关条约》一样了。"

建国想了一会儿，问："你家的山地也在这个里面，你租不租？"

易凡夫笑笑说："我家山地不多，随父母的意思吧。"

建国走之前，易凡夫跟他交代，要他多听听别人的意见，该为自己争取的一定据理力争。几天后，妈妈打电话过来，告诉易凡夫租地的事。

易凡夫问："建国签了吗？他家里地最多，如果有损失，他家的损失是最大的。"

妈妈说："上面有人做思想工作，也可能对建国有什么其他的承诺，建国最先签了。"

易凡夫重新看了手机里的合同，认为这合同是乡下的那些土法律工作者拟的，帮着承包方欺负农民，心里有一种说不出的愤怒。

邻村前几年发生了一件损害农民利益的事，易凡夫还记忆犹新。

县里修一个中小型水电站，库区要淹没许多老百姓的祖坟，县里在邻村划定了三百亩山地作为迁坟的新坟地。给老百姓的补偿款已经由财政部门拨付到乡镇，乡镇拨付到村里了。但是村委会的几个人克扣了一部分补偿款私分。有些不知情的人领了补偿款，少数几个从其他渠道了解补偿款数字的人展开了抗争，他们拒绝签字，并到乡镇告状。村支部书记跟乡镇党委书记是战友，安排派出所以妨碍执行公务和扰乱社会治安的罪名把那几个人拘留了。那几个人从拘留所出来时被警告，说是再告状就抓他们去坐牢。乡亲们跟易凡夫聊到这事时，易凡夫问："就这么了了？"

乡亲们说："不这么了还要怎样？上面有很多种补偿款算法，他们说了算。"

乡亲们的话流露出深深的无奈和失望。易凡夫有一种悲悯，他总觉得自己血管里流的是农民的血，有割舍不掉的农民情结。中央出台关于农民的文件是易凡夫格外关注的，国家对"三农"问题越来越重视，让易凡夫很欣慰，易凡夫曾经幻想自己能改变农民现状，那肯定是痴人说梦，有心而无力。当然，要解决农民问题仅靠个人能力是不行的，看到国家的好政策，易凡夫觉得农民真正有了希望，春风也度玉门关。但是在解决农民问题的过程中，有很多执行者出了偏差，损害农民利益的情形很多，更有甚者，有些当权者吸农民的血，中饱私囊。农民在不了解真相时被蒙在鼓里，了解真相时被威胁利诱。农民，这个中国最庞大最基础的群体，总是那样让人揪心。

说了刘拥军是有福之人，下半年的税收任务不紧张，甚至还要把入库速度压下来，这都是得益于房产开发，大额的税收掩盖了锅县经济发展的畸形架构。

锅县城关镇的城市规划已经并入到市里的城市规划，城关镇的房价也水涨船高，最高兴的当然是在城关镇搞房地产开发的一些老板们。金太阳公司接连在城关镇拿了几块地，准备趁这个大好的机会再赚个盆满钵满。

那几块地上面还稀稀疏疏有几栋农民的住宅，房产公司跟农民谈拆迁价格，大都谈好了，有一户家里有一位卧床的老人，死活不同意搬迁。

洪亮把手下的人召集起来，商量对策。有人出主意，放一把火，烧了了事。洪亮叫手下的做得漂亮一点，不要把火引到房产公司。

在一个没有月亮的深夜，那户农民家无故起火了，当人们听到呼救从梦中惊醒，带着水桶水盆救火时，二楼房顶的檩条已被烧断，塌了下来，好在家里的人都住在一楼，他们早把卧床的老人背出屋外，看得出老人受到惊吓后，面色苍白，瑟瑟发抖。消防大队接到报警后，很快赶到，迅速灭火并在现场勘查，发现有人为纵火的痕迹，马上向公安局刑侦队报警。

此时，金太阳公司洪亮的办公室，洪亮从保险柜里拿出一沓现金，对手下的人说："要放火的人出去避避风。"手下的人连夜安排了。

刑侦队摸排一些线索，指向了几个嫌疑人，因办案经费不足，案子挂在那里。有农民把纵火凶手与金太阳公司联系起来，但没有证据。金太阳公司再去谈拆迁时，农民的房子已被烧得面目全非了，没有讨价还价的余地。最后，农民提出看在火灾的实际情况，给点人道支持，手下的人报告洪亮，洪亮把眼一瞪，骂道："妈的，想跟老子玩，一分都没有。"

事后，洪亮把孙政委请到公司办公室，送给孙政委十条烟，一个大红包，在公安局分管装备和经费的孙政委心照不宣地收下了。

起火的事在锅县传得沸沸扬扬，易凡夫问姚鲁，姚鲁说："这些事不需要公安侦查，我早说过，关于拆迁的法律没颁布之前，有很多强拆，有法律界定后，这些人就暗度陈仓，无所不用其极，你说老百姓恨不恨他们。"

这次洪亮碰了一个硬钉子，拆迁户把拆迁款拿到之后，收集了洪亮从放高利贷到强拆的很多涉黑证据，坐到省公安厅告状，拆迁户的一位远房亲戚在中央政法委任职，给了省公安厅压力，省公安厅指派刑侦部门成立专案组，调查洪亮，这一调查不得了，洪亮是个有前科的人，不仅在很多领域涉黑，还涉及到一起命案。洪亮在放高利贷时，有一个在江南市场做布鞋生意的小老板，因资金周转有问题，找他借了5万元，约定每周按一角打一次"水"，"水"就是利息，按一角就是10%的利息，并且在给付借款时就扣掉第一期的"水"5000元，这就是后来有关部门定性的"砍头贷"。小老板借到钱后准备去进货，被几个赌友生拉硬拽到宾馆，一场牌输了个精光。小老板打了两次"水"后就没钱再打"水"了，跑出去躲了几个月，洪亮派马仔把小老板从外地抓了回来，逼着要钱，算上去连本带利快 20 万元了。小老板拿不出，洪亮的马仔把小老板软禁在城郊的一个宾馆里，催小老板找家人朋友要钱。小老板想尽办法也只筹到几万元，还差太多，洪亮不干了，要马仔经常折磨小老板，小老板忍受不了折磨，有一天晚上趁看守的马仔没注意，从宾馆六楼的窗口一跃而下，结束了自己的生命。出了人命，公安部门迅速控制了那几名马仔，看借条甲方，是洪亮的一个马仔的名字，洪亮暗中活动，又给马仔家里一些补偿，最后马仔背了锅。当时城关镇公安派出所的所长正是孙政委，案子结案后，孙政委找到洪亮，警告说："洪亮，案子虽然了结了，但是谁都知道你是幕后的，以后你要注意点，不要犯在我的手上，到时候有你吃不了兜着走的。"洪亮连忙点头称是。不打不相识，洪亮在后来总是有意无意接触孙政委，人心都是肉长的，渐渐的孙政委接受了洪亮这个人，再后来，两人关系有了发展，后来变得密切，有了权钱交易。初步调查后，省公安厅把洪亮的案子列为督办案件，有关承办单位立即对洪亮采取强制措施。在审案期间，中央扫黑除恶的风已在缓缓地吹，看到公安部门出的通告举报涉黑，小老板的家人旧事重提，举报了洪亮，专案组对案子的审讯力度也加大了，几轮下来，洪亮对逼死小老板认罪，并吐出了后来在房产开发过程中强拆背后的保护伞——孙政委，接着专案组对孙政委采取了强制措施，一时间，政委位高权重的光环褪尽，前呼后拥的风光也许永远不再了。

席娟给易凡夫打电话问："听说金太阳公司的洪亮被抓了？"

易凡夫说："是吧，你怎么知道的？"

席娟说："市公安局经侦大队的人讲的，说是涉黑。"

易凡夫说："具体我不知晓，我跟他没联系。"

席娟说："我怕你牵扯进去，特意问问。"

易凡夫说："谢谢，我跟他就两、三面之交，不可能同流合污的。"

席娟说："那就好。"

虽然只有简单的几句话，易凡夫还是感到一丝暖意，在这个急功近利少人情的社会，能得到朋友真诚的关心，也算是一种为人的成功吧。

公元 2017 年，锅县地税局史无前例提前一个月完成了税收任务，十二月份，只有一些梳理的杂事了，刘拥军决定在局里搞一次大规模的人事改革。有几个到龄的中层正副职退下来，还有以前空缺的几个位子，都要补齐，另外还有普通干部轮岗，锅县地税局一下子热闹起来。

首先是中层骨干竞争上岗，照例是报名者上台演讲，投票打分。易凡夫没有上台，只在台下看着。小张和小李都入围了，通过党组集中，两人都走上正职的岗位，等待分配。

两人兴高采烈地约易凡夫喝酒，小张举着杯，一饮而尽后，乘兴读出李白的诗"仰天大笑出门去，我辈岂是蓬蒿人。"易凡夫看到他们高兴，本来想说出杜甫的一句诗"天子呼来不上船"表述自己的心情，觉得会扫兴，于是就说了高适的一句诗"天下谁人不识君"。

小张听易凡夫说了后，马上说："在易哥面前班门弄斧了，见笑见笑。"

易凡夫摇摇头说："哪里，我本来就是半罐子水，鼯鼠五技，能飞不能上屋，能缘不能穷木，能游不能渡谷，能穴不能掩身，能走不能先人。我连鼯鼠都比不上，没有一门能拿得出手的技艺，只能跟着你们混。"

小李端着杯子举了举，说："易哥谦虚了，你做的事我们都认同的。"

易凡夫把手轻轻一摆，说："我是偕菊可隐，你们是花开太迟。"

他把杯举起来，对二人示意，三人喝了一大口。易凡夫说："像我这种年龄的，都可以从中层骨干位子上下来了，多给年轻人机会，你们也人到中年了，才混到一个没有级别的中层正职，论学识，论才华，论能力，你们早该上了，但是原来在这位子上的人又不想下，挡住了你们上进的路，对你们和比你们更年轻的人是不公平的，能者没有上，平者没有让，庸者没有下，空喊口号。"

易凡夫眠了一小口，又说，"实话告诉你们，我应该是在没犯错误的人中第一个提出辞去职务的，我向刘局长提出来时，他都感到惊讶，说没这个先例。我说为他的人事改革做个先例，他没同意。"

两人听了易凡夫的话，也不说话了，他们觉得易凡夫是个很散淡的人，不应该入这行。

在等待分配的那几天，易凡夫趁刘拥军有空的时候，去到局长室，说："这么多年，关于我自己，我从未向组织提出诉求，今天我为自己说说话。"

刘拥军问："有什么想法？"

易凡夫说："我想去六分局，来自农村，回归农村，很圆满。另外，父母亲年纪大了，近点方便照看。"

刘拥军说："好吧，我考虑一下，党组会决定，尽量满足你的要求。"

易凡夫问刘拥军："你自己也会动吧？"

刘拥军说："在锅县当一把手多年了，按惯例应该动了。"

"应该不是简单的轮岗吧？"

刘拥军看着易凡夫说"前面有两次机会，因为考虑孩子上学，我放弃了。这次应该是异地交流，上面谈话是荆南市局纪检组组长位置。"

易凡夫点点头，说了声："早该动了。"

刘拥军跟易凡夫对视了一下，易凡夫又说了一句："动了好，盛极必衰，越早动越好。"

易凡夫觉得刘拥军对自己推心置腹，自己应该侧面提醒他一下。

易凡夫问刘拥军："金龙房产公司你熟悉吗？"

刘拥军："不熟悉。"

易凡夫说："据说检察院和纪委最近会进入金龙公司。"

刘拥军说："有些公司仗着有背景，胡作非为，应该成立联合调查组，全方位调查，重拳打击。"

局党组还在研究人事安排，全体干部还在耐心等待。那天，易凡夫正在办公室翻看老师送给他的《朗州司马刘禹锡的德馨与豪气》，小张踱进来了，见办公室只有易凡夫一人，压低声音对易凡夫说："给你看个东西。"

说着，走到易凡夫跟前，把手机递给易凡夫。易凡夫接过一看，原来是拍摄的一个公安派出所的询问笔录。易凡夫仔细看了，是关于曹报恩的。曹报恩在网上聊天时，遇到一个长得顺眼的女人，于是线下进行几次亲密接触，可是他不知道那女人是个卖淫女，在一次扫黄行动中，派出所抓到那女人，从那女人的聊天记录中，查到了曹报恩的联系方式，把曹报恩请到派出所，做的笔录。易凡夫恍然大悟，怪不得前段时间派出所有两个人经常来找曹报恩，虽然是着便装，但是易凡夫认识他们，还打过招呼。

易凡夫问小张："这是谁给你的？"

"我的一个同学，当时在派出所当协警，看到曹报恩是税务局的领导，就悄悄拍下来传给了我。把这个案子办完，他就辞职去广州做服装生意了。"

易凡夫把手机还给小张说："我只想亲手揍他。"

小张问易凡夫："听稽查局的兄弟们说，他想把你赶出稽查局？"

"稽查局又不是他的，他想赶就赶吗？"

停了一下，易凡夫又说："这次很可能被他赶出了。"

小张忙问："有什么消息吗？"

易凡夫摇摇头说："我在稽查局跟他冲突全局都知道，只要他还分管稽查，我就肯定会被调离，调离也好，反正我不想看到他，他也不想看到我。"

"我们都知道，他是故意找你的茬子，你就这么忍了？"

"这种人，多行不义必自毙，总有一天会遭受报应的。"

易凡夫对小张说："这个东西留在那里，他是条疯狗，被我硬杠几次后，不敢咬我了，但是肯定会咬其他的人，如果你万一遇到，可以拿出来自保。"

小张感慨地说："易哥，你像个圣人。"

易凡夫呵呵一笑，说："原谅别人不难，放下自己难，我没有原谅别人，只是放下了自己，算不上圣人。"

小张问："你知道吗？刘璐又出事了。"

易凡夫一怔，说："不知道啊，他出什么事？"

"据说是放高利贷收不回来，跑路了。"

小张把所了解的一些情况告诉易凡夫。原来，刘璐低息组织了百多万资金，高息借给县建筑公司的一项目经理，后来项目经理资金缺口太大，自己跑路了。刘璐的融资既有单位同事的，也有社会资金，社会人上单位找刘璐要钱，刘璐还不出，被打了几次，躲得无影无踪了。

易凡夫问："刘璐把借钱给他的同事们害惨了，有人员名单和借款金额吗？"

小张说："刘璐走之前自己交监察室一个名单，局里有八、九人借钱给他，共计一百多万。"

易凡夫说："刘璐幼稚，他能做这个吗？"

小张说："局里领导也有做这个的，他是看着眼热吧。"

易凡夫说："他能跟局领导同日而语吗？曹报恩之流是用公权力做交易，当国家利益跟个人利益冲突时，先保证个人利益，损害国家利益，他刘璐有这个能力吗？"

小张认同地点点头，说："我们吧，有多大的鸟儿做多大的窝，不想那些，想也想不到。"

易凡夫说："对的，我们这些平民百姓受不了惊吓，安安稳稳地过吧，那些拿权力做交易的，总有一天会自食其果的。"

易凡夫看到老师在书中提到了刘禹锡遭贬后不甘沉沦，联想到自己过去的所作所为，竟有了深深地虚度光阴的悔恨。因为随波逐流，所以不能惟吾德馨。前次查发票的事，他觉得自己虽没有直接贪污，但也是助纣为虐，也曾同流合污，这次再不能放任违法行为了。他把金龙公司偷税的事实和曹报恩在金龙公司的疑点详细写清楚，装入信封。

人事安排完，已到年底，易凡夫被安排到六分局担任副分局长，元旦节后到岗。稽查局的兄弟姐妹们知道消息后，都到易凡夫的办公室，陪他聊聊天。

有的人说："易局长，到乡下去干啥，不方便。"

有的人说："凡夫，等你安排好之后，我们要去你那里喝酒哦。"

还有人说："你怎么不跟党组提出来，继续在稽查局，我们配合得多好啊。"

易凡夫总是笑而不答，去六分局是自己要求的，那是他的老家，有他深刻的儿时记忆，有他熟悉的风土人情。

姚鲁听说后给易凡夫打电话说："这下如你所愿了。"

易凡夫说:"知我者,姚鲁也。终点回到起点,这是人生的规律,道法自然,其实,'吾心安处是吾家',呵呵!"

"听你的话有点老气横秋,像行将就木一样,颓废了。"

易凡夫回道:"能跟你比吗?事业顺风顺水,爱情甜甜蜜蜜,当然不会颓废了。"

"合卵性。"姚鲁回了一句,挂了。

一会儿,他又打过来:"今晚华小燕请客,我和小伟陪你喝一杯。"

易凡夫说:"让华老板破费啊?"

"啰嗦!"姚鲁又挂了。

稽查局长对易凡夫说:"元旦节前,全局的人员在一起聚个餐为你饯行,节后我送你去六分局。"

易凡夫说:"聚聚可以,送就不要你亲自去了,你还要迎新呢,我用一下车就行了。"

节后,易凡夫把自己的书籍和办公用品拧上车,然后去到乐组长的办公室道个别,直接去六分局报到了。

上车后,易凡夫要司机到邮局,把签有自己名字举报金龙房产公司偷税和曹报恩受贿的举报信投到邮筒。他觉得,这是他工作二十多年来做的最有意义的一件事,有点心潮澎湃。或许,这举报信会石沉大海,或许这举报信会掀起轩然大波,或许这举报信会让自己陷入亲离众叛的尴尬。但是,只要是正义的,他也义无反顾了。

他平静了一下心情,自从上高中,他就已经脱离了农村环境,对城市钢筋水泥的丛林渐渐适应,这次离开城市,似乎还有一点小小的依恋,毕竟在这个小城生活了近三十年,一切都是那么祥和宁静。虽然离城远了,但交通条件跟过去比不可同日而语,几十公里的路程,可以早出晚归,很方便。习惯了城市的灯火,习惯了城市的浮华,习惯了城市的喧嚣;忍受了城市的冷漠,忍受了城市的虚伪，忍受了城市的蔑视，他变得更加城市而社会。时光不会驻留，人生不会重来，他觉得自己像一片落叶，挣脱树的羁绊，不停地飘啊、飘啊，随风飘在空中。树，是回不去了，地，还落不下来。

冬天的阳光很暖和，车绕出县城后，径直向北，阳光透过车窗，照到易凡夫的脸上，他显得很平静。此时此刻，还不好好享受这暖暖的阳光，更待何时？车在山间穿行，易凡夫嗅到了青山绿植久违的气息，在这里，可以开门见山，可以推窗望绿，可以天马行空，可以淡化春秋。离家越来越近，易凡夫的心也越静，他只希望这路永远没有尽头，自己永远走在这路上。

田园将芜，胡不归？

暮烟四合，星野未央。

是该回归的时候了。

归去来兮。

2020 年 5 月完稿于柳叶湖畔

# 后记

## 始于一个梦 终于一个约定

儿时，在乡中学当教师的父亲房里有一个小小图书角，那些书是父亲高中班上的学生们勤工俭学捡野茶子打茶油卖钱后购买的。学生们登记借阅，而我则有小小的特权，可以随便翻阅。

小学二年级读《水浒》，小学三年级读《三国演义》，许多字不认识，我也懒得查字典，囫囵吞枣地读完了，被小说精彩的情节吸引而乐在其中。

后来，父亲又给我订了《少年文艺》等一些杂志，我的阅读量逐渐增大，视野更开阔。也对文学有了浓厚的兴趣，梦想有一天能登上这个高雅的殿堂。

在上中学时，我曾写些小东西投出去，都是石沉大海，后来学业紧张，便停止追求。上大学后，看到同学文采飞扬，洋洋洒洒，我有点自惭形秽，对梦的延续变成了对梦的终结。就业后，为了生计，不得不虚与委蛇，随波逐流，成天困扰于职场的繁杂琐事，对文学再无一丝兴趣，只沉溺于酒局、牌局，颓废之至。儿时的梦想真的只是一个梦，也未曾想过有重拾旧梦的时候。

三年前，小女苗苗通过公招进去经济部门工作。她对我的人生状态嗤之以鼻，不屑与我为伍。我蓦然一惊，回想这二十多年来，我这个父亲确实不称职：工作浑浑噩噩，成天喝酒打牌，传递的全是负能量。一个父亲在女儿眼中是如此不堪，我不得不思索，不得不做出改变，我不能亵渎"父亲"这个伟大的名称。然而，自我审视后才发现，我真的是百无一用，唯一能做的也就是码几个字。而我知道我的惰性高于常人，于是，我与小女苗苗有了一个约定：她考一个职业证书，我码一本长篇，相互监督，相互鞭策。

或许这是我有生以来做的最为艰难的一件事情，断断续续近两年内，我每有懈怠，便想起约定，强逼自己静下心来履约。这本书是改变一个父亲在女儿眼中、心中不良形象的标志物，我不得不坚持下来，最终完稿。

我是初学写长篇，写了一些自己熟悉的人和事，但我知道，无论是布局、谋篇、语言、文字都尽显幼稚。虽凑齐了字数，可离好小说的要求还有很大距离，对比着著名小说家王跃文老师和阎真老师给我们授课的标准，我恨不能枪毙重写，可又没有"自杀"的勇气，只好任其自生自灭。

文学作品源于生活，我写小说的素材也是来自自己的工作和生活，虽然尽力而为，努力塑造人物形象，想把小说写得好一点，但不能如愿。回头去看，无奈还有很多生硬的痕迹，对人物形象的把握还有欠缺，这是我自觉功力不足底气全无而对不起读者的，应该在下一部小说中予以改进。

在此，我要隆重地感谢益丰大药房董事长高毅先生。作为一名成功的企业家，他对文学的热爱是我不曾想到的，他对《归去来兮》持续关注，慷慨解囊，于是此书得以顺利付梓，显示了一位成功企业家与文学的情缘。文学可以让人优雅，文学也可以让企业优雅，愿高毅先生与他的企业以最优雅的姿态立于波澜起伏的商海，永远兴盛不衰。

在此，我还要谢谢梁瑞郴先生，梁瑞郴先生是中国作家协会会员，湖南省作家协会名誉主席，湖南省散文学会会长，是享受国务院特殊津贴的专家。他为本书作序，体现了一位文学界前辈对文学新人的厚爱和提携。他不仅认真地读了，更认真地评价了，言简意赅，切中肯綮。他对于小说成功之处予以肯定，对小说不足之处提出了建议，流于笔端的是一位德高望重的师长谆谆教诲和深切关怀。

我还要谢谢关注本书的同事、同学、朋友、家人们，他们的关注是我写作的动力和源泉。

在人生的道路上，我已走过大半，在文学的道路上，我才刚刚起步，以后的日子，就应该是我的文学人生。祝愿我自己在文学之路上越走越宽，越走越远。

桑凯

2022 年 6 月于柳叶湖畔